W0244405

Fanny Morweiser

Un joli garçon

Roman

Diogenes

Umschlagillustration:
Anna Keel, ›Omero‹, 1993

Für Simon

Alle Rechte vorbehalten
Copyright © 2003
Diogenes Verlag AG Zürich
www.diogenes.ch
60/03/8/1
ISBN 3 257 06337 7

I

Benedum und Stein

Ewald stand am Fenster und sah auf den Theaterplatz hinunter, wo sich eine kleine Menschenmenge um irgendeine Attraktion gesammelt hatte, es schien sich um einen Flöte spielenden Knaben neben einem Esel zu handeln – wahrscheinlich wieder die Bettelei eines Wanderzirkus –, als es an die Tür klopfte. Er verzog sich schnell hinter seinen Schreibtisch, setzte sich und beugte sich über die Akten, die ihn schon seit einer Stunde langweilten. Es ging um einen Nachbarschaftsstreit, der sich schon Jahre hinzog, angefangen beim Samenflug einiger Birken bis zum Bellen eines Hundes war da alles zusammengetragen, womit man sich gegenseitig beschuldigen konnte, und er sollte sich nun in den Fall einarbeiten, um ihn gegebenenfalls übernehmen zu können. Irgendwie hatte er sich das Leben als angehender Rechtsanwalt anders vorgestellt, spannender, abwechslungsreicher…

»Herein«, rief er.

Herein kam aber nicht ein neuer Klient, den man ihm und nur ihm zugewiesen hatte, herein kam Evi, die Jüngste der Schreibdamen, mit einer Tasse Kaffee und einer Botschaft.

»Wenn Sie Zeit haben«, sagte sie, mit einem Blick auf seinen Schreibtisch, auf dem sehr viel Platz war, »sollen Sie mal zum Chef kommen. Eilt aber nicht.« Sie schob ihm den Kaffee hin und flüsterte vertraulich: »Sieht so aus, als bekämen Sie jetzt ein paar Sachen von Mack. Er hat aus dem Krankenhaus angerufen.«

»Wie geht's ihm?« fragte Ewald.

Mack war der Sozius des alten Herrn, der ihn eingestellt hatte, für ihn immer noch ein Phantom, denn wenige Tage vor seinem Vorstellungsgespräch war Herr Mack im Kaufhof die Rolltreppe hinuntergefallen und hatte sich einen Trümmerbruch am rechten Knöchel zugezogen.

»Es dauert anscheinend länger«, sagte Evi ohne großes Bedauern, »sie haben ihn genagelt und geschraubt, aber er darf immer noch nicht aus dem Bett.«

»Der Arme«, sagte Ewald.

»Ach was«, meinte sie wegwerfend, »das tut ihm ganz gut. Er hat hier viel rumgebrüllt, wissen Sie.« Sie stemmte die Hände in die Seiten. »Von uns aus kann er noch eine Weile wegbleiben. Sie sind viel netter.«

»Und nur halb so alt.«

»Das sowieso.« Sie blinzelte ihm zu, aber er reagierte nicht, zog die Tasse näher an sich heran, nahm den Löffel und rührte die heiße Flüssigkeit bedächtig um. »Danke«, sagte er.

»Mit Milch und viel Zucker«, meinte sie, leicht enttäuscht, »wie Sie es mögen.«

»Dann noch einmal danke.«

Sie zog sich zurück, und er trank den Kaffee in kleinen Schlucken, nahm sich vor, nicht zu früh, aber auch auf keinen Fall zu spät zu dem alten Herrn zu gehen. So gut war sein Examen nicht gewesen, daß er sich allzuviel erlauben konnte, andererseits waren die Beziehungen, die sein Vater im Auftrag seiner Mutter hatte spielen lassen, auch nicht zu verachten. Sein Vater hatte den Golfklub, den Kunstverein und die Theatergemeinde, in deren Vorsitz er war, hinter sich, drei Institutionen, die der Kanzlei noch abgingen und ihr neue Kunden zuführen konnten. Bei den Rotariern waren beide, von daher kannten sie sich auch, und Ewald hatte sich immer gewundert, daß sein Vater, der sich doch sonst so zurückhielt, was diese Verbindungen anging, zu vielem bereit war, aber vielleicht war das auch nur dem Einfluß seiner Mutter zuzuschreiben. Ihr immer in allem zu widersprechen, hätte ihn wahrscheinlich überfordert.

Vor dem Spiegel im Flur strich sich Ewald das Haar zurück und zupfte seine Krawatte zurecht, Hemd und Anzug waren makellos, die Schuhe vom Italiener in der Ludwigstraße, die Socken aus Seide und von Boss. In dieser schimmernden Rüstung durchschritt er das Zimmer der Schreibdamen, die gerade eine Pause machten, Joghurt löffelten und in der Zeitung blätterten, und klopfte an die Tür des alten Herrn, dem Gegenstück zu Mack, aber, das hatte Ewald schon begriffen, Kopf und Herz der Kanzlei.

»Guten Morgen, Herr Benedum«, grüßte er.

Auch Herr Benedum stand, wie er vor einer Viertelstunde, am Fenster, blickte hinunter auf den Platz und schien den verlorenen, nur bruchstückhaft bis zu ihnen in den vierten Stock heraufgewehten Tönen zu lauschen, wandte sich jetzt aber schnell ab, tat, als müsse er von einer der Grünpflanzen auf dem Fensterbrett ein welkes Blatt abzupfen, und begab sich hinter seinen Schreibtisch.

Das Zimmer, in dem er residierte, war imposant, die Wand hinter seinem Sessel ganz mit Büchern in einem mit Glasschiebetüren versehenen Regal ausgefüllt, viele mit goldgeprägtem Rücken. Sie sahen ungelesen, aber sehr eindrucksvoll aus und korrespondierten mit den beiden Gemälden, die die Wand gegenüber ausfüllten, eine Moorlandschaft und ein Heidestück mit einem Schäfer und ein paar Schafen im Vordergrund. Auf Herrn Benedums Schreibtisch befand sich, sorgfältig verteilt und von Paula, der ältesten Schreibkraft, trotz einer gründlich arbeitenden türkischen Putzfrau, immer noch eigenhändig jeden Morgen mit einem weichen Tuch auf Hochglanz poliert, Herrn Benedums Steinesammlung. Es waren nicht irgendwelche Steine, es waren Steine, die Herr Benedum auf seinen Reisen an verschiedenen Meeresstränden aufgenommen und mit nach Hause gebracht hatte. Sie erinnerten ihn an so vieles, das für immer vorüber schien, Wärme und Wasser in den Ferien und das Kreischen und Lachen von Kindern, die seine Kinder waren. Inzwischen war er Witwer und die Kinder, so lala wohlgeraten, lebten weit weg in verschiedenen Städten, kamen ihn manchmal besuchen, öfters aber auch nicht. Es waren die Erinnerungen, die er liebte. Vielleicht würde mit dem ersten Enkel das alles wieder neu beginnen, aber noch war keiner in Sicht.

»Guten Morgen, mein Lieber«, sagte Herr Benedum. »Was für ein nasses Frühjahr wir doch dieses Jahr haben. Man ist dankbar, wenn es einmal ein paar Stunden nicht regnet.« Er machte eine Pause, setzte sich und bedeutete Ewald, auf dem Stuhl ihm gegenüber Platz zu nehmen.

»Wie lange sind Sie jetzt schon bei uns?«

»Eine Woche.«

»Alles in Ordnung?«

»Aber ja«, sagte Ewald erstaunt.

»Dann ist es ja gut.« Er suchte zwischen seinen Papieren, zog eine etwas dickere Mappe aus einem Stapel und blätterte darin.

»Es ist eigentlich Herrn Macks Angelegenheit, aber da er momentan... nun, vielleicht auch noch länger... verhindert ist, dachte ich, Sie kümmern sich mal darum. Es geht um einen unserer ältesten Klienten, wir betreuen eines seiner Mietshäuser in Mannheim, ein ansehnliches Objekt, kann man schon sagen. Mack besuchte einmal im Vierteljahr alle seine Mieter, um sich so umzuhören, Beschwerden entgegenzunehmen und, leider, das ist die am wenigsten angenehme Seite, diverse Mieterhöhungen anzukündigen. Das Schriftliche läuft sowieso regelmäßig über unsere Kanzlei, diese Besuche aber... nun, sie wären wieder fällig, ich habe Herrn Stein, dem Vermieter, erzählt, daß Mack im Krankenhaus ist, aber er will nicht warten. An was arbeiten Sie gerade?«

»Holder und Baumann. Nachbarschaftsstreit.«

»Ach ja... ach ja«, seufzte er. »Das ist nicht dringlich. Tun Sie mir also den Gefallen und fahren erst mal zu Herrn Stein, um mit ihm zu reden. Er soll Sie auch kennenlernen. Und dann ab in den Jungbusch.«

»Jungbusch?« fragte Ewald mit hochgezogenen Augenbrauen.

Der alte Rechtsanwalt lächelte mild. »Er besitzt dort eines dieser ehemaligen Kapitänshäuser. Das war mal eine sehr gute Gegend. Und was den Jungbusch jetzt angeht, mein Junge, so ist das eigentlich kein Ort zum Naserümpfen. Dort ist pralles Leben. Alles auf eine schwer durchschaubare Weise miteinander verwachsen und durchflochten. Ein buntes Gemisch mit fremdländischem Einschlag.«

Er klappte die Mappe zu und reichte sie Ewald über den Tisch.

»Sehen Sie sich die Unterlagen an, besuchen Sie ihn ... ich hab Sie noch vor dem Mittagessen angekündigt.«

»Seine Adresse?«

»Steht alles da drin. Irgendwo in der Nähe der Kurpfalzbrücke. Über einem chinesischen Restaurant.«

Ewald erhob sich und ging zur Tür. »Nehmen Sie einen Schirm mit«, rief Herr Benedum ihm nach. »Es wird gleich wieder loslegen, ich spüre es in den Knochen.«

Zurück in seinem Zimmer sah Ewald flüchtig die Unterlagen durch, griff nach seinen Zigaretten, legte sie aber gleich wieder weg und wickelte statt dessen ein Bonbon aus seinem grünsilbern schillernden Papier. Während es ihm auf der Zunge zerging, fuhr er mit seinem rechten Zeigefinger die Auflistungen entlang und schüttelte den Kopf. Es gab einen Laden und sechs Wohnungen; die im dritten Stock schienen, der Miete nach zu schließen, weniger komfortabel zu sein. Es gab ein Hinterhaus, Mansarden, die offenbar leer standen, irgendwelche Nebenräume und Keller. Einen Speicher, in den es offensichtlich mal hineingeregnet hatte... Ende des Monats kam immer eine durchaus annehmbare Summe zusammen, die in keinem Vergleich stand zu den Aufwendungen, die Herr Stein für Instandhaltung und Reparaturen gehabt hatte, und es schien einen regen Kleinkrieg zwischen ihm und einigen der Mieter zu geben, der Ewald zu dem Seufzer veranlaßte, daß er dann auch gleich bei seinem Nachbarschaftsstreit hätte bleiben können, er sah keinen großen Unterschied. Trotzdem machte er sich vergnügt auf den Weg – wie auch immer, er konnte dem Büro für ein paar Stunden entkommen.

Auf dem Theaterplatz wartete sein kleiner roter Polo auf ihn, den seine Eltern ihm gebraucht gekauft hatten, aber das Auto lief noch gut, schluckte wenig Benzin, und wenn er in Betracht zog, daß sie ihm eine Einzimmerwohnung in der Anlage an der Feuerwache in Mannheim dazu geschenkt hatten, oder, eher umgekehrt, das Auto zu der Wohnung, konnte er sich nicht beklagen.

Er fuhr über die alte Rheinbrücke von Ludwigshafen nach Mannheim, am Schloß vorbei, fädelte sich wenig später in den mehrbahnigen Kaiserring ein, der in den Friedrichsring überging, an dem Herr Stein wohnte. Es war reger Verkehr, Ewald stellte das Radio an, drehte ein bißchen daran herum, wechselte die Spur, wenn sich gerade eine Lücke zeigte und war bald an Ort und Stelle. Er fand einen Parkplatz, nicht weit vom Neckar, überquerte bei einem Ampelübergang die Fahrbahn, in deren Mitte die Straßenbahnen fuhren, und stand auch gleich vor dem chinesischen Restaurant, dessen Eingang rechts und links von zwei großen Bambusstauden in Kübeln flankiert wurde. Die Pflanzen waren tropfnaß und bewegten sich leicht im Wind, das Pflaster glänzte noch von dem Regen, der am frühen Vormittag niedergegangen war. Herr Benedum hatte schon recht, dies war ein ausgesprochen trostloser Frühling, obwohl die Tulpen und die Narzissen längs der Straßenbahntrassen blühten, war kein Hauch von Wärme in der Luft, die Blumen ließen ergeben die Köpfe hängen und die gelben Blüten der Narzissen sahen aus, als habe sie ein Kind nachlässig aus Papier geschnitten.

Es gab einen Nebeneingang mit mehreren Namensschildern, und Ewald entdeckte Herrn Stein ganz oben. Er drückte auf die Klingel und wartete, bis ein Summton die Tür freigab und er in das düstere Treppenhaus eintreten konnte. Keine Sekunde zu früh, denn draußen hatte wieder prasselnd der Regen eingesetzt. Ein würziger und scharfer Geruch hing in der Luft, offensichtlich kam er aus der Küche des Restaurants, und Ewald überlegte, ob er nach seinem Besuch bei Herrn Stein dort etwas essen sollte, überschlug im Geist den Betrag, den er bei sich hatte, und beschloß, lieber später an einer Imbißbude eine Currywurst zu kaufen. Schließlich würde er sich heute abend aus den Vorräten, die seine Mutter ihm jedes Wochenende mitgab, schon etwas Nahrhaftes zusammenkochen, einen Eintopf vielleicht, mit viel Gemüse, und dazu eine Flasche Rotwein, die er dann, langgestreckt auf dem Sofa beim Hören einer seiner Lieblings-CDs genüßlich leertrinken würde.

Die Stufen waren ausgetreten, das Geländer vom ständigen Gebrauch wie geschliffen, vor den Türen in den einzelnen Stockwerken standen Kinderwagen, Topfpflanzen, Schuhe, weiter oben wurde der würzige Geruch aus der chinesischen Küche von anderen Gerüchen abgelöst, auf Herrn Steins Etage roch es nach gar nichts. Ewald blieb einen Moment stehen. Man konnte durch das Treppenhausfenster auf ein mit Blech verkleidetes Dach hinaussehen, auf dem Tauben saßen, sie gurrten und schüttelten sich, als wäre dies der erste Regen seit langem. Die Tür zur Wohnung war nur angelehnt, man erwartete ihn also. Ewald räusperte sich, stieß sie weiter auf und trat ein. Auch hier war es düster, der Flur mit Möbeln vollgestellt, ein einziges helles Rechteck ganz am Ende ließ Licht in den Gang.

»Hallo«, rief er.

Eine Frau mittleren Alters, wie er schätzte, denn er konnte eigentlich nur ihre Umrisse erkennen, kam aus diesem Raum, der, wie Ewald beim Nähertreten bemerkte, sicher das Schlafzimmer war, er konnte eines der mit Kissen hoch aufgetürmten Ehebetten erkennen, das andere war dahinter versteckt, aber genau von dort kam eine heisere krächzende Stimme. »Ist er das?«

Die Frau prüfte Ewald mit halb zugekniffenen Augen, als wäre sie kurzsichtig.

»Korwan«, stellte er sich vor, »ich bin angemeldet. Ich komme von der Kanzlei Benedum und Mack.«

»Schon gut«, sagte sie. »Ich glaub's Ihnen ja. Gehen Sie nur zu ihm. Immer geradeaus.« Sie ließ ihn stehen und zog sich in einen seitwärts gelegenen Gang zurück.

Noch bevor Ewald das Zimmer betrat, vernahm er ein Schnaufen, ein beleidigt klingendes, manchmal fast in ein Röcheln übergehendes Schnaufen, das an einen Drachen erinnerte, der schwach und ausgehungert in seiner Höhle darauf wartet, daß etwas Freßbares vorbeikommt. Hinter dem Wulst des ersten Bettes fand er, nur mit einer dünnen Wolldecke zugedeckt und vom Schein eines daneben stehenden Lämpchens beleuchtet, auf der Matratze liegend, einen wie zusammengeschrumpft wirkenden Mann mit bläulicher Gesichtsfarbe, der ihn näher zu sich heranwinkte.

»So jung«, japste er.

»Ich werde es schon richtig machen«, sagte Ewald, zog sich unaufgefordert einen Stuhl heran, setzte sich und überließ sich der Musterung des Liegenden, die aber nicht lange dauerte. Der Mann schnappte wieder nach Luft, tastete auf seinem mit Medikamenten überhäuften Nachttisch herum, griff sich ein Spray, riß den Mund weit auf und sprühte sich den Hals aus.

»Trauen Sie sich das wirklich zu?« keuchte er dann.

»Was?«

»Mit all denen zurechtzukommen?«

»Sind sie so schlimm?«

»Nun ja.« Er machte eine Pause und streckte den gekrümmten Zeigefinger in die Luft. »Da ist erst einmal Ertrugul, der Änderungsschneider. Er hat den Laden im Vorderhaus und wohnt mit seiner Frau und den sieben Kindern im Hinterhaus. Er beschwert sich über die angeblich unzumutbaren Zustände dort. Aber wie hat er in Anatolien gelebt? Das frag ich Sie, wie?«

»Keine Ahnung.«

»Er möchte, daß ich die Miete runtersetze oder die Mängel beseitige.«

»Und was soll ich ihm sagen?«

»Daß ich nichts instand setze, sondern ihn raussetze, wenn er keine Ruhe gibt.«

»In Ordnung.«

»Über dem Laden«, fuhr er fort, »ist diese Studentenwohngemeinschaft. Da war ein Wasserrohrbruch. Angeblich haben ein paar Möbel und der Teppich Schaden genommen, und sie behaupten jetzt, die Leitungen wären verrostet gewesen. Bleiben Sie hart. Das sind Chaoten.«

»In Ordnung.«

Der Mann blickte ihn mißtrauisch an und hob nun drei Finger hoch. »Auf derselben Etage links wohnt ein Opernsänger. Ich selbst habe ihn noch nie gesehen, ich geh nur noch selten aus. Mack sagt, er wär gerade mal so einen Meter fünfzig groß.«

»Hauptsache, die Stimme ist gut.«

»Er übt jeden Tag, den Gott werden läßt, auf dem Balkon«, sagte Herr Stein säuerlich.

»Möchten Sie das abgestellt haben?«

»Es ärgert mich.«

Weil es ihm wahrscheinlich gutgeht und dir nicht, dachte Ewald, behielt den Gedanken aber für sich.

»Darüber lebt Holl mit seiner Mutter. Er sitzt im Rollstuhl und hat die Wahnsinnsidee, daß ich ihm einen Fahrstuhl einbauen lasse. Er meint, Geld hätte ich genug.«

»Haben Sie genug?«

Die kleinen, wie verwaschen wirkenden Augen blitzten für eine Sekunde auf. »Mehr, als Sie jemals in Ihrem Leben zusammenkriegen werden, junger Mann. Aber warum sollte ich einen Fahrstuhl einbauen, wenn ich mir einfach einen anderen Mieter holen kann.«

»Kommt er denn nie aus der Wohnung, dieser Herr Holl?«

»Keine Ahnung. Vielleicht trägt ihn ab und zu mal jemand runter. Treib ich mich denn auf den Straßen rum?«

»Sicher nicht.«

»Na also. Auf derselben Etage wohnen Willi Wolf und seine Frau Anita. Er arbeitet in der Schokoladenfabrik, sie betreibt den Kiosk am Spielplatz.«

»Klingt beruhigend.«

»Ha! Er hat ein Tätowierstudio in der Wohnung. Hat man mir erzählt. Nicht angemeldet und so weiter.«

»Das ärgert Sie?«

Wieder traf ihn der mißtrauische Blick. »Ja, das ärgert mich.«

»Ich werde mit ihm reden.«

»Tun Sie das. Darüber hab ich eine Alleinerziehende mit zwei Kindern, die mir das Jugendamt reingesetzt hat. Die Kinder müssen nach Macks Auskunft die reinen Teufel sein. Und in der Wohnung daneben...« Er ließ ein krächzendes Lachen hören, »da wohnt Frau Roswitha Winterkorn mit dem Geist ihres Mannes.«

»Interessant.«

»Ihr Herr Mack meint, daß sie nicht ganz richtig ist.« Er tippte sich gegen die Stirn. »Das könnte bedeuten, daß sie mal irgendwas anstellt. Die Badewanne überlaufen läßt oder so.«

Er richtete sich auf einem Ellbogen auf und sah ihn neugierig an. »Die Mansarden stehen leer, haben Sie schon eine Wohnung? Sie haben doch gerade erst bei Benedum angefangen, hat er mir erzählt.«

»Ich hab schon eine. Meine Eltern haben mir ein Appartement neben der Feuerwache gekauft.«

Herr Stein schloß die Augen, legte sich zurück, zog die Decke höher und begann wieder schwerer zu atmen. Sonst blieb es still. Schweigen legte sich über das Zimmer, das wie der Flur mit Möbeln vollgestellt war, alten, schweren, dunklen Möbeln, die das Licht aufsaugten und nur in schwachen Reflexen den Schein des Lämpchens auf dem Nachttisch wiedergaben. Ewald ergriff eine der krallenähnlichen Hände, die auf der Decke lagen, und drückte sie vorsichtig, aber der Gegendruck war von erstaunlicher Kraft. »Dann machen Sie's mal gut«, sagte Herr Stein. »Wie war Ihr Name doch wieder?«

»Korwan.«

»Also, dann machen Sie Ihre Sache gut, Herr Korwan. Meine Frau wird Sie hinausbegleiten.«

»Ist nicht nötig«, sagte Ewald, fiel aber in dem düsteren Flur trotzdem beinahe über Frau Stein, die anscheinend seit geraumer Zeit dort auf ihn gewartet hatte. Sie faßte ihn am Arm und begleitete ihn ins Treppenhaus hinaus, blieb bei dem Fenster, vor dem die Tauben sich immer noch plusterten, mit ihm stehen und strich über den Ärmel seiner Jacke, als müßte sie dort ein Stäubchen entfernen. »Sie sind ein hübscher junger Mann«, murmelte sie dabei, mehr zu sich selbst als zu ihm gesprochen, »ganz anders als der da drinnen.« Sie deutete in das Halbdunkel hinter sich. Erst jetzt bemerkte Ewald, daß sie die Kittelschürze, die sie vorhin getragen hatte, abgelegt hatte, darunter war ein rosa Pullover zum Vorschein gekommen. Sanft beugte er sich zu ihr, nahm zwei ihrer Fingerspitzen, führte sie zum Mund und hauchte einen angedeuteten Kuß darauf. Schaden konnte es nicht.

2

Anita, Leo und Rosa

Wieder in seinem Auto, meldete sich Ewald erst einmal über sein Handy bei Herrn Benedum, um einen Zwischenbericht zu erstatten und zu fragen, wie er jetzt eigentlich weiter vorgehen solle.

»Wie fanden Sie den alten Knaben?« fragte Benedum.

»Gräßlich.«

»Nun… das mag ja sein«, sagte Herr Benedum nach einer kurzen Pause, »aber das habe ich eigentlich nicht gemeint. Wie geht es ihm?«

»Schwer zu sagen. Man denkt, er ist jeden Moment hinüber, und dann ist er wieder ganz da. Er liegt auf seinem Bett in einem halbdunklen Zimmer, blau angelaufen und krumm, versorgt von seiner Frau, der man anmerkt, daß sie ihn eigentlich am liebsten umbringen würde, und die Wohnung an sich…«

»Moment, Moment«, wurde er unterbrochen, »mein lieber Korwan, ich glaube, Sie lesen zuviel.«

»Ich lese nur sehr wenig«, meinte Ewald. »Aber ich habe viele Hörbücher.«

»Was soll das denn sein?«

»Bücher auf Kassetten und CDs.«

»Das ist doch eher für Blinde.«

»Nicht nur«, sagte Ewald und überprüfte im Rückspiegel seine leicht mandelförmig geschnittenen Augen, die ihm zuversichtlich und ungetrübt entgegenblickten. Er hörte seinen Chef mit Papieren rascheln und laut seufzen. »Wir hatten es doch irgendwie besprochen, ja? Sie haben unsere Unterlagen und die Beschwerdeliste von Herrn Stein. Sie suchen die Mieter auf, stellen sich vor, versuchen zu regeln, was zu regeln ist, und melden sich dann wieder bei mir.«

»Und wenn keiner zu Hause ist?«

»Hinterlassen Sie eine Nachricht, daß Sie da waren, im Moment Herrn Mack vertreten, Herr Mack zur Zeit unpäßlich ist, sich aber bald wieder selbst um die Belange der verschiedenen Mietparteien kümmern wird, und sie sich telefonisch bei uns melden sollen, falls ein weiterer Besuch von Ihnen erwünscht ist.«

»Gut.«

»Haben Sie einen Stadtplan? Finden Sie das Haus?«

Ewald kramte im Handschuhfach. »Ja, da ist einer.«

»Dann machen Sie sich mal auf den Weg.«

»In Ordnung.«

Herr Benedum legte kopfschüttelnd den Hörer auf und griff nach einem seiner Steine, um bei ihm Trost zu suchen. »Diese jungen Leute«, sprach er vor sich hin, während er den Stein anhauchte und mit einem Zipfel seiner Jacke darüberrieb, »diese jungen Leute... nein, da waren wir doch anders.«

Und während er den Stein noch hochhielt und drehte und nachsann, von welchem Strand dieser wohl war, spielte Ewald bereits mit dem Gedanken, doch erst einmal eine Mittagspause zu machen, statt der Currywurst ein Schinkensandwich zu essen, dabei den Stadtplan zu befragen und dann das Haus aufzusuchen. Er passierte die Kurpfalzbrücke, kam in den Luisenring und hielt sich auf ihm, bis hinter der Liebfrauenkirche und der Moschee die Straßen in den Jungbusch abzuzweigen begannen, dort fuhr er erst ziellos herum, bis er schließlich auf einem sandigen unkrautüberwachsenen Streifen neben einem Hafenbekken einen freien Platz entdeckte, auf dem er das Auto abstellen konnte. Der Regen hatte wieder aufgehört, so schnell, wie er gekommen war; die Sonne hatte sich hinter den Wolken hervorgeschoben und brachte Asphalt und Dächer zum Dampfen, sie hatte die Wärme und Intensität, die ihr Ende April auch zustand.

Erst einmal ausgestiegen, atmete Ewald tief durch und bekam einen Geschmack von Schokolade auf die Zunge, der förmlich in der Luft zu liegen schien, und ob es das war oder das plötzliche Ausbrechen von Leben auf den Plätzen und zwischen den Häusern, als hätten die Menschen nur auf diese Pause gewartet – er fühlte sich an einen magischen Ort versetzt, in ein buntes Völkergemisch geworfen, das ihn sofort aufnahm und als neuen interessanten Farbtupfer in sein Muster einfügte. Natürlich kannte er Mannheim, aber dieses Mannheim hier kannte er nicht.

Dazu kam, daß heute Sperrmüll war. Betten, Matratzen, Schränke, Kommoden und Tische standen auf den Trottoirs, wurden noch einmal und das letzte Mal benutzt, von Kindern, die auf den nassen Matratzen herumhopsten, bis das Wasser in kleinen Fontänen hochspritzte, oder von ein paar alten Männern, die ausrangierte Stühle und Sessel zusammenrückten, sie abtrockneten und sich darauf niederließen, um einen Schwatz zu halten. Es erschienen die Wühler, die jede Schranktür öffneten, in Kartons und Säcke spähten, Dinge ein Stück mitnahmen, um sie dann doch wieder wegzuwerfen, Teppiche ausrollten, Lampenschirme auf Löcher untersuchten oder auch einmal einen Stadtstreicher, der sich auf einem Sofa niedergelassen hatte, wegscheuchten, um es selbst auszuprobieren. Ewald kam an türkischen Bäckereien, Obst- und Gemüseläden vorbei, erreichte einen zwischen zwei Häuserfronten angelegten Spielplatz mit einem Kiosk vorn an der Straße und erinnerte sich, daß Herr Stein erzählt hatte, die Frau des heimlichen Tätowierers betreibe ebenso einen Kiosk an ebensolch einem Spielplatz, also lehnte er sich zwischen Bonbongläsern und ausgelegten Illustrierten in das Innere der Bude und rief: »Hallo.«

Von einem Stuhl im Hintergrund erhob sich eine Frau und kam die zwei, drei Schritte zu ihm, die eine Hand mit den rotlackierten Nägeln hatte sie in die Hüfte gestemmt, in der anderen hielt sie eine Zigarette, deren Aschenkegel schon gefährlich lang war.

»Was soll's denn sein?« fragte sie.

»Eigentlich nur eine Auskunft. Ich suche ein bestimmtes Haus, vielleicht können Sie mir helfen.«

Sie zog die nachgestrichelten Augenbrauen zusammen und schnippte die Asche neben seinem Ellbogen hinaus auf das Pflaster. »Welches Haus?«

»Hafenstraße 35.«

»Sie stehen sozusagen davor«, sagte sie.

»Wirklich?«

»Ja. Da wo wir jetzt sind, ist die Werftstraße, und die endet da vorn. Stößt, wie Sie sehen, auf eine, die quer verläuft, das ist die Hafenstraße. Und das Haus… wenn Sie einfach geradeaus weitermarschieren, das Haus auf der anderen Seite… das ist es.« Sie nahm einen letzten tiefen Zug und warf den Rest ihrer Zigarette über seine Schulter.

»Was wollen Sie dort?« fragte sie dann.

»Frau Wolf?« fragte er dagegen.

»Wenn's recht ist, ja.«

»Ich vertrete Herrn Mack, der seinerseits Herrn Steins Interessen wahrgenommen hat, jetzt aber im Krankenhaus liegt.«

»Was Schlimmes?«

»Ein Trümmerbruch im rechten Bein«, erklärte er.

»Das dauert wohl länger. Vielleicht kommt er überhaupt nicht mehr. Überläßt es in Zukunft Ihnen.« Sie lächelte ihn an, fuhr sich mit den langen Nägeln durch das mahagonifarben getönte Haar und bauschte es auf, daß es ihren Kopf wie eine Gloriole umgab.

»Ein Underberg?« schlug sie vor.

Ewald wehrte ab. »O nein, ich hab noch nichts zu Mittag gehabt, wissen Sie. Nur meine Zwischendenzigarettenbonbons.«

»Ihre was?«

»Die Bonbons, die ich lutsche, wenn ich gern rauchen würde.«

»Das Problem hab ich nicht«, sagte sie. »Ich rauche, wenn ich Lust auf eine Zigarette habe, und ich lutsche ein Bonbon, wenn mir danach ist. Das allerdings weniger, sie machen die Zähne kaputt.«

»Meine nicht«, sagte er, steckte die kleinen Finger in die

Mundwinkel, zog sie auseinander und machte eine Grimasse, als wollte er sie beißen. Sie beugte sich vor und war nun so dicht neben ihm, daß er ihr Parfüm fast greifen konnte. Eine gelackte Kralle wies nach rechts die Straße hinunter. »Dort an der Ecke ist Leos Kneipe, er macht Ihnen auch ein belegtes Brot oder eine Suppe. Was Sie mögen.«

»Danke, ich werde es ausprobieren. Ist Ihr Mann zu Hause?«

»Ist noch in der Fabrik.«

»Und die anderen?«

Sie überlegte. »In der WG ist fast immer jemand. Wang verschwindet auch erst gegen Abend. Saskia mit ihren Zwillingen könnte da sein, aber auch nicht. Herr Holl ist sicher zu Hause, es sei denn, sein Rollstuhl hat Flügel bekommen, und die alte Frau, die über ihm wohnt, geht auch kaum noch weg, nur mal gerade so zum Einkaufen oder Enten füttern. Erkan sitzt im Laden an seiner Nähmaschine, denke ich, und Figen, seine Frau, finden Sie im Hinterhaus. Wer fehlt noch?« Sie fing an zu lachen. »Natürlich. Bruno, der Hausmeister.«

»Von einem Hausmeister hat Herr Stein nichts gesagt.«

»Da wird er wohl seine Gründe haben«, meinte sie.

Vom Spielplatz her waren völlig außer Atem ein paar Kinder angerannt gekommen, die sich jetzt neben ihn drängten, um etwas zu verlangen, dessen Name er nicht verstand, aber Frau Wolf fischte zielsicher rote, gelbe und grüne Würmer aus gummiähnlichem Material aus einem Glas, nahm ein paar Münzen entgegen und verzog sich dann wieder in den Hintergrund ihrer Bude, wo sie auf einer Tiefkühltruhe, neben der ihr Stuhl stand, ein zerfleddert wirkendes Buch und ihre Zigaretten deponiert hatte.

»Bis bald«, rief er ihr noch zu.

Sie hob lässig den Arm und winkte, bevor sie sich niederließ, eines der schlanken Beine über das andere schlagend, damit er zum Abschluß auch noch zu diesem Genuß kam. Er legte eine Hand über sein Herz und tat, als ginge der Anblick über seine Kräfte, aber da hatte sie sich schon ihr Buch gegriffen, das wie einer dieser billigen broschierten Liebesromane aussah, die sie auch selbst im Sortiment hatte.

Die Werftstraße endete, wie Anita Wolf es ihm erklärt hatte, an der Hafenstraße und war mit Steinpollern in jeweils nur einem Meter Abstand gegen den Durchgangsverkehr abgesichert. Die Straße hatte sich dort wie zu einem kleinen Platz erweitert, in dessen Mitte ein kümmerliches, mit einem etwa mannshohen Drahtzaun gesichertes Bäumchen seine Zweige zaghaft in die warme Luft streckte, als würde es jetzt und auf der Stelle ganz schnell ein paar Zentimeter wachsen. Auf den steinernen Sitzen saßen ein paar Männer, einige waren völlig schwarz gekleidet, und telefonierten mit ihren Handys. Ewald sollte erst später erfahren, daß das die berühmten Dealer waren, die inzwischen ambulant arbeiteten und sich wie Krähenschwärme erhoben und woanders niederließen, wenn eine Razzia im Anzug war.

Ein etwas feister junger Mann, dessen Augen nur noch aus zwei schmalen Schlitzen bestanden, trug in der wohl völlig ungerechtfertigten Hoffnung auf besseres Wetter aus der Eckkneipe, zu der man ihn geschickt hatte, einen

Stapel Plastikstühle und danach noch zwei Tische ins Freie und begann sie liebevoll aufzustellen und zurechtzurücken. Ewald sah ihm eine Weile versonnen zu und richtete dann seinen Blick auf das Gebäude, das ihm von Herrn Benedum zugewiesen worden war und das ihm mit seinen drei Balkonen, dem imposanten Toreingang, den aus Sandstein gehauenen Simsen und Ornamenten, dem Laden mit seinem gewölbten Schaufenster und seiner schmiedeeisernen Verzierung an der Tür sehr stattlich vorkam, ein Gebäude beinahe in Richtung Jugendstil, eines dieser Häuser, die er schon in Glasgow, Prag oder Wien hatte bewundern müssen, denn seine Mutter war ein ausgesprochener Jugendstilfan und ihre Fahrten in den Ferien führten sie letztendlich immer wieder in eine Stadt, in der es diese Art Häuser noch zu besichtigen gab. Ich werde ihr am Wochenende davon erzählen, nahm sich Ewald vor, das wird ihr gefallen. Ich brauche ihr ja nicht zu sagen, wo genau es liegt. Und mit diesem Gedanken betrat er die Kneipe, die innen so klar und frisch und kühl war – mit gefliestem Boden und terrakottafarben gestrichenen Wänden –, als läge sie irgendwo im Süden am Meer und nicht gerade mal zehn Meter neben Onkel Ottos Bar, die die gegenüberliegende Seite des kleinen Platzes beherrschte, deren verschrammte Türen aber noch geschlossen waren.

Der dickliche junge Mann, der eine lange weiße Schürze umgebunden hatte, die bis auf seine Schuhe reichte, tänzelte graziös hinter ihm in den Gastraum und fragte nach seinen Wünschen.

»Kann ich was zu essen haben?«

»Mittagstisch, klar.«

Aber als Ewald, dem der derzeit recht magere Inhalt seines Geldbeutels einfiel, nun schon ein bißchen kleinlaut, nach einem Schinkensandwich und nach einem Cappuccino fragte, schien auch das kein Problem zu sein, und der Wirt oder Koch oder auch beides in einem verschwand mit einem Kopfnicken hinter einer Schwingtür, die in die Küche führte. Ewald setzte sich an einen der Holztische, stützte beide Arme auf, bettete sein Gesicht in die Handflächen und gähnte. Dann griff er nach seiner Tasche, die er neben sich gestellt hatte, hob sie hoch und legte sie vor sich auf den Tisch. Er nahm sich ein Blatt aus den Unterlagen und begann auf der Rückseite, die leer war, eine Skizze anzufertigen.

Eine noch junge Frau, die zwei prall gefüllte Papiertüten trug, kam mit erhitztem Gesicht herein, grüßte ihn freundlich und verschwand mit ihren Einkäufen hinter der Schwingtür, die sie energisch mit dem Fuß aufgestoßen hatte. Kurz darauf stand sie wieder neben ihm, ihre Strickweste mit den aufgestickten Rosen, die ihm an ihr am meisten aufgefallen war, hatte sie abgelegt; sie trug nun eine ebensolange Schürze wie ihr Vorgänger und balancierte einen Teller mit einem üppig gestalteten Schinkensandwich, den sie vor Ewald auf den Tisch gleiten ließ.

»Der Cappuccino kommt gleich«, sagte sie, beugte sich über seine Schulter und betrachtete das Gekritzel auf dem Papier. Er hatte das Haus sozusagen aufgeklappt, unten den Laden mit einer Nähmaschine eingezeichnet, in die Zimmer, die die WG bewohnte, zwei Strichmännchen und eine Frau gestellt, bei Herrn Holl einen Rollstuhl, bei der alten Dame darüber ein Gerippe, bei Saskia Mangold die

Kinder mit ihrer Mutter und bei Herrn Wang einen Mann, der mit ausgebreiteten Armen und weitgeöffnetem Mund auf dem Balkon stand.

»Stimmt ja alles«, sagte sie erstaunt. »Sie haben nur Herrn Stein vergessen.«

»Der wohnt doch ganz woanders.«

»Nicht der, sein Bruder, Bruno.«

Sie nahm den Stift, strichelte eine imaginäre Wohnung hinter den Laden und zeichnete unbeholfen einen Mann, der auf einem Bett lag. »Und dann fehlt natürlich noch der Hof und das Hinterhaus. Figen würde beleidigt sein. Und wo sind Willi und Anita?« Sie wies auf das leere Rechteck unter Saskias Wohnung.

»Ich war noch nicht soweit«, sagte er, blinzelte ihr zu und nahm den Stift, bildete eine überaus kurvenreiche Anita ab und daneben einen Mann, der sich mit einer Art Pistole bewaffnet über jemanden beugte, der auf einer Pritsche lag.

»Das wissen Sie also auch«, meinte sie ehrfürchtig, »alle Achtung. Und wozu das Ganze?«

»Mein Cappuccino«, erinnerte er sie.

»Ach ja.« Sie lief zur Kaffeemaschine, die glitzernd und gewaltig auf dem Tresen stand und warf sie an. Der Wirt erschien mit einer Tafel, auf der er mit Kreide das Tagesessen notiert hatte. »Ich denke, heute können wir sie mal rausstellen, Rosa«, sagte er. »Ist das gut so?«

»Fish and chips«, buchstabierte sie und verzog dann den Mund.

»Warum schreibst du nicht Fisch mit Pommes, Leo?«

»Das macht sich besser.«

»Na gut, meinetwegen.« Sie brachte Ewald den mit Milch aufgeschäumten Kaffee und hatte seine Skizze anscheinend vergessen. Er dankte ihr, tat das Blatt zu den anderen in seine Tasche und wollte gerade in das Sandwich beißen, als die ersten Töne der *Kleinen Nachtmusik* zu ihm hochstiegen. Er seufzte resigniert und griff nach dem Handy. Benedum wahrscheinlich. Wollte ihn wohl kontrollieren. Aber es war seine Mutter.

»Denkst du daran, daß ich bald mein Kränzchen habe?« fragte sie. »Ich habe all meine Damen eingeladen, und sie würden sich freuen, dich zu sehen.«

»Ich werde dran denken«, versprach er.

»Ich habe auch eine Überraschung für dich.« Sie machte eine Pause. »Willst du wissen, was?«

»Ich denke, es soll eine Überraschung sein.«

»Ja... ja, natürlich. Inge kommt auch, du weißt schon, Marie-Luises Tochter.«

Marie-Luise war eine der ältesten Freundinnen seiner Mutter. Und Inge? Er versuchte sich zu erinnern, bekam aber nur das Bild einer Zwölfjährigen mit abstehenden Zöpfen und einer Zahnspange vor sein inneres Auge. »Schön«, sagte er.

»Sie hat ein fantastisches Abi gemacht. Die Beste von Rheinland-Pfalz oder so. Und sie sieht jetzt sehr nett aus.«

Wieder eine, dachte er. »Ist sie die Überraschung?«

»Nein, du Dummchen. Hast du noch genug zu essen?«

Er betrachtete das Sandwich, das so dick belegt war, daß er es zusammendrücken mußte, um überhaupt hineinbeißen zu können.

»Es geht«, sagte er.

Sie gab einen kleinen entsetzten Schnaufer von sich. »Aber ich hab dir doch genug mitgegeben. Also gut, ich schick dir einen Scheck, aber sag Papa nichts davon.«

»Wie werd ich denn. Tschüs, Mutter.«

Er verstaute das Handy wieder, begann jetzt endlich zu essen, fand beides, Sandwich und Kaffee, hervorragend, genehmigte sich die vierte der acht Zigaretten, die er über den Tag verteilte, zahlte bei Rosa und trat hinaus auf den Vorplatz. Ein anscheinend herrenloser Hund kreuzte seinen Weg und blickte ihn erwartungsvoll an. Ewald zuckte mit den Schultern, klopfte sich den Bauch und wandte sich ab. »Tut mir leid«, sagte er. »Ich hab alles selbst aufgegessen.«

Der Hund setzte sich, kratzte mit der Pfote hinter seinem Ohr und schüttelte sich dann so heftig, daß die Dreckpartikelchen nur so flogen. Ewald tat einen Satz zur Seite. »Altes Ferkel«, rief er. »Muß das sein?«

Der Hund gähnte unbeteiligt und trottete davon, ein paar Spatzen zankten unter dem mageren Bäumchen um eine Brotkruste und drüben in dem gewölbeartigen Laden, auf dessen Tür mit Goldbuchstaben das Wort ›Änderungsschneiderei‹ geschrieben war, bewegte sich jetzt jemand. Ein Mann war von seinem Platz hinter der Nähmaschine aufgestanden und hängte ein Kleidungsstück zu den zahlreichen anderen, die an einer Stange längs der Wand aufgereiht waren. Ewald beobachtete ihn und rief sich, seine Stirn reibend, den Namen ins Gedächtnis. Ertrugul. Vorname? Er öffnete seine Tasche und blätterte. Erkan. Na also. Er würde mit ihm anfangen.

3

Ertrugul, Wolf und Wang

Schon seit einer Stunde hatte Erkan diese seltsame Aura verspürt, die einem Anfall vorausging. Es war ein Zustand leichten Entrücktseins, nicht einmal unangenehm, und der Arzt, der ihn behandelte, hatte erklärt, daß er bei diesen ersten Anzeichen auf keinen Fall mehr Auto fahren dürfe, sich am besten in seiner vertrauten Umgebung aufhalte, seine krampflindernden Tabletten einnehme und im Bett oder auf einem Sofa das Ende des Anfalls abwarten solle. Natürlich wäre es vernünftig gewesen, den Laden zu schließen und in die Wohnung im Hinterhaus zu gehen, wo Figen sich um ihn kümmern würde, aber er scheute den Gedanken an ihre Fürsorge, das aufgeregte Hin- und Hergerenne, um nasse Tücher für die Stirn oder eine weitere warme Decke für die Füße zu holen. Und dann würden auch die Kinder verschreckt um ihn herumstehen, von Figen verscheucht, aber hartnäckig wieder an seiner Seite, wenn sie einen Moment nicht aufpaßte.

Er strich noch einmal über den Ärmel des Mantels, den er gerade fertig gesäumt und vorsichtig überbügelt hatte, achtete darauf, daß er nicht zu eng zwischen den anderen Kleidungsstücken an der Stange hing, und bemerkte dabei, als er den Blick hob, auf der anderen Straßenseite vor Leos Kneipe einen sehr gut angezogenen jungen Mann, der seinen Laden zu inspizieren schien. Und nun überquerte er die Straße und kam beinahe direkt auf ihn zu. Er öffnete die Eingangstür, lauschte einen Augenblick dem Glockenspiel nach, das Erkan darüber angebracht hatte, tat die zwei, drei Schritte, bis er vor ihm stand, und streckte ihm die Hand hin. Erkan nahm sie erstaunt und ließ sie gleich wieder los, der Fremde hatte kein Kleidungsstück dabei. Was wollte er?

»Möchten Sie etwas abholen?« fragte er höflich.

»Nein. Ich komme anstelle von Herrn Mack. Im Auftrag von Herrn Stein. Ich soll Ihre Wünsche und Beschwerden entgegennehmen.«

»Ach, wirklich«, sagte Erkan, und dann spürte er, wie der Anfall kam, ihm die Zunge verdrehte und die Sprache abwürgte. Er riß den Mund auf und hob hilflos die Hände, aber er brachte nur noch ein paar gurgelnde Laute heraus, bevor er sich taumelnd zu der Wand mit dem großen Ankleidespiegel hinüberbewegte, sich dort einen Moment abstützte, um dann langsam in eine Hockstellung zu gleiten, den Kopf nach hinten geworfen und die Augen verdreht, so daß nur noch das Weiße der Augäpfel zu sehen war. Ewald warf seine Tasche weg und kniete sich neben ihn.

»Aber Herr Ertrugul«, rief er, »so schlimm kann das alles doch gar nicht sein. Natürlich ist dieser Stein...«, er wollte etwas Abwertendes sagen, überlegte sich dann aber, daß es sicher nicht angebracht war, seinen Auftraggeber gleich zu demontieren, und ergänzte, »dieser Hausbesitzer vielleicht ein bißchen streng, aber man kann doch über alles reden.«

Als Erkan nicht reagierte, klopfte er ihm erst leicht auf

die Wangen, umfing ihn schließlich mit beiden Armen und versuchte ihn hochzuziehen. Und als wäre dies die einzige Sprache, deren Erkan noch fähig war, umklammerte er den jungen Mann mit beiden Armen und drückte ihn fest an sich, in einem stummen Hilfeschrei, den Ewald, so gut er konnte, erwiderte. Er spürte die Rippen unter dem Pullover, und die Magerkeit dieses Mannes mit dem traurigen Schnauzbart in dem schmalen Gesicht erinnerte ihn an den Köter, der ihn vor wenigen Minuten draußen auf dem Gehsteig vor Leos Kneipe angesteuert hatte. Auch bei diesem Türken konnte man bestimmt mit bloßem Auge die Rippen zählen. Er machte einen Arm frei, suchte nach seiner Tasche, holte das Handy heraus und wählte den Notruf. Eine beruhigend sachliche Stimme meldete sich und Ewald erklärte, daß er einen Mann da habe, der nicht mehr ansprechbar sei.

»Wo?«

»In der Änderungsschneiderei Hafenstraße 35.«

»Im Jungbusch?« fragte die Stimme.

»Ja.«

»Gut, ich schicke jemanden. Und Sie sind sicher...«

»Was?«

»Daß er nichts getrunken hat oder so. Sie wissen schon.«

Ewald beugte sich über Erkans Gesicht und schnüffelte. »Stocknüchtern«, teilte er mit. »Außerdem ist er Türke.«

»Was soll das heißen?«

»Die trinken nur Tee.«

»Allah sei mit Ihnen«, sagte die Stimme. »Wir sind gleich da.«

Es fiel Ewald nicht ein, nach draußen zu laufen und irgendwelche Hilfe zu holen. Auf den Knien liegend, hielt er den Mann an seine Brust gedrückt und sah sich dabei in dem Laden um. Vor dem Ankleidespiegel lag ein abgewetzter Teppich, der ihnen beiden im Moment als Unterlage diente. Im Hintergrund stand auf einem Tisch, über dem eine tief heruntergezogene Hängelampe brannte, die Nähmaschine. Die Wand, dem Spiegel gegenüber, war ganz von der Reihe der fertigen oder noch auf ihre Abänderung wartenden Hosen, Röcke, Kleider, Jacken und Mäntel eingenommen, und auf dem schmalen Sims innen vor dem Schaufenster standen alte gußeiserne Bügeleisen, beinahe die einzige Dekoration bis auf ein Bild, das die blaue Moschee in Istanbul zeigte.

Noch während er das Bild betrachtete und sich an das Innere der Moschee zu erinnern versuchte, denn obwohl es in Istanbul keine Jugendstilhäuser gab, hatte seine Mutter ihn auch dort mal mit hingenommen, fuhr draußen ohne Blaulicht und Sirene ein Notarztwagen vor, aus dem eine Frau im weißen Kittel sprang, gefolgt von einem Sanitäter, der eine Tasche trug.

Sie kamen in den Laden, und das Glockenspiel über der Tür klingelte genauso melodisch wie vorhin. Die Ärztin kniete sich neben die beiden Männer auf den Boden, fühlte Herrn Ertruguls Puls und klopfte ihm leicht rechts und links ins Gesicht. »Wie heißt er?« fragte sie dabei.

»Erkan«, sagte Ewald. »Erkan Ertrugul.«

Sie setzte ihre Bemühungen fort und rief dabei den Namen. »Herr Ertrugul«, rief sie. »Hören Sie mich?« Er reagierte nicht, hielt die Augen jetzt geschlossen, und sie hob ein Lid an und leuchtete ihm mit einer winzigen Taschenlampe in die Pupille. »Ein Bekannter von Ihnen?« fragte sie.

»Nein. Ich war eher zufällig hier.«

»Hat er sich über etwas aufgeregt?«

Ewald hob ratlos die Schultern. »Weiß ich nicht. Ich hatte gerade einen Satz zu ihm gesagt, da legte er schon los.«

»Legte los?«

»Na ja, benahm sich komisch.«

»Gut«, sagte sie, »wir nehmen ihn mal mit.«

Hinter dem Notarztwagen war jetzt ebenso lautlos ein Einsatzwagen des Roten Kreuzes angekommen, zwei Männer, die eine Plane trugen, traten ein, packten Herrn Ertrugul, der plötzlich wild um sich zu schlagen begann, dort hinein, und brachten ihn in den Krankenwagen.

»Wo kommt er hin?«

»In die Notaufnahme. Ins Klinikum.«

»Und weiter?«

Die Ärztin hob ungeduldig beide Hände. »Geben Sie seiner Familie Bescheid. Irgend jemand soll kommen und nach ihm sehen und seine Karte mitbringen.«

Und schon war sie draußen. Auch beim Wegfahren schalteten sie weder Licht noch Sirene ein. Also kann es nichts Lebensbedrohliches sein, sagte sich Ewald. Er machte sorgfältig die Lampe über der Nähmaschine aus, drehte das Schild, das an der Tür hing, um, so daß es jetzt den Laden für geschlossen erklärte, zog den innen steckenden Schlüssel ab, verschloß von außen und atmete tief durch. Es regnete immer noch nicht. Vor Leos Kneipe hatte sich ein Gast auf einem der im Freien stehenden Stühle niedergelassen, vor sich ein großes Bier. Ewald schluckte und fuhr sich mit der Zunge über die Lippen, ließ den Schlüssel in seine Jackentasche gleiten und überquerte die Straße noch einmal, um sich aufseufzend an einem Tisch neben dem zufriedenen Trinker niederzulassen. Ergeben faltete er die Finger über seiner Tasche, die er auf die Tischplatte gelegt hatte und wartete. Rosa kam und zog erstaunt die Augenbrauen hoch. »Immer noch hungrig?« fragte sie.

»Das weniger. Haben Sie nichts mitbekommen?«

»Was?«

»Notarzt und Krankenwagen.«

Sie blickte ratlos um sich. »Wo?«

»Sie sind schon wieder weg.«

»Vielleicht geht's Herrn Holl schlechter«, meinte sie leichthin. »Wissen Sie, hier werden viel Einsätze gefahren, ist es nicht die Polizei, ist es was anderes. Was darf ich Ihnen bringen?«

»Ein Bier«, sagte er. »Oder nein, bringen Sie mir lieber einen Weißwein. Einen französischen, falls Sie den haben. Es war der Türke.«

»Welcher Türke? Wir haben ein paar tausend Türken in der Gegend.«

Ewald wies über die Straße. »Ich spreche drei Worte mit ihm und er fällt um.«

»Ach so«, sagte sie. »Sie meinen Ertrugul. Ja, er hat ab und zu einen Anfall. Nichts Schlimmes. Er kann sehr gut damit umgehen, und es dauert auch nie lange. Er bekommt nicht einmal Schaum vor dem Mund. Näßt sich nicht ein oder so was.« Sie begriff plötzlich und begann zu lachen. »Sie haben den Krankenwagen gerufen?«

»Ja… ich konnte ja nicht wissen…«

»Natürlich nicht.«

»Ich werde seiner Frau Bescheid geben müssen.«

»Das wird wohl nötig sein.«

»Aber nicht gleich, wenn es nichts Schlimmes ist, wie Sie sagen.«

»Etwas, womit man leben kann. Bei Otto«, sie nickte zu der noch geschlossenen Bar hinüber, »bei Otto haben sie vor zwei Monaten jemandem mit einem Messer die Luftröhre durchgeschnitten. Den hätten Sie schreien hören sollen. Er schrie, bis er nicht mehr konnte, schlimmer als ein Schwein, das geschlachtet wird.«

Ewald zerrte am Knoten seiner Krawatte und lockerte ihn. »Nicht mehr konnte?« fragte er heiser.

»Bis er hops war. Ich bringe Ihnen jetzt den Wein.«

Das Individuum am Nebentisch hatte ihr Gespräch mit großer Anteilnahme verfolgt, hob jetzt sein Glas und prostete Ewald zu.

»Das ist wohl nicht Ihre Gegend?«

»Nein.«

»Und wo wohnen Sie, wenn ich fragen darf?«

»In Ludwigshafen. In Maudach«, sagte er. »Direkt am Maudacher Bruch. Das heißt, da habe ich gewohnt und da leben meine Eltern. Jetzt gehört mir ein kleines Appartement hinter der Feuerwache.«

»Und was führt Sie hierher?«

»Muß ich Ihnen das sagen?«

»Aber nein. Ich denke, ich weiß es sowieso.«

Ewald rückte den Stuhl etwas zur Seite, damit er seinen Gesprächspartner besser ins Auge fassen konnte, und stellte dabei fest, daß der andere ihn keineswegs provozieren wollte, sondern ihm ein neugieriges und wohlwollendes Interesse entgegenbrachte, mit übereinandergeschlagenen Beinen und lässig zurückgelehnt das Glas noch einmal auf sein Wohl erhob und in wenigen langen durstigen Schlukken leertrank.

»Dieser Schokoladengeruch den ganzen Tag geht auf die Geschmacksnerven«, sagte er, nachdem er sich den Mund abgewischt hatte, beugte sich vor und tippte Ewald aufs Knie. »Ich habe auf dem Heimweg von der Fabrik kurz mit Anita gesprochen, und sie hat mir Ihr Kommen angekündigt. Wolf ist mein Name. Willi Wolf.«

Ewald errötete leicht. »Ja«, sagte er, »dann wissen Sie ja, um was es geht. Ich soll mich um die Belange der Mieter kümmern, solange Herr Mack verhindert ist.«

»Und das tun Sie ja sehr intensiv«, sagte Willi Wolf und deutete mit dem Kinn zur Änderungsschneiderei hinüber, wo jetzt eine Kundin das Schild betrachtete, in kurzes Nachdenken verfiel, um dann gegen jede Vernunft ein paarmal gegen die Glasscheibe zu klopfen.

Der Weißwein kam und erwies sich als genau richtig in der Temperatur und frisch auf der Zunge. Ewald begann sich zu entspannen, kramte seine Zigaretten heraus und bot eine an. Sein Gegenüber winkte ab.

»Ich rauche nicht. Schadet der Schönheit«, sagte er. Er hatte ein weiteres Bier geordert und zog jetzt seine Jacke aus, eine verwaschene blaue Jeansjacke, die innen mit Webpelz besetzt war. Auf seinen muskulösen Armen wurden nun Tätowierungen sichtbar, Herzen und Jungfrauen, Drachen und Blumen in sanftschillernden gedämpften Farben, die wie überpudert wirkten. Ewald war fasziniert. Vor allem ein kleiner, ganz in Blau und Violett gehaltener Schmetterling über Willi Wolfs linkem Handgelenk hatte es ihm angetan. Er berührte ihn vorsichtig mit einem Finger und fühlte, wie ihm ein Schauder über den Rücken lief. »Können Sie mir auch so etwas machen?« fragte er.

»Ja. Kein Problem.«

»Wann?«

»Wann immer Sie wollen.«

»Kostenpunkt?«

»Einhundertzwanzig Mark.«

»Ich werde mich bei Ihnen melden«, sagte Ewald, trank bedächtig seinen Weißwein. Und so glitten sie in einen schläfrigen Nachmittag hinein, ohne viel zu reden, dankbar für die Wärme, eingebettet in das Geschrei der Kinder, die um sie herum spielten, sich anrempelten und jagten, begutachteten schläfrig die immer noch telefonierenden schwarzen Krähen, die langsam vorbeifahrenden Autos, die unentwegt gähnende Frau, die vor Ottos Bar das Gitter hochzog, und waren so weit weg, in irgendwelchen Träumen verloren, daß sie dem beleidigt wirkenden, auf der anderen Straßenseite aus einem Taxi aussteigenden Erkan Ertrugul kaum einen Blick schenkten.

»Er braucht seinen Schlüssel«, sagte Willi Wolf schließlich, nachdem er gelangweilt eine Weile Ertruguls Gezappel an der Tür des Ladens verfolgt hatte.

»Was?« Ewald fuhr hoch und kramte in seiner Jackentasche. »Selbstverständlich. Dürfte ich vielleicht Sie... dürfte ich Sie bitten, ihm den Schlüssel zu bringen? Ich nehme an, er ist im Moment nicht gut auf mich zu sprechen.«

»Ertrugul tut niemandem was. Aber geben Sie nur her.« Er griff sich eines der Kinder, gab ihm den Schlüssel und wies über die Straße. Das Kind schlängelte sich geschickt zwischen einem Lieferwagen und einem Taxi durch, führte seinen Auftrag aus und kehrte vergnügt hopsend zurück.

»Geben Sie ihm Geld für ein Eis oder so was«, sagte Willi Wolf. Ewald gehorchte, und während er noch in seinem Geldbeutel nach einer Silbermünze suchte, trat ein seltsames Geschöpf auf den Balkon im ersten Stock über dem Eingangsportal zum Haus Nummer 35. Es war ein untersetzter, kräftig gebauter Asiate, der einen Kimono trug, der sich weit bauschte, als er die Arme in einer heftigen Bewegung hochriß, um sie dann, langsam und in theatralischer Feierlichkeit, mit nach oben gewandten Handflächen wieder sinken zu lassen.

»Herr Wang, nehme ich an«, flüsterte Ewald ehrfürchtig. Über Verkehrslärm und Kindergeschrei erhob sich nun eine Stimme, so voll Wohlklang und Zärtlichkeit, daß sie jedem, der sie hörte, ans Herz rühren mußte. Ewald hielt Rosa, die Herrn Wolf gerade das vierte Glas Bier hingestellt hatte, an der Schürze fest und bedeutete ihr stumm, auch ihm noch etwas zu bringen.

»Das gleiche?« fragte sie.

Er lächelte ihr zu, entrückt, verzaubert, und nickte nur. *»Ella mi fu rapita… Parmi veder le lagrime…«*, schluchzte Wang vom Balkon herunter, und die Töne lösten sich wie Blütenblätter, umschmeichelten die Sinne und legten sich den Zuhörern zu Füßen.

»Bravo«, schrie Ewald, nachdem Herr Wang geendet hatte, sprang von seinem Stuhl auf und applaudierte. Der Asiate, oben auf seinem Balkon, legte erstaunt eine Hand über die Augen, um seinen Bewunderer besser ausmachen zu können, verbeugte sich dann und stieß mit seiner Nase beinahe in den Blumenkasten, aus dem ein paar verdorrte Pflanzen hingen.

4

Herr Holl

Herr Holl saß an dem kleinen Tisch vor seinem Fenster und erging sich in müßigen Betrachtungen über den Anblick, der sich ihm bot, das Straßencafé en miniature, das Leo das erste Mal in diesem Jahr vor seiner Kneipe auf dem Gehsteig arrangiert hatte, und die beiden Männer, die dort seit zwei Stunden die einzigen Gäste waren, der eine war Willi Wolf, der auf derselben Etage mit ihm wohnte, der andere ein ihm fremder junger Mann, der ihn an seine eigene Jugend erinnerte. Er besaß noch diesen Schmelz, das Unzerstörte und Unverbrauchte, das sich in ein paar Jahren verloren haben würde, obwohl er, wenn er so zurückdachte, sich eingestehen mußte, daß er schon damals weniger zukunftsgläubig gewesen war als seine Freunde, vielleicht hatte die Krankheit, ohne daß er es ahnte, bereits ihre langen zittrigen Finger nach ihm ausgestreckt in einer unerbittlichen Erwartung.

Er ordnete die Papiere auf seinem Tisch, griff sich einen neuen Bogen, glättete ihn und schraubte seinen Füllfederhalter auf.

›Liebe Lydia‹, schrieb er. ›Ich sitze am Fenster und sehe auf die Straße. Es regnet nicht, stell Dir vor, es regnet nicht. Herr Wang unter mir hat gerade seine Arie beendet. Ich hatte mich entschlossen, mit dem Rollstuhl auf den Balkon hinauszufahren, in der Hoffnung, daß er noch etwas bringt, aber er scheint sich zurückgezogen zu haben, obwohl ihm jemand von der Kneipe gegenüber heftig applaudiert hat. Da er sehr eitel ist, wird er sich jetzt erst einmal in seinem Zimmer im Spiegel betrachten. Wie wenig eitel waren wir doch in dieser von der Hitze verzogenen Baracke am Rheinufer, diese Hitze, die im Sommer von der Sonne und im Winter von den überheizten Öfen kam, die das Faktotum Heiner, wie ein Gespenst umherschleichend, in Gang hielt. Wie wenig eitel... Wir waren Kunststudenten, und das wollten wir auch zeigen, nicht alle in dieser extremen Form, auch ich nicht, aber Du gehörtest zu denen, die bewußt in alten Fetzen herumliefen, womöglich aber, Lydia, war das eure Art von Eitelkeit. In der stickigen Hitze der Baracke, in den winzigen, abgeteilten Kämmerchen, habt ihr eure Lebensphilosophie entwickelt, Verrückte, die ihr wart, und während ich fast jeden Abend nach Hause gefahren bin, manchmal sogar noch früher, mit meinen Eltern gegessen und anschließend mit ihnen zusammen klassische Musik gehört habe, seid ihr in die Bauarbeiterkantine ganz unten am Rhein weitergezogen, um den billigen Fusel zu trinken und Teller mit Wurstresten zu bestellen, die so preiswert waren, denn einige von euch hatten wirklich wenig Geld. Ich liebte Dich damals schon so, wie ich Dich heute noch liebe, aber Du hast mich kaum bemerkt. Ich war still, bin niemals aufgefallen, nicht mit meinen Bildern und nicht mit meiner Kleidung und nicht mit meinen Meinungen. Es gab außer mir noch zwei Kinder reicher Eltern unter den Studenten, aber die taten sich doch irgendwie hervor, gaben mal eine Runde aus, brachten eine Kiste

Wein mit, luden mal die eine oder den anderen in die Villa ihrer Eltern ein, und wir mußten uns dann die Berichte von dicken Teppichen, einem echten Picasso, honigfarben glänzenden Barockkommoden und was weiß ich noch allem anhören. Das hätte ich euch auch bieten können. Auch unser Haus war groß und mit kostbaren Gegenständen eingerichtet, aber es wäre mir nie eingefallen, meinem Vater, der schwer und müde abends aus seiner Klinik kam, und meiner Mutter, meiner Stiefmutter, die so unendlich viel jünger war als er, ein Paradiesvogel, aber ihm treu ergeben, irgend etwas zuzumuten, das sie verstört hätte. Sie ließen mich Kunst studieren, weil ich es mir gewünscht hatte, ohne eine Ahnung von dieser noch so wenig etablierten Schule zu haben, von den teilweise chaotischen Zuständen, den Festen, die bis in den frühen Morgen gefeiert wurden, den Bäumchen-wechsle-dich-Spielen, die eurer Ansicht nach einfach dazugehörten, den schon begeisterten und begabten Lehrern, die aber, in ihre Probleme verstrickt, die Zügel teilweise einfach schleifen ließen. Ich ging morgens von zu Hause weg und kam sehr oft am Spätnachmittag schon wieder, brachte Aktzeichnungen und Aquarelle und in Kohle ausgeführte Stilleben mit, nicht untalentiert, aber auch nie überragend. Und ich atmete dieselbe Luft mit Dir. Ihr hattet mich gern, vor allem meine liebevoll belegten Brötchen, die mir unsere Haushaltshilfe jeden Tag mitgab und die ich bereitwillig verteilte, wenn jemand danach fragte. Ich wurde verwöhnt und konnte jederzeit in die Stadt gehen, um mir etwas zu holen, während ein paar von euch mittags in die Kantine des Finanzamts schlichen, das sich damals im Schloß befand, heute vielleicht auch noch, ich weiß es nicht, um dort heimlich einen Teller von der Suppe zu essen, die auf den Tischen bereitstand, bis irgendwann einmal jemand darauf aufmerksam wurde und sie hinauswarf. Das machte niemandem etwas aus. Alles habt ihr ausprobiert, nichts hat euch gedemütigt oder von einer Sache abgehalten. Allen voran war diese Gisela, die so schmal und groß und vollkommen war mit ihrem ebenmäßigen herzförmigen Gesicht, und Du, Lydia... Eines Abends war ein umherziehender Zimmermann an den Fenstern der Baracke vorbeigekommen und ihr hattet ihn eingeladen, euern Bauernwein mitzutrinken, und ich war dageblieben. Auch das konnte ich mir leisten, meine Eltern vertrauten mir so sehr, daß sie sich nie Gedanken machten, wenn ich einmal nicht pünktlich war. Und dieser Zimmermann erzählte im Schein blakender Kerzen, die ihr auf die Arbeitstische geklebt hattet, von seinem Leben, dem Umherwandern, den Straßen im Morgennebel und den nächtlichen Städten, durch die er gekommen war. Er berichtete vom Sternenhimmel und Schlafen im Moos neben einem glucksenden Bach, und beim Erzählen wurde sein spitzes Wolfsgesicht weich und verlor jede Härte, als brächte ihn jeder Satz ein Stück weiter in die Kindheit zurück. Aber bevor er ging, fragte ihn einer, wer von uns allen imstande wäre, die Welt so zu sehen, wie er sie sah, und er deutete ohne lange zu überlegen auf diese Gisela und Dich. Die und die, sagte er, die haben es. Und sie können gut oder böse werden. Das weiß keiner. Und damit hat er sich aus dem Fenster geschwungen und war in der Nacht verschwunden. Innigstgeliebte, meine Hand wird müde. Leb wohl und erzähl mir vom Wald.‹

Herr Holl legte den Füllfederhalter weg und rieb sich die Augen. Dann nahm er wie wahllos eines der vor ihm liegenden Blätter und begann zu lesen.

›Lieber Holl, der Wald hat seine Karfreitagsstarre verloren, die dieses Jahr anhielt, wie schon lang nicht mehr. Tag für Tag bin ich hindurchgegangen in diesem kalten tröpfelnden Regen, über das aufgeweichte Laub, das unter den Füßen wegrutscht, und der einzig helle Schein in diesem modrigen Morast kam vom Moos unter den Bäumen und den einzelnen Grasbüscheln, die noch vom letzten Jahr übrig sind. Ich glaubte nicht mehr daran, daß sich dieser Zustand jemals ändern würde. Ich hatte das Grün und das goldene Licht und die Zweige, die sich im Wind bewegen, vergessen, aber er beginnt sich zu regen, dieser Wald. Es sind die Sprößlinge der Buchen, die sich nicht mehr halten lassen, sie überziehen den Untergrund mit einem weichen Schimmer, man darf gar nicht so genau hinsehen, sonst verschwindet er wieder. Ich versichere Dir, ein paar Tage Wärme, und der Wald wird explodieren ...‹

Holl schrak zusammen, als sich eine Hand leicht auf seine Schulter legte. Seine Stiefmutter war nahezu lautlos hinter ihn getreten, drehte den Rollstuhl zu sich, damit er ihr näher war, und drückte ihm einen Kuß auf die Stirn.

Sie trug ein geblümtes Sommerkostüm in einem Ton, den man, wie er sich zu erinnern glaubte, maulbeerfarben nannte. Ein Stück aus ihrer längst aus der Mode gekommenen Garderobe. Es war die Art Kleidung, die sein Vater an ihr gemocht hatte, aber sein Vater war seit über dreißig Jahren tot, und ihm war es egal, was sie trug. Sie waren sich im Grund immer fremd geblieben, auf eine höfliche, liebenswürdige Weise. Sie war mehr seines Vaters Kind gewesen als er, und er wollte nach dessen Tod die Rolle des Beschützers nicht übernehmen. So war er ausgezogen, um sich in der Hafenstraße einzuquartieren. Nach den ersten Jahren als Grafiker hatte er die Anfänge seiner Krankheit gespürt, sich darauf eingestellt und, ohne groß das Für und Wider zu erwägen, seine Stiefmutter doch noch bei sich aufgenommen, nachdem sie auf rätselhafte Art und Weise ihren Anteil am Vermögen seines Vaters durchgebracht hatte. Sie war immer noch wie eine zerbrechliche Puppe, mit einer schmalen Taille und sanft abfallenden Schultern, und sie besuchte fast jeden Nachmittag mit einer Freundin einen Tanztee, wo mumienhafte Greise in zerknitterten Leinenanzügen sie über das Parkett schoben und sie im Licht der rosafarbenen Lampen, die sie faltenlos und schön erscheinen ließen, wieder zu den kichernden Backfischen machten, die sie einmal gewesen waren. Herr Holl nannte die beiden, zogen sie erst einmal Arm in Arm davon, bei sich die Stabheuschrecken. Aber er hätte nie etwas in der Art zu ihr gesagt, und so nickte er jetzt auch wieder beifällig und bat sie, einen leichten Mantel überzuziehen, es könne jeden Moment zu regnen beginnen.

»Glaub ich nicht«, sagte sie. »Ab jetzt wird es sich halten. Mein Knöchel schmerzt kein bißchen, und das bedeutet schönes Wetter.«

»Um so besser.«

Sie blieb vor ihm stehen, trippelte von einem Fuß auf den anderen und schlang die Finger ineinander.

»Was gibt's?« fragte er sanft.

»Nur zwanzig Mark, ja?«

»Schon wieder alles weg?«

»Ich weiß auch nicht wie«, sagte sie. »Aber das reicht gerade für ein Teegedeck. Und die Musik ist umsonst.«

»Schon recht. Hol es dir aus dem Schreibtisch und amüsier dich gut.«

Sie huschte im Zimmer herum, kramte in einer Schublade, summte dabei leise vor sich hin, und er erkannte einen Schlager, den Marlene Dietrich in den dreißiger Jahren gesungen hatte. Er lächelte traurig und wiederholte den Refrain, als sie fort war, nach einem kurzen Abschiedsgruß die Wohnungstür hinter sich zugeworfen hatte, ohne zu fragen, ob sie einen Brief mitnehmen und einwerfen solle. Sie fühlte sich wie befreit, konnte endlich das tun, worauf sie den ganzen Tag gewartet hatte, sich bewundern und anhimmeln lassen, und wie sie sonst waren, diese Tänzer, wollte sie gar nicht wissen. Sie spielten die Rolle, die sie von ihnen erwartete, und hätte jemand einen dieser Greise ans Tageslicht gezerrt, ihr mit grausamem Finger Truthahnhals, gelbes Gebiß und rotgeäderte Äuglein gezeigt, so hätte sie nur verwundert den Kopf geschüttelt. Sie brauchten nicht schön zu sein, diese Kavaliere, sie sollten dafür sorgen, daß sie sich schön fühlte, nur darauf kam es an.

Leben ohne Liebe kannst du nicht, murmelte Holl den Text des Liedes vor sich hin. Er hatte nie jemanden geliebt außer Lydia, hatte ihretwegen nicht geheiratet. Wann waren sie sich das letzte Mal begegnet? Sie war wie über Nacht von der Kunstschule verschwunden, keiner wußte wohin, aber er hatte sie ein Jahr danach noch einmal im Nationaltheater getroffen. Es war in der Pause von *Der*

Freischütz gewesen, seine Eltern waren im unteren Foyer geblieben und er war mit einem Glas Sekt in der Hand die Treppe zum oberen hochgestiegen. Und da saß sie mit einer Tante vom Land, wie sie ihm erklärte, als er auf sie zugegangen war und sie angesprochen hatte, einer Tante vom Land, die schlecht hörte und kaum noch etwas sah, die in ein verschossenes grünes Samtkleid gezwängt war und eine Art auseinandergeschnittenen Muff über den Schultern trug, an dem sie ab und zu zupfte oder ihn schüttelte, als wäre er eine Nerzstola.

Da saß also Lydia neben ihr, auch nicht viel eleganter, inmitten dieses Gewoges gutangezogener und sich in gedämpftem Plauderton unterhaltender Besucher, erzählte ihm, daß diese alte Dame neben ihr eine Schwester ihres Vaters sei und in einem alten Pfarrhaus in den böhmischen Wäldern lebe. ›Böhmische Wälder‹, hatte sie gesagt, darunter tat sie es nicht, und er, in einem gutgeschnittenen dunklen Anzug, groß und nicht einmal linkisch in dieser Umgebung, in die er besser paßte als in die staubige Baracke der Kunstschule, hatte in ihre sich plötzlich verdunkelnden Augen gesehen und gespürt, daß sie einen Kummer hatte. Spiel war das immer noch, mit den ›böhmischen Wäldern‹, aber aufgesetztes Spiel, und statt vor allen Leuten vor ihr niederzuknien und zu sagen: »Lydia, ich liebe dich und werde nie jemand anderen lieben! Komm zu mir und bleib bei mir, und ich werde dir Rosen streuen, solange ich lebe!«, hatte er nur höflich gefragt, ob er ihnen etwas zu trinken bringen dürfe, und als Lydia abgelehnt hatte, war er von ihnen weggegangen.

Danach waren vierzig Jahre verstrichen, bis ihm einer

aus der Kunstschule eine Adressenliste zugesandt hatte, von allen, die damals in der Baracke gehaust hatten. Kein einziger war richtig berühmt geworden, und was waren sie sich doch ihrer Einmaligkeit so sicher gewesen. Den meisten schien es leidlich zu gehen, so wie ihm, sie arbeiteten als Grafiker, Designer, Kunsterzieher, einige wenige waren freischaffend. Bei Lydias Kurzbiographie hatte kein Beruf gestanden, sie war verheiratet gewesen, nun geschieden, lebte nicht mehr in Mannheim, sondern in einem Dorf am Winterhauch, einer Gegend, die von einer spröden Schönheit war. Holl kannte sie von den wenigen Exkursionen, die er vor Ausbruch seiner Krankheit mit einem Freund seines Vaters, einem pensionierten Lehrer, der sich für den Odenwald und seine Sagen interessierte, dorthin gemacht hatte.

Er hatte Lydia geschrieben, ihr endlich geschrieben. ›Liebe Lydia, liebste Lydia, erzähl mir vom Wald. Ich sitze im Rollstuhl und komme kaum noch hinaus …‹

Sie hatte geantwortet und vom Wald erzählt. Nur vom Wald. Der Wald zu jeder Jahreszeit und bei jedem Wetter, hatte erzählt von Lichtungen voll Akelei, von Sonnenuntergängen hinter Fichtenstämmen, die diese für Sekunden in feurige riesige Speere verwandelten, von flirrenden grasüberwachsenen Wegen in der Mittagshitze, wo man von fern Pans Flöte zu hören glaubte, von rostfarbenem Laub, das im Winter gefroren unter den Füßen knirschte, vom schräg hereinfallenden Schneegeriesel, von abweisender Häßlichkeit im Vorfrühling und dann plötzlich über Nacht hervorbrechenden Anemonenteppichen. Kein Brief glich einem der vorhergehenden, und er atmete und spürte mit ihr zusammen die Herbstnebel, die feuchtigkeitsgesättigte Luft nach einem Regen oder das spielerische Licht- und Schattengesprenkel der durch die Blätter fallenden Sonnenstrahlen auf den geschlossenen Lidern.

Herr Holl breitete beide Hände über die Papiere und hielt sie fest, als ein leichter Windstoß, der von der offenen Balkontür kam, sie erreichte und hochzuheben versuchte. Trübsinnig beschwerte er sie mit einer großen blauen Glaskugel, die unten abgeflacht war, und rollte sich auf den Balkon.

»Wang?« rief er.

Herr Wang kam über ihm hervorgetänzelt und beugte sich über die Brüstung. »Was ist?« fragte er. »Soll ich Zivi reinlassen? Hat er wieder den Schlüssel vergessen? Und die schöne Dame ist unterwegs.«

»Nein, das ist es nicht.«

»Was dann?«

»Kennen Sie Marlene Dietrich?«

»Schon«, schnurrte Wang. »Eine wunderbare Frau. Was ist mit ihr?«

»Nichts. Kennen Sie die Lieder, die sie gesungen hat?«

»Die *Lola*?«

»Nein, das meine ich nicht.«

»Nimm dich in acht vor blonden Fraun?«

»Das auch nicht.«

»Nun sagen Sie schon.«

»Ach, vergessen wir's«, sagte Herr Holl. Er kam sich auf einmal lächerlich vor, ein alter Mann im Rollstuhl, der sich einen Schlager wünschte wie eine sentimentale Hausfrau im Wunschkonzert.

»Ist auch besser so«, krähte Wang affektiert. »Marlene Dietrich in allen Ehren, aber sie war keine Callas. Hab ich recht?«

»Ja.«

»Dann auf ein andermal, mein Freund. Und glauben Sie mir, ich spreche aus Erfahrung, man sollte sich nicht so festlegen, nicht bei Liedern, nicht bei Frauen...«, er seufzte laut. »Nicht bei Männern, die aussehen wie Frauen. *Questa o quella.*« Und damit zog er sich zurück.

5

Mack

Ewald fuhr zu seinem Stellplatz unter einem der Hochhäuser neben der Feuerwache, stieg aus, schloß das Auto ab, dehnte und streckte die Arme und gähnte ungeniert mit weit offenem Mund, es sah ihn ja keiner. Es war zu spät gewesen, Herrn Steins Obliegenheiten weiter nachzugehen, und die Mieter liefen ihm ja nicht davon. War es nicht sowieso viel besser, sie alle erst einmal sozusagen außerhalb seines Auftrags kennenzulernen?

Er wußte nun von Ertruguls Krankheit, kannte Herrn Wangs Stimme, Willi Wolfs Tätowierungen und die obere Hälfte von Herrn Holl, der einmal kurz mit seinem Rollstuhl auf den Balkon herausgefahren war, um mit Wang zu reden. Außerdem hatte ihn Willi auf Holls Stiefmutter aufmerksam gemacht, die schon vorher aus dem Haus gekommen war, sich dort mit einer Freundin getroffen hatte, um dann an deren Arm dem Luisenring zuzustreben. Zu einem Ball der einsamen Herzen oder etwas Ähnlichem, hatte Rosa ihm erklärt. Dazu kam die Bekanntschaft mit Erkans und Figens Kindern Sedat, Ülül und Elif, die auf dem Weg zum Spielplatz an ihnen vorbeigekommen waren, Willi freudig begrüßt hatten und dann auf ihm herumgeklettert waren, um kleine, in Stanniol verpackte Schokoladestückchen aus seinen Taschen zu fischen.

Ewalds Ansicht nach war das für einen einzigen Nachmittag eine durchaus beachtliche Leistung, aber wie sollte er das Benedum erklären?

Er öffnete die Tür, die von der Garage gleich in seine Wohneinheit führte, und ging durch die nur von künstlichem Licht erhellten Flure und Treppenaufgänge zu seinem Appartement im dritten Stock.

Es gab keine Bilder und Pflanzen in den Fluren, nur ab und zu ein Paar einsamer Schuhe auf einem der Fußabkratzer vor diesen zahlreichen, einander so ähnlichen, anonymen Türen. Er lauschte auf Geräusche. Nichts. Gerüche? Schnüffelnd zog er die Luft ein. Nichts. Aber seine Wohnung empfing ihn dankbar und mit Wärme; er hatte wie immer die Jugendstillampe, die er sich im Muchamuseum in Prag gekauft hatte, brennen lassen, und sie beleuchtete sein Prunkstück, dieses Schlachtschiff von einem Sofa, das in einem Rot gehalten war, das an Ochsenblut erinnerte. Der warme Schein der Lampe machte es noch einladender, als es ohnehin schon war, und Ewald blieb einen Moment in seiner kleinen Diele stehen, unter dem Rundbogen, der sie vom Wohnzimmer trennte, und betrachtete beides voll Stolz. Lampe und Sofa hatten ihn zusammen drei seiner Referendarsgehälter gekostet – das Sofa war von Liberty's in London und hatte mit dem Schiff gebracht werden müssen, dafür war das Zimmer sonst so gut wie leer. Eine Stereoanlage, natürlich, aber die hatte er von zu Hause mitgenommen, und dazu kam so ein bißchen Zubehör von Ikea, Küchentisch, Stühle, Badezimmermöbel, das Bett und ein Kleiderschrank.

Er warf sich aufs Sofa und verschränkte beide Arme

hinter dem Kopf, schloß die Augen und sank in einen angenehmen Dämmerschlaf, aus dem ihn die ersten Takte der *Kleinen Nachtmusik* behutsam wieder hervorholten. Es war Mack, Mack, der aus dem Krankenhaus anrief, seinerseits wahrscheinlich in Fahrt gebracht von dem alten Benedum, der Ewald nicht traute. Ewald setzte sich aufrecht hin, zog die Füße an und begann die Schnürsenkel an seinen Schuhen zu lösen, während Mack ihm erklärte, daß er, was Herrn Steins Belange anginge, auf keinen Fall schludern dürfe. Durchgreifen, das sei in diesem Haus weit eher angebracht.

»Was macht der Knöchel?« fragte Ewald. »Soll ich Sie mal besuchen?«

»Der Knöchel kommt schon wieder in Ordnung, aber es dauert. Und Sie sollen ja auch in die vielschichtigen Aufgaben unserer Kanzlei hineinwachsen … es ist nur so …«

»Ich wachse, ich wachse«, erklärte Ewald, streifte sich die Schuhe ab und warf sie auf den Boden. »Und ich bin dankbar für diese Aufgabe. Ich habe Herrn Ertrugul kennengelernt …«

»Ein absoluter Traumtänzer«, sagte Mack, »setzt ein Kind nach dem anderen in die Welt.«

»Wolf, den Tätowierer, und seine Frau.«

»Mehr als listig … beide.«

»Die Stimme von Wang«, fuhr Ewald ungerührt fort, »und einen Teil von Herrn Holl. Die Stiefmutter nicht zu vergessen.«

»Haben Sie mit all den Leuten gesprochen?«

»Nicht mit allen.«

»Haben Sie sich etwa privat mit ihnen eingelassen?«

Darauf reagierte Ewald nicht. »Die Gegend dort hat was«, sagte er. »Ich bin wirklich sehr von ihr angetan, bezaubert, könnte man sagen.«

»Hat was?« Mack schien sich vor Lachen in seinem Bett zu wälzen. »Wer hat Ihnen das eingeredet? Benedum? Haben Sie die Kinder gesehen, die den ganzen Tag auf der Straße herumlungern, weil ihre Mütter schon vormittags besoffen in der Wohnung liegen, alleinerziehend, arbeitslos, ohne Aussicht auf Besserung? Und was ist so bezaubernd an diesen Ramschläden mit Wasserpfeifen, bonbonrosa Tischdecken, Billigbestecken und nachgemachten Rolex-Uhren? Woher kommt die Menschenschlange vor dem Brot- und Salzladen jeden Morgen? Warum stehen die Leute da, wenn sie doch in einer so interessanten Umgebung leben, daß das bißchen Essen wohl keine Rolle mehr spielen dürfte?«

»Was ist ein Brot- und Salzladen?«

»Dort wird das günstig abgegeben, was woanders liegenbleibt. Erdbeeren, die die Damen, die auf dem Markt einkaufen, dem Händler mit spitzen Fingern wieder hinwerfen. Um so etwas schlagen sich dann später die Bewohner der Gegend, die ›was hat‹.«

»Nun ereifern Sie sich doch nicht so«, meinte Ewald, »meiner Ansicht nach hat das eine mit dem anderen nichts zu tun.«

»Ha!« schnaubte Mack. »Und was ist mit der Kriminalität? Den Zuhältern, Drogenhändlern, Mafiosi? Das ist ein einziges Mycel von unzähligen Straftaten!«

»Ach ja«, sagte Ewald. Er betrachtete jetzt seine Fingernägel und drehte sie im Licht der Lampe, so daß sie unter den farbigen Facetten der eingesetzten Glasteilchen mal bläulich, mal rötlich, mal orange schimmerten. »Was ist ein Mycel?« fragte er dann.

»Das, was die Pilze unter der Erde miteinander verbindet, und das wissen Sie auch ganz genau, junger Mann. Stellen Sie sich nicht so dumm.«

»Ich werde mich bemühen.«

»Sehen Sie«, sagte Mack nun versöhnlicher, »die Leute in dem Haus sind ja soweit ganz in Ordnung. Eigentlich tragbar. Für die Umgebung sogar Spitzenklasse. Aber es ist so, Benedum hat es Ihnen sicher nicht gesagt, also sag ich es jetzt. Stein will sie im Grund alle raushaben und möchte Gründe geliefert bekommen, damit er ihnen kündigen kann. Ist keine Andeutung in der Richtung gefallen?«

»Nein.«

»Dann wollte er wohl erst einmal sehen, aus welchem Teig Sie gebacken sind.«

»Ich?«

»Sie.«

»Ist er ein so wichtiger Klient für uns?«

»Er ist ein großes Tier im Haus- und Grundbesitzerverein. Hat noch mehr Objekte, die in anderen Händen als in den unseren liegen. Regelt von seinem Bett aus so manches, von dem wir keine Ahnung haben. Er könnte uns schaden.«

»Aber wie denn?«

Mack machte eine lange Pause und seufzte dann laut. »Sie scheinen mir ein Schmetterling zu sein, der über dem Sumpf tanzt«, erklärte er schließlich. »Aber eines Tages wird es ›schnapp‹ machen, und Sie landen im Maul eines der für Sie bis dahin unsichtbaren Krokodile.« Er seufzte noch einmal. »Wenn Sie nicht langsam damit anfangen, sich vorzusehen.«

»Meinen Sie?« Ewald versuchte sich Mack in seinem Krankenhausbett vorzustellen. Man hatte ihn ihm als eher klein und drahtig beschrieben, ein nicht verheirateter Vierzigjähriger, der aber, wie Ewald unfreiwillig bei einem Damenkränzchen seiner Mutter mitbekommen hatte, ein Aufreißer erster Güte sein mußte. Er hatte damals so getan, als höre er nicht hin, und die Damen hatten sich regelrecht in Rage geredet.

›Niemals eine Klientin, niemals ein Mädel aus dem Büro. Keine zufälligen Bekanntschaften. Tennisklub, Schachklub, Reitklub. Da schleppt er schamlos ab.‹

›Auch Verheiratete?‹ Gekicher.

›Auch, die womöglich noch am ehesten. Man hat mir erzählt...‹ Geflüster, und Ewald hatte sich ein weiteres Stück Kuchen holen müssen, um dann ganz unauffällig in einen Sessel in besserer Hörweite gleiten zu können.

›Man hat mir erzählt, daß die Nachbarn ihn gebeten haben, sich schalldichte Wände anzuschaffen... so glücklich macht er die Damen.‹ Noch mehr Gekicher.

›Es soll schon vorgekommen sein, daß die jeweiligen Ehemänner aus den umliegenden Häusern, wenn sie abends müde von der Arbeit heimgekommen sind, von ihren Gattinnen mit bösen Blicken empfangen wurden, ohne daß sie sich irgendeiner Schuld bewußt waren. Bis es sich dann herumgesprochen hat, daß Mack da Maßstäbe setzte...‹ Gelächter, wenn auch etwas mit Neid vermischt. ›...Maßstäbe, die sich eben nicht auf jeden anlegen lassen.‹

Zu dem Zeitpunkt hatte Ewalds Mutter ihn entdeckt und mit der Bitte, doch noch eine Flasche Wein aus dem Keller zu holen, vertrieben. ›Um Himmels willen, nicht vor dem Kind‹, hatte sie gesagt.

Ewald stellte sich Mack in einem seidenen Schlafanzug vor. Rote Seide, entschied er.

»Sind Sie noch da?«

»Ja.«

»Also keine Dummheiten.«

»Nein.«

»Schlafen Sie gut, Junior.«

»Das wünsche ich Ihnen auch.«

Er legte das Handy wieder weg, und da er nun schon einmal wach war, beschloß er, in die Küche zu gehen und sich eine Kleinigkeit zu kochen. Im Gegensatz zu dem, was er seiner Mutter gesagt hatte, quoll sein Kühlschrank geradezu über. Er griff sich eine Tupperdose und entzifferte die Schrift auf dem kleinen aufgeklebten Zettel. Rouladen mit Kartoffelbrei und Rotkraut. Innen war alles noch einmal säuberlich getrennt in Plastikbeutel verpackt, so daß er nur Wasser heiß machen mußte, um in kurzer Zeit ein gutes Abendessen zu haben. Er deckte den Tisch auf der Dachterrasse, öffnete einen Chablis, da er den Tag ja schon mit Weißwein begossen hatte, und wühlte danach in seinen CDs herum, die bunt durcheinander in einem Karton lagen. Er legte den Briefwechsel von Tschechow und Olga Knipper auf, den ihm einmal jemand geschenkt hatte, und während er den Stimmen lauschte, die den längst Verstorbenen Gehör gaben, diesen Versprechungen, Beschwörungen, Bitten und Vorwürfen, aß und trank er und ließ seinen Blick über das Neckarvorland schweifen, den Fluß selbst, über die gegenüberliegenden, alles überragenden Hochhäuser des Collinicenters und das beleuchtete, hinter der Kurpfalzbrücke liegende Museumsschiff, auf dem er noch nie gewesen war, aber für ihn fing ja alles erst an.

Er schob eine Gabel Rotkraut in den Mund und überlegte, daß jetzt, gar nicht weit von ihm, der alte Stein, blau angelaufen und schnaufend auf seinem Bett liegend, vielleicht auch gerade sein Abendessen zu sich nahm, und so hob er sein Glas in die Richtung, schluckte hinunter, was er gerade im Mund hatte, und trank seinem imaginären Gegenüber zu.

»Auf gute Zusammenarbeit«, sagte er, und als habe Herr Stein ihm eine Antwort geben wollen, krächzte eine der seltenen Möwen, die sich an den Neckar verirrten, um dann in einem weiten Bogen im Schatten einer Brücke zu verschwinden.

6

Charlotte, Paul und Cedric

In der Wohngemeinschaft im ersten Stock über Ertruguls Laden sprang Cedric wie ein wildgewordenes Kaninchen vor dem Kühlschrank herum und beschwerte sich lautstark, daß Charlotte schon wieder an seinem Aufschnitt gewesen war.

»Nur drei Scheiben«, rief Charlotte aus ihrem Zimmer, wo sie lang ausgestreckt auf dem Futon lag, ein Buch vor der Nase, das sie aber unsäglich zu langweilen schien.

»Es geht ums Prinzip«, murrte Cedric, holte sich, was übrig war, und setzte sich an den Tisch in der Küche, um einen seiner zahlreichen Imbisse einzunehmen, die er so liebte, wie Pu der Bär sie liebte. Er war groß und eigentlich fett, bewegte sich aber mit einer tänzerischen Leichtigkeit, trug außerdem weite und lässig geschnittene Kleidung, so daß seine Fülle gar nicht auffiel und er ansehnlich und imposant wirkte. Nur wenn er wie jetzt im Unterhemd herumlief, bemerkte man das Fett an seinen keulenförmigen Armen und den kleinen Busen, den er schon angesetzt hatte, aber weder Charlotte noch Paul störten sich daran.

Charlotte mit ihrem runden Kindergesicht und dem kurzgeschnittenen Fransenhaar fand sich zwar auch zu dick, wußte aber sehr gut, daß das zu ihr paßte, ihr eher nützte als schadete.

Der magere Paul konnte essen, was und soviel er wollte, er nahm nicht zu und nicht ab und war deshalb auch der einzige von den dreien, der wirklich gern am Herd stand, gern neue Gerichte ausprobierte und die anderen großzügig damit bewirtete, wenn ihm danach war und wenn er nicht gerade knapp bei Kasse war. Keiner von ihnen hatte viel Geld zur Verfügung: Cedric hatte für den Augenblick sein Geologiestudium an den Nagel gehängt und arbeitete als Krankenpfleger, Paul spülte Gläser in einem Labor und Charlotte jobbte drei Tage in der Woche bei Zweitausendundeins am Wasserturm, so kamen sie mit dem, was ihre Eltern beisteuerten, ganz gut über die Runden.

Charlotte und Paul, die beide Germanistik und Anglistik studierten, und das schon sehr lange, waren im Endspurt. Die Magisterarbeiten waren abgegeben, die schriftlichen Prüfungen überstanden, es hatte für beide nicht schlecht ausgesehen, und wenn nicht etwas ganz Unvorhersehbares dazwischenkam, würde Charlotte mit einem Gut und Paul mit Sehr gut abschließen, ein Ergebnis, das ihnen noch vor einem Jahr als reine Illusion erschienen wäre.

Sie verfügten jeder über ein Zimmer, dazu kam ein gemeinsames Wohnzimmer, in dem auf der ausziehbaren Couch Gäste übernachten konnten. Die Küche, deren Fenster auf den Hinterhof ging, war groß und altmodisch, und das langgezogene Bad, vor dessen abschließender Milchglasscheibe die Badewanne stand, war ausreichend für Bademäntel und Handtücher und eine quer durchgespannte Wäscheleine, die immer vollhing. Es war in dieser Wohnung sowieso alles zugestellt mit Regalen und Kisten mit

Krimskrams, den sie irgendwann einmal ordentlich wegräumen wollten, aber es kam nie soweit, und so begnügten sie sich damit, den Müll und die leeren Flaschen regelmäßig zu entsorgen, putzten die Wohnung nur, wenn einer doch einen Anfall bekam und die anderen anschrie, kamen aber sonst sehr gut miteinander aus, nachdem manche Mitbewohner – Charlotte und Cedric waren schon immer dagewesen – gewechselt hatten. Das ging ziemlich problemlos, ein paar Häuser die Straße hinunter gab es eine weitere WG, noch ein paar im näheren Umkreis, alle kannten sich, und so hüpften die verschiedenen Bewerber hin und her, bis jedem die Gruppierungen einigermaßen passend erschienen.

Mit Paul hatten sie einen Glückstreffer gelandet. An diesem Morgen hatte er die mündliche Prüfung in Germanistik bei seinem Professor, und sie warteten nun auf ihn, aber ohne sich Sorgen zu machen. Denn dieser Professor war, wie Paul ihnen erklärt hatte, ein liebenswerter älterer Knabe, der gern trank, die Prüfung in seiner Wohnung abnahm und ihnen – sie waren zu viert – wahrscheinlich eine Flasche Wein hinstellte, so daß die ganze Fragerei sich früher oder später in einer rosa Wolke auflösen würde.

Charlotte hatte ihre mündliche Prüfung schon hinter sich. Das größte Problem war die Kleiderfrage gewesen: Sollte sie normal, das hieß bei Charlotte ziemlich schlampig, auftreten, oder gestylt? Das wurde wohl erwartet, was ihr aber so zuwider war, daß sie es einfach darauf ankommen ließ, in einem ihrer langen Röcke, Plateauschuhen und einer flatternden Bluse hinging und das Glück hatte, auf eine Feministin zu treffen, die ihre erkrankte Professorin vertrat, eine Dame, der das strähnige Haar über einen verfilzten schwarzen Pullover hing, so daß von daher alles gutgegangen war. Aber eine Eins hatte sie ihr trotzdem nicht gegeben, weil sie Charlotte vorhielt, zu identifikatorisch zu sein.

Charlotte war empört zurückgekommen und hatte Cedric das Wort vor die Füße geworfen. »Was meint sie damit?« hatte sie gefragt.

»Ist doch klar«, war Cedrics Antwort gewesen. »Du hast nicht runtergebetet, was du hast lernen sollen, sondern wieder mal deine Meinung vertreten.«

»Das ist doch gut.«

»Aber nicht das, was sie hören wollen.«

»Sollen sie doch froh sein, daß sie mal auf jemanden treffen, der sich Gedanken macht.«

»Sind sie aber nicht.«

Daraufhin hatte Charlotte sich in ihr Zimmer auf den mit einem rot-weiß gestreiften Polster versehenen Futon zurückgezogen, um sich über ihre Enttäuschung hinwegzutrösten, die ja im Grund doch keine war, denn alles in allem war sie, jedenfalls was den Umfang ihrer Vorbereitungen auf die Prüfung anging, gut davongekommen. Sie hatte sich ihren Woody Allen gegriffen, der lieber Magengeschwüre bekam, als sich aufzuregen, ließ dabei aber ihre Tür offenstehen, um bei seiner Rückkehr rechtzeitig über Paul herfallen zu können, der natürlich mal wieder besser abgeschnitten haben würde.

Als es klingelte, sprang sie auf, stieß fast mit Cedric zusammen, der kauend aus der Küche kam, und riß so heftig an der Klinke, daß sie, sowieso locker, ein Stück aus der Halterung rutschte.

»Du hast doch einen Schlüssel«, rief sie.

»Leider nicht«, meinte Ewald. Er hatte sich den ganzen Tag freigenommen, war durch das unten offenstehende Portal hereinspaziert, entschlossen, Ertruguls Frau mit den Kindern und den ihm in so merkwürdigen Farben geschilderten Hausmeister, Herrn Steins Bruder, erst einmal auszulassen und mit der WG anzufangen, deren Mitglieder ihm im Alter wohl am nächsten kamen, von der Alleinerziehenden zwei Stockwerke darüber mal abgesehen.

»Wir kaufen nichts, wir unterschreiben nichts, wir abonnieren nichts«, erklärte Charlotte und schob die Türklinke energisch wieder zurück, bis sie einrastete.

»Das ist schon in Ordnung.« Ewald schob verlegen eines seiner Zwischendenzigarettenbonbons im Mund hin und her. »Ich vertrete Herrn Mack.«

»Ist er tot?« fragte Charlotte interessiert.

»Nein.«

»Krank?«

»Ja.«

»Aha. Also, das mit dem Wasserrohrbruch, das war so.« Sie führte ihn ins Bad und zeigte ihm ein Stück Rohr, das dort unter dem Waschbecken notdürftig gelötet aus der Wand kam. »Das Ding ist irgendwie geplatzt und hat gespritzt wie verrückt, und wir sind in den Keller gerast, um den Haupthahn zuzudrehen, aber da hatte Bruno doch tatsächlich die Kellertür mit einem Schloß versperrt, und wir mußten die Feuerwehr anrufen.«

»Und wo war Bruno mit einem Schlüssel?« fragte er vorsichtig.

»Nicht erreichbar«, antwortete sie kurz.

»Und die Feuerwehr ist dann gleich gekommen?«

»Ja, ziemlich schnell. Sie haben das Schloß aufgebrochen und das Wasser abgestellt. Ich hol Ihnen mal die Rechnung.«

Sie ging in ihr Zimmer, um ein paar Unterlagen durchzuwühlen. Als sie an der Küche vorbeikam, in die sich Cedric abgesetzt hatte, um ihr die Verhandlungen allein zu überlassen, legte sie beschwörend einen Zeigefinger auf die Lippen, damit Cedric ja nicht herausrutschte, daß der später im Bad bis zu den Knöcheln im Wasser stehende Feuerwehrmann ihnen einen Hahn gezeigt hatte, mit dem sie die Sturzflut ohne weiteres gleich hätten abstellen können, ohne zu derart dramatischen Einsätzen aufrufen zu müssen.

»Nur dreihundertundachtzig Mark«, sagte sie, nachdem sie ins Bad zurückgekehrt war, und drückte Ewald das Papier in die Hand. »Was so an den Teppichen und Möbeln passiert ist, tragen wir«, fügte sie großmütig hinzu. »Der Handwerker, der das Rohr geflickt hat, schickt seine Rechnung gleich an Herrn Stein; daß hier alles so alt ist, also, dafür können wir wirklich nichts. Oh, da kommt Paul.«

Sie stürzte in die Diele, wo der große, schmale und blasse Paul, hinter seiner randlosen Brille hervorblinzelnd, ein nicht zu verkennendes triumphierendes Lächeln zeigte.

»›Sehr gut?‹« fragte Charlotte. Paul nickte glücklich.

»Mann, hast du ein Schwein. Hat er euch abgefüllt?«

»Sich, vor allem sich. Er wohnt in so einem Plüschdings, richtig veraltet, hat uns aufs Sofa und in zwei Sessel genötigt und einen richtig guten Tropfen aufgemacht.« Das hatte ihnen jede Angst genommen und sie so beredt und erfindungsreich sein lassen, daß sie aus ihren eher trockenen Themen das Beste herausholen konnten, erklärte er.

»Nun werde ich promovieren«, sagte Paul. »Ich hab bereits mit meinem Vater und Onkel Arthur telefoniert. Mein Vater wird mich weiter bezuschussen, und Arthur schenkt mir eine Reise mit ihm zusammen, die was mit Literatur zu tun hat.«

Arthur war sein Lieblingsonkel, der in einem sehr gehobenen Altersheim in Eberbach am Neckar lebte und ihm immer wieder mal etwas spendierte.

»Ich krieg von meinen Eltern auch eine Reise«, sagte Charlotte. »Ich werde mit Achim nach Warschau, Prag oder Venedig fahren. Genau weiß ich es noch nicht.«

»*Wo* ihr euch streitet, ist doch egal«, meinte Cedric, der dazugekommen war, um Paul kurz in den Arm zu nehmen und ihm anerkennend den Rücken zu klopfen.

»Laß das«, sagte Charlotte. Aber da war was dran. Ihren gegenwärtigen Freund, einen um zehn Jahre älteren Architekt, der sein Auto, wenn er bei Charlotte übernachtete, weit unten am Hafen parkte, damit er es am nächsten Morgen auch noch vorfand, hatten sie schon oft spät in der Nacht in der Küche angetroffen, wo er, um sich und Charlotte zu beruhigen, irgendwas Leckeres zusammenbrutzelte, meistens eine mit Butter und feingeschnittenen Zwiebeln angesetzte Suppe, so daß man die Tränen, die über seine Wangen liefen, auf das Zwiebelschneiden und nicht auf Charlottes Streitlust zurückführen konnte.

Im Treppenhaus war Gepolter zu hören, dann wurde beinahe gleichzeitig auf die Klingel gedrückt und gegen das Holz der Tür gehämmert. Die drei blickten sich verzweifelt an. »Saskia«, flüsterte Cedric. »Sind wir da?«

»Nein«, sagten Paul und Charlotte.

»Hallo«, rief eine helle Stimme. »Ich kann euch verstehen.«

»Dann ist es ja gut«, meinte Cedric. Er öffnete und ließ zwei etwa achtjährige Kinder herein, einen Jungen und ein Mädchen, die einander so ähnlich waren, daß man das Mädchen nur an seinem geblümten Kleid erkennen konnte. Hinter ihnen tauchte mit beleidigtem Blick die Mutter auf.

»Was habt ihr denn?« fragte sie. »Ich wollte euch nur fragen, ob ihr so lieb seid und ein bißchen auf Sarah und Simon aufpaßt. Ich hab ein Vorstellungsgespräch.«

»Wo?« fragte Cedric und maß sie bedächtig von oben bis unten. »In der Neckarstadt? In der Lupinenstraße?«

Sie schnitt eine Grimasse. »Natürlich nicht. Man hat mir angeboten, an drei Vormittagen in der Woche, wenn Sarah und Simon in der Schule sind, im Brot- und Salzladen zu arbeiten. Und ich bekomme nichts abgezogen.«

»Wenn du so hingehst, nehmen die dich sicher nicht.«

»Meinst du?« Sie zerrte an ihrem zu kurzen Rock und zog das lila Top etwas höher. »Ich bin ganz aus dem Häuschen, wißt ihr, weil es jetzt endlich warm wird. Kriegt ihr Geistesgrößen das überhaupt mit? Es wird Frühling und Sommer in einem! Der Flieder blüht über den Tulpen, der Weißdorn hinter der Schokoladenfabrik ist wie über Nacht aufgegangen, und die Bäume … die Bäume sind von jetzt auf nachher so was von grün …«

»Und Charlotte und ich haben unseren Magister«, unterbrach sie Paul.

»Wirklich? Das ist toll. Aber ihr bleibt doch hier, ja? Ihr zieht nicht weg?«

»Auf keinen Fall. Jedenfalls vorläufig nicht.«

»Das ist gut.«

Die Zwillinge, die ausgeschwärmt waren, um zu erkunden, ob die ihnen bereits bekannten Spielmöglichkeiten in der Wohnung irgendeine neue zusätzliche Bereicherung bekommen hatten, kehrten zu der Gruppe zurück und erklärten fast einstimmig: »Im Bad sitzt einer auf dem Klo und liest.«

»Den hab ich ganz vergessen«, sagte Charlotte. Sie zogen alle vor die Badezimmertür und sahen Ewald auf dem geschlossenen Klodeckel sitzen, in eines ihrer Comic-Hefte vertieft, die sie dort in einem Regal neben der Badewanne deponiert hatten. Charlotte stellte ihn vor. »Der neue Hausverwalter. Vertritt den guten alten Mack, solange der krank ist.«

Ewald wurde rot, stand auf, schlug *Fritz the Cat* zu und legte es zurück zu den anderen Heften.

»Liest sich gut, was?« fragte Charlotte.

Er nickte. »So was kenn ich gar nicht«, meinte er. »Es sieht so aus, als hätten mir meine Eltern sehr viel vorenthalten.«

»Schicke Sachen, die du anhast.« Die alleinerziehende Mutter schob sich vor die anderen und gab ihm die Hand. »Kein Second Hand, das seh ich. Kann ich mir nicht leisten. Ich bin Saskia Mangold. Keine geborene und so. Alleinerziehend. Und das sind Sarah und Simon.«

Aber Sarah und Simon waren schon wieder auf Entdeckungsreise gegangen, hatten Cedrics neuen Heimtrainer, den er gebraucht von einem Freund gekauft hatte, in seinem Zimmer aufgespürt und stritten sich jetzt lautstark, wer ihn zuerst benutzen durfte.

Ewald drückte Saskias magere kleine Hand. »Korwan«, sagte er. »Ewald. Sie sind also der dritte Stock rechts.«

Sie starrte ihn verblüfft an. »So kann man es auch ausdrücken. Ich bin der Sozialfall hier im Haus. Das Aushängeschild für Herrn Stein, wenn ihm jemand Besitzstreben vorwirft. Na ja…« Sie zupfte wieder an ihrem Top, diesmal in die andere Richtung, und trat einen Schritt zurück, um den Gesamteindruck ihrer Erscheinung besser auf ihn wirken zu lassen, stieß dabei gegen Cedrics Wölbungen und bekam von ihm einen leichten Schubs, der sie in Richtung Diele beförderte. »Geh du jetzt zu deinem Vorstellungsgespräch und beeil dich, bitte«, sagte er. »Länger als eine Stunde halten wir deine Kinder nicht aus.«

Sie machte sich schmollend auf den Weg, drehte aber noch einmal den Kopf über die Schulter und rief Ewald zu: »Sie kommen dann doch auch zu mir?«

»Ich suche jeden hier im Haus auf«, erklärte er ernsthaft.

»Fein«, kicherte sie, und noch lange hörten sie das Klick-Klack ihrer Schuhe mit den hohen Absätzen auf der Steintreppe draußen, die hinunter in den Durchgang führte, der seinerseits wiederum Zugang zur Straße oder dem Hinterhaus bot.

Cedric schlurfte in die Küche zurück und belegte sich ein weiteres Brot, diesmal mit Käse. Sarah und Simon waren im Wohnzimmer auf dem breiten Sofa gelandet und hatten sich im Fernsehen eine Sendung eingeschaltet, in der irgendwelche verrückt verkleideten Japaner unentwegt ins Wasser fielen, während Paul unschlüssig neben Charlotte stehengeblieben war, von einem Fuß auf den andern tretend den Fremdling angelächelt hatte, um dann in einer ergebenen Geste die Arme auszubreiten. »Ich geh mal in mein Zimmer und leg mich hin, des Professors guten Wein ausschwitzen. Charlotte ist unser Haushaltsvorstand und regelt alles. Ist doch so, Charlottchen?«

»Ja«, sagte sie. »So ist es, alles bleibt an mir hängen, und hinterher heißt es dann, ich hätte mich mal wieder zu weit vorgewagt. Die Rechnung haben Sie?«

»Ja.«

»Hat Stein sonst noch Probleme?«

»Ich glaube nicht. Soweit ich ihn verstanden habe, sollte ich wohl einfach nur mal die Runde machen. Alle kennenlernen und so.«

»Ach ja?«

»Ja.«

Er bemerkte, daß in ihrem linken Auge in der graugrünen Iris ein paar goldene Pünktchen tanzten, und betrachtete, den Blick senkend, nachdenklich ihre Kette mit den zu kleinen runden Kügelchen geschliffenen Korallen, die sich wie aneinandergereihte Blutstropfen um ihren Kinderhals zogen; es sah aus, als habe ihr jemand den Kopf abgeschlagen und fein säuberlich wieder aufgesetzt.

»In meinem Zimmer wäre noch was zu beanstanden«, sagte sie.

»Gut, ich schau es mir an«, sagte er.

Aus der Küche kam ein so heftiger Husten, als habe Cedric sein halbes Brot auf einmal verschluckt, aber Charlotte störte sich nicht daran, sanft und unerbittlich hatte sie nach Ewalds Handgelenk gegriffen und zog ihn daran hinter sich her in die grüne Hölle, die sie mittels vieler wildwuchernder Pflanzen aus ihrem Zimmer gemacht hatte, wo sie ihn inmitten ihrer Bücherberge und vollgehängter Kleiderständer und halbblinder Spiegel und Poster von Henri Rousseau und Paul Klee auf das rot-weiß gestreifte Polster ihres Futons drückte.

7

Frau Winterkorn

Frau Winterkorn hatte vor einer Viertelstunde Sarah und Simon die Treppen hinuntertrampeln hören, nachdem die beiden, oder, was weit wahrscheinlicher war, ihre Mutter, lange vergeblich bei ihr geklingelt hatten. Da sie direkte Flurnachbarn waren, kam sie als Babysitter immer als erste in Frage, aber heute hatte sie einfach keine Lust.

»Wir wollen nicht, Oskarchen, was?« sagte sie. »Heute wollen wir unser Kreuzworträtsel fertig machen und die Reise nach Bayern gewinnen.«

Sie saß an dem mit einer Plastikdecke versehenen Tisch auf der Eckbank in ihrer Wohnküche, hatte einen Nudelauflauf im Backofen, der einen angenehmen Schinken- und Käseduft verbreitete, und dachte nach. Es handelte sich um eines dieser merkwürdigen Kreuzworträtsel, bei denen man zwar auch das gesuchte Wort einsetzen mußte, aber die Spur dahin war so durch Umwege erschwert, daß sie öfter laut seufzte und den Kopf schüttelte.

»Hör mal zu, Oskar«, sagte sie. »Was soll das sein? ›Ohne Bein bleibt dieser Vogel noch bei Kasse.‹«

Oskar schwieg wie immer, und sie stand auf, um ein bißchen umherzulaufen, wobei sie den linken Arm, der bis zum Ellbogen fehlte und durch einen mit feinem schwarzen Leder bezogenen Kunstarm ersetzt war, in die Beuge des angewinkelten rechten Armes legte, um ihn zu entlasten.

Vor mehr als vierzig Jahren war sie mit Oskar, der im Hafen arbeitete, in diese Gegend hier gezogen, hatte viele Veränderungen miterlebt und weigerte sich, trotz des Drängens ihrer Kinder, in eine andere kleinere Wohnung zu wechseln. Die Miete war noch annehmbar, solange es Herrn Stein nicht einfiel, die Schraube weiter anzuziehen, die Mitbewohner waren in Ordnung, wenn auch manchmal lästig, aber der stärkste und ausschlaggebende Grund war Oskar. Würde er sich noch auf die Suche nach ihr machen, wenn er sie in diesem Haus nicht mehr fand?

Alles erinnerte an ihn, war so geblieben wie an dem Tag, als er von der Arbeit nicht mehr zurückgekommen war, ihr seltsamer Gatte, mit seinen ausgestopften Tieren, den an die Wand des Schlafzimmers gepinnten Landkarten, den exotischen Früchten und Tees, die er immer mitbrachte, und seiner nie gestillten Sehnsucht nach fernen Ländern, die genährt wurde durch die Aufschriften auf den Kisten und Containern, die er Tag für Tag verladen mußte, von den Lastkähnen auf den Zug oder umgekehrt.

Er hatte sie immer damit aufgezogen, daß er sie irgendwann einmal verlassen würde, um sie gegen ein braunhäutiges Mädchen in Burma einzutauschen, oder gegen eine schlitzäugige Chinesin oder eine breitgesichtige Eskimofrau, die ihm mit dunkler Stimme in den endlosen Winternächten Sagen und Legenden ins Ohr flüstern würde, während sie gerade dabeigewesen war, ihm seine belegten Brote zu richten, oder den Kindern, bevor sie in die Schule gingen, noch einmal schnell die Nase zu putzen. Sie war noch in ihrer Kittelschürze und unfrisiert, denn sie hatte sich erst wenn alle aus dem Haus waren angezogen und auf den Weg zu ihrer Putzstelle gemacht, die ihnen ein schönes Zubrot verschaffte, nicht nur was Geld anging, sondern auch anderes, abgelegte Kleidung und Bettwäsche und Kinderbücher von der Frau eines Fabrikanten, die so großzügig war, als schäme sie sich, Frau Winterkorn, die vier Kinder zu versorgen hatte, bei sich putzen zu lassen.

Aber Frau Winterkorn war dankbar für diese Stelle gewesen, und wenn sie die zweistöckige Villa am Rand des Luisenparks betreten hatte, hatte sie sich manchmal vorzustellen versucht, wie sie und Oskar und die Kinder hier leben würden, aber ihre Phantasie versagte vor den dicken Teppichen und den nachgedunkelten Ölgemälden und den Statuen im Treppenhaus. Das einzige, was ihr Herz mit Trauer erfüllte, war die überdachte Terrasse mit Blick auf den Park. An Sommerabenden an einem Tisch auf dieser Terrasse mit Oskar und den Kindern zu sitzen und die Düfte der Blumen einzuatmen, die der Wind herübertrug, das war ihr Traum, aber sie war realistisch genug, dann sehr schnell den Stopfkorb in ihren Händen zu sehen, Oskars rauhe und abgearbeitete Hände um eine Bierflasche geschlossen, und die Kinder eingeschüchtert auf den Stühlen sitzend, zu zaghaft, um auf dem samtigen Rasen Ball oder Fangen zu spielen.

Trotzdem hatte sie sich ein paarmal, wenn diese Leute weggefahren waren, ans Meer oder ins Gebirge, und man ihr den Schlüssel anvertraut hatte, damit sie vor deren Rückkehr noch einmal alles auf Hochglanz brachte, nach der Arbeit ganz allein an den Tisch auf diese Terrasse gesetzt, die keiner einsehen konnte, und Madame gespielt, ein Glas von dem Wein getrunken, der immer in einer Karaffe in der Küche bereitstand, und sich später in dem Spiegel im Treppenhaus sogar schön gefunden, mit leicht geröteten Wangen und diesem Glanz in den Augen, den Oskar bei ihr anscheinend so vermißte.

Hätte sie ihm von diesem ihrem kleinen Traum erzählen sollen? Wäre er dann vielleicht bei ihr geblieben, wenn er geahnt hätte, daß auch sie ihre eigene Welt hatte, ihre Wünsche und Sehnsüchte?

So war ihr in einem plötzlichen Anfall von Umnachtung nichts Besseres eingefallen, als an einem Sonntagnachmittag, an dem sie mit den Kindern in den Zoo nach Heidelberg gefahren waren und im Raubtierhaus vor dem Löwenkäfig standen, wo Oskar beim Anblick der Tiere, die kurz vor der Fütterung wild und aufgeregt ihre Bahnen zogen, es wieder einmal nicht lassen konnte, voll Bewunderung von Sand und Wüste und Freiheit zu sprechen, über das Geländer zu steigen, ihren Arm durch das Gitter zu stecken und den Kopf zu ihrem Mann gewandt zu sagen: ›Ich kann das nicht mehr hören…‹, und da hatte der Löwe schon zugebissen, bevor Oskar und die Kinder sie wegzerren konnten. Der Arm war nicht mehr zu retten gewesen, die Kinder hatten wochenlang nachts im Schlaf geschrien und zwei Monate später war Oskar von der Bildfläche verschwunden.

Sie stellte den Herd ab, damit der Auflauf ohne weitere Hitze in seinem eigenen Saft weiterdünsten konnte, und trat hinaus auf den Balkon. Endlich schien es so richtig warm zu werden, drüben vor Leos Kneipe waren die Tische im Freien besetzt, und Rosa, die Kellnerin, lief mit ihrer langen weißen Schürze zwischen ihnen umher und servierte Leos nette Kleinigkeiten, heute, wie Frau Winterkorn der Tafel neben der Eingangstür entnehmen konnte, gegrillten Tintenfisch mit gebackenen Auberginen.

Sie schüttelte sich und zupfte ein paar angebrochene Blättchen von den Geranien, die sie als Sonderangebot im Lidl mitgenommen und mutig gepflanzt hatte, obwohl die Eisheiligen noch ausstanden.

Von ihrem Platz auf dem Balkon aus konnte sie, wenn sie sich vorbeugte, über den Luisenring weg den Waschsalon sehen, die Balustraden an den Fenstern gesäumt von Stadtstreichern, die aber niemandem etwas taten, sondern zufrieden waren, sich hier aufhalten zu dürfen. Einer sah aus wie der Nikolaus persönlich und erinnerte sie jedesmal, wenn sie an ihm vorbeikam, an Harry Rowohlt in der Lindenstraßenserie.

Sie mußte lachen, als ihr einfiel, was Charlotte vor wenigen Tagen erzählt hatte, daß nämlich ebendieser Harry Rowohlt, der etwas mit dem Laden, in dem Charlotte arbeitete, zu tun hatte… oder war es seine Frau… wie auch immer, daß er, selbst ein Bücherschreiber, eine Lesung gehabt habe und an der Tür zu den hohen Hallen, so hatte Charlotte es ausgedrückt, erschienen sei, abgerissen, wie er anscheinend immer herumlief, worauf er hohnlachend mit der Bemerkung: »Also, Sie haben hier nichts zu suchen, hier liest heute abend Harry Rowohlt!« abgewiesen worden war. »Hier liest Harry Rowohlt heute abend nicht«, habe der Verschmähte ausgerufen, um umgehend die nächste Kneipe anzusteuern, wo ihn wenig später die inzwischen Aufgeklärten händeringend zur Rückkehr zu bewegen suchten.

»Und ist er zurück?« war Frau Winterkorns Frage gewesen.

»Weiß ich nicht«, hatte Charlotte geantwortet und an ihrem ausgewaschenen T-Shirt herumgezupft. »Das ist auch gar nicht die Pointe der Geschichte. Auf den Menschen kommt es an, nicht auf die Klamotten.«

Ein wahres Wort, dachte Frau Winterkorn und tat die Blättchen in eine leere Blumenvase, die gerade dastand, ein wahres Wort, wenn man nicht so herumlaufen muß. Das ist der Unterschied.

Sie spähte nach dem Nikolaus und erkannte ihn unter den anderen, wie er träge und glücklich in die Sonne blinzelte. Einen Balkon unter ihr kam Herr Holl an die Brüstung gefahren, stieß dort mit dem Rollstuhl gegen das Eisengeländer, war dann aber so schnell wieder verschwunden, daß ihr keine Zeit blieb, ihn nach dem Vogel zu fragen, der ohne Bein zahlungsfähig blieb. Müßig erwog sie dies und jenes... ein Pleitegeier konnte es nicht sein, was aber dann? Der Kuckuck, der auf Möbel geklebt wurde?

Sie ging zurück und deckte den Tisch für zwei Personen, stellte eine Flasche Mineralwasser in die Mitte, nahm den Auflauf aus dem Ofen und gab ihn auf einen Untersetzer. Die Kruste war bräunlich und mürbe, und als sie sich etwas davon auf den Teller tat, fielen die Nudeln und der Schinken und das gestockte Eigelb locker auseinander, und sie setzte sich und sagte über den Tisch hinweg: »Dein Lieblingsessen, Oskar. Wirst du jetzt satt von deinen Träumen, wo immer du bist? Reichen sie dir Kokosmilch, deine Schönen, fächeln sie dich mit einem Plamenblatt, hörst du Gitarrenklänge oder was auch immer? Oder liegst du in Lumpen hinter einer Mülltonne und gäbst was darum, wieder bei mir zu sein? War ich dir nicht eine gute Frau? Bis auf dieses eine Mal, Oskarchen?« Sie hob den lederbezogenen Arm und strich prüfend mit dem Zeigefinger der rechten Hand darüber. »Das hätte ich nicht tun sollen, aber ich konnte nicht anders. Es mußte sein, damit du endlich begreifst.«

Sie aß mit Genuß, ließ das Übriggebliebene noch etwas auskühlen, bevor sie es, mit einem Tuch abgedeckt, in den Kühlschrank räumte, spülte ihren Teller und ihr Glas, trocknete beides ab und stellte es zusammen mit Oskars unberührtem Geschirr zurück in den Schrank.

Aus einem Fach unter der Spüle holte sie eine Plastiktüte mit Brotresten, zog sich im Flur eine Strickjacke über und machte sich auf den Weg, um von der Teufelsbrücke, die über den Kanal führte, den dort hausenden Schwan und die Enten zu füttern. Im Treppenhaus fand sie alles ruhig, nur vom Hinterhof her kamen die Stimmen der Kinder, die dort spielten. Sie ließ die tote Hand über das Geländer schleifen und nahm gemächlich Stufe um Stufe der breiten Treppe, die in sanften Schneckenspiralen nach unten führte. Viel Platz boten die Absätze zwischen den einzelnen Stockwerken, von wo die bis zur Decke reichenden, mit Schnitzereien verzierten weißgestrichenen Türen abgingen, die an längst vergangene Pracht erinnerten. In den Wänden waren Risse, eines der Fenster, die zum Hof hinausgingen, hatte eine gesprungene Scheibe, und von den Briefkästen unten im Erdgeschoß, an der Wand gegenüber der Hausmeisterwohnung, ließen sich einige nicht mehr richtig schließen, aber das störte keinen. Würde hier erst alles richtig vollkommen sein, in Zuckerbäckerfarben getüncht und gestrichen, mit farblich abgesetzten Simsen und Lamperien, würden die anderen und sie sich die Miete nicht mehr leisten können, und sie würde nie mehr darauf warten können, daß sie doch irgendwann einmal Oskars Schritte, die sie immer und überall erkannte, auf diesen Stufen zögerlich oder voll Hast vernehmen würde, wie sie sich ihrer Tür näherten und dort verharrten, bis sie geöffnet hatte, um ihn in die Arme zu schließen.

8

Das Café Olé und die Schmuddelkinder

Herr Holl, der vom Balkon aus Leos Mittagsmenü gelesen hatte, war vor dem gegrillten Tintenfisch zurückgeschreckt und hatte sich entschlossen, sich etwas aus dem Kühlschrank zu holen. Die Zivis waren schon vor mehr als einer Stunde gegangen, nachdem sie ihm beim Baden geholfen und in seinem Schlafzimmer etwas Ordnung gemacht hatten; seine Stiefmutter war der Einladung eines Verehrers in den Luisenpark gefolgt. Zum Essen, hatte sie versichert, was auch immer das bedeuten mochte, vielleicht nur ein Picknick auf dem Rasen oder eine Wurst an einem Kiosk, sie war auf jeden Fall gepudert, wohlriechend und chiffonumflattert davongeeilt, ohne sich groß um seine Bedürfnisse zu kümmern, aber er nahm es ihr nicht übel. Sie wußte, daß er jederzeit bei Leo anrufen konnte, der es sich nie nehmen ließ, das von ihm Bestellte persönlich zu überbringen, um ein bißchen mit ihm zu reden, über das Wetter, die Pacht, die er zu zahlen hatte und die er viel zu hoch fand, Ertruguls Anfälle und Wangs letzte Rolle als Tamino in der Zauberflöte, bei der er in der Kritik nicht so gut weggekommen war.

›Es war nicht ganz seine Stimmlage‹, hatte Leo, der gern ins Theater ging, erklärt. ›Und wenn Statur und Stimme nicht passen… ja dann.‹

Da war was dran. Mit einem Teller, auf dem er eine in Scheiben geschnittene Tomate, zwei hartgekochte Eier und etwas Wurst und Brot liegen hatte, kehrte Holl auf den Balkon zurück, schenkte sich aus der großen silbernen Warmhaltekanne, die auf einem wetterfesten runden Eisentisch stand, Tee in einen Becher und begann zu essen. Unten fuhr gerade der Pfarrer der Hafenkirche mit langem Bart und wehenden grauen Haaren auf seinen Inlineskatern vorbei. Als er ihn bemerkte, hob er grüßend die Hand und wich dann in geschickt geführtem Bogen einer Türkin aus, die, mit Kopftuch und in langem weiten Mantel, ein Kind an der Hand, gerade quer über die Straße aus dem Obst- und Gemüseladen gekommen war, der sich, nur zwei Häuser weiter, neben Leos Kneipe befand.

Holl beschattete seine Augen und blickte hinüber. Melonen... tatsächlich, sie hatten die ersten Honigmelonen in einer Kiste in der Auslage auf dem Gehsteig, und er glaubte schon bei ihrem Anblick den Geschmack auf der Zunge zu spüren, kühle erfrischende Süße. Wie gut wäre es gewesen, jetzt in ein Paar Straßenschuhe schlüpfen zu können, ein Einkaufsnetz zu nehmen und schnell die Treppen hinunterzulaufen, die Früchte mit den Fingern behutsam zu prüfen, sie an die Nase zu halten, um ihren Duft einzuatmen, um dann die drei Stufen zu dem gewölbeartigen, mit Waren vollgestellten Laden hochzusteigen, um zu bezahlen... vielleicht noch ein Fladenbrot mitzunehmen, etwas Schafskäse, Oliven.

Er atmete langsam und wie unter Schmerzen aus und griff wie nach einer tröstenden Hand in die Brusttasche seines Morgenrocks, wo er, eng zusammengefaltet, Lydias letzten Brief aufbewahrte, den er diesen Morgen bekommen hatte.

›Lieber M.‹, las er noch einmal, ›habe ich es dir nicht geschrieben, der Wald ist über Nacht grün geworden, hat sich ausgedehnt und in alle Richtungen ausgebreitet, als hätte man ihn aus einer Umklammerung befreit. Nun sind meine schmalen Wege fast zugewachsen, Zweige hängen hinein und versuchen mich festzuhalten. Die tiefen Rinnen, die die Holzfäller im Winter beim Wegziehen der Bäume in der feuchten Erde hinterlassen haben, sind getrocknet und an den Rändern eingerissen, auf den Lichtungen wächst das Gras, und bald werden die ersten Grillen ...‹

Hier brach Holl ab, weil es klingelte, nicht so dringlich, daß er auf Saskia und die Zwillinge tippen mußte, aber doch energischer, als er es gewohnt war, und so faltete er den Brief wieder zusammen, steckte ihn zurück und rollte durchs Wohnzimmer in die Diele, wo er hinter der Tür erst einmal verharrte. Vielleicht würde diese oder dieser Wer-auch-immer aufgeben.

Er haßte die Zeugen Jehovas in ihrer so gütig wirkenden und doch so aufdringlichen Art, und er sprach nicht gern mit Vertretern, die ihn entweder zu einer Unterschrift brachten oder ihn mit einem schlechten Gewissen zurückließen, das ihn dann den ganzen Tag nicht mehr verließ.

Er hörte ein ungeduldiges Hüsteln, und dann legte noch einmal jemand lang und nachdrücklich seinen Finger auf den Klingelknopf.

»Ich bin ja schon da«, sagte Herr Holl und öffnete. Vor ihm stand der schöne junge Mann, den er schon zusammen mit Willi Wolf drüben bei Leo gesehen hatte. Er verbeugte sich leicht, drückte seine Mappe gegen die Brust und brachte sein Anliegen vor.

»Kommen Sie nur herein, Herr Korwan«, sagte Holl. »Ich hatte schon das Vergnügen, Sie kennenzulernen, wenn auch nur von weitem. Sie hielten Siesta mit meinem Flurnachbarn.«

»Ja«, sagte Ewald. »Er war der erste aus dem Haus, mit dem ich sprechen konnte, das heißt, so stimmt es nicht ganz, vorher traf ich seine Frau, am Kinderspielplatz, Sie wissen sicher …«

»Daß sie dort den Kiosk betreibt. Ja.«

»Ihn sozusagen ganz ausfüllt«, sagte Ewald und schlängelte sich geschickt an dem Rollstuhl vorbei, um das Wohnzimmer anzustreben, einen großzügigen Raum mit bis beinahe an die Decke reichenden Bücherregalen, schweren Ledersesseln und einem aus Eichenholz gefertigten Schreibtisch, auf dem, in Bronze gegossen, lebensgroß, die Büste eines Mädchens stand.

»Schöne Arbeit«, meinte er und trat näher. Das Gesicht des Mädchens sah aus, als habe es jemand in Fetzen gerissen und dann wieder zusammengesetzt. In die Augenhöhlen aber waren blaue Steine eingelassen, Lapislazuli wahrscheinlich, und die Wirkung war erstaunlich, beunruhigend und dann doch wieder besänftigend, als habe da jemand versucht, mit diesen Augen, die denen einer siamesischen Katze glichen, etwas Statisches in ein ansonsten völlig zerflatterndes Wesen zu bringen.

»Ihre Frau?« fragte Ewald.

»Ich war nie verheiratet.«

»Eine Freundin?«

»Das trifft es wohl. Wir waren zusammen auf der Kunstakademie, und sie saß einmal der Bildhauerklasse Modell. Diesen Abguß hab ich einem Polen abgekauft. Er war ein richtiger Bär, riesig, mit Händen wie Schaufeln, durch nichts aus der Ruhe zu bringen, aber Lydia hätte ihn beinahe geschafft.«

»Lydia?«

»Das Modell. Er bekam sie einfach nicht zu fassen. Werkelte wie verrückt an seiner Tonbüste herum, rauchte dabei unentwegt und fluchte, während seine vier Kollegen Lydia mehr oder weniger maßstabsgetreu abbildeten. Er war der Begabteste und deshalb auch der am meisten Irritierte. Dann kam er auf die Idee, in den Bronzeabguß diese Halbedelsteine einzufügen, und damit hatte er sie.«

Herr Holl rollte zum Schreibtisch und strich dem Mädchen über die Wange, in einer so leichten und zärtlichen Berührung, daß Ewald sofort begriff. »Sie waren in sie verliebt?«

»Ich bin es immer noch.«

»Und warum ist sie nicht bei Ihnen?«

»Das ist keine besonders erzählenswerte Geschichte. Es hat sich nicht ergeben. Sie ging fort, und ich habe erst vor kurzem wieder von ihr gehört.«

»Und was ist mit ihr? Hat sie geheiratet, hat sie Kinder, vielleicht...«, er blickte auf Holls graue Haare, »vielleicht schon Enkel?«

»Wir schreiben uns, aber sie verrät nichts über sich.«

»Was schreibt sie dann?«

»Nur vom Wald.«

»Das ist merkwürdig.«

»Nein, ist es nicht«, meinte Holl. »Sie weiß, daß ich kaum noch vor die Tür komme. Sie weiß, daß nur noch dieser Balkon hier mein Logenplatz für das Schauspiel Leben ist. Und kein schlechter, kann ich Ihnen sagen. Aber sie weiß auch, daß es die Wälder und die Wiesen und die Pflanzen sind, die das Jahr seinen Reigen tanzen lassen. Und so beschreibt sie mir die Veränderungen, beschreibt sie so gut, daß ich nur die Augen zu schließen brauche, um neben ihr zu sein und alles so wie sie ...« Er hob die Hände und verstummte.

»Wie sie zu erleben«, ergänzte Ewald.

»So ist es.«

»Das ist fabelhaft.«

»Ja.«

Sie schwiegen. Ewald hatte in einem der Ledersessel Platz genommen, sich eines der dort herumliegenden Seidenkissen gegriffen, es auf seinen Bauch gelegt, behaglich die Hände darüber gefaltet und das Kinn auf die Brust gesenkt, als denke er intensiv über etwas nach. Aber als Holl ihn fragen wollte, ob er ihm eine Tasse Tee oder einen Kognak anbieten dürfe, merkte er an dem gleichmäßigen, manchmal von einem kaum wahrnehmbaren Schnaufen begleiteten Atemzügen, daß sein junger Besucher, wohl nach einem zu reichlich geratenen Mittagessen, völlig übergangslos eingeschlafen war.

So bewegte er seinen Rollstuhl mit einem nachsichtigen Lächeln zu dem Tisch am Fenster, nahm einen Bogen Papier, schraubte seinen Füllfederhalter auf und blickte hinaus auf den kleinen Platz mit den ihn abgrenzenden Pollern, auf denen jetzt zwei alte Männer saßen, die irgend etwas aus der Hand aßen und dabei den sie umgurrenden Tauben ab und zu ein Stückchen hinwarfen, gleichgültig dagegen, daß das Taubenfüttern in Mannheim inzwischen mit vierzig Mark Strafe belegt wurde, und auch gleichgültig gegenüber den Kindern, die mit ihren so plötzlich in Mode gekommenen winzigen silberglitzernden Rollern so nah an ihnen vorbeifuhren, als wollten sie ihnen damit die Zehennägel schneiden. Holl registrierte das alles und nahm es mit einem tiefen dankbaren Seufzer in sich auf.

›Liebe Lydia‹, schrieb er, ›Diese Kinder hier haben manchmal nichts zu essen, aber doch immer das Neueste, was Spielzeugtechnik angeht. Ein Rätsel, aber vielleicht werden diese Dinge von der Wohlfahrt verteilt, damit sie den Abstand zwischen sich und den anderen nicht so sehr spüren. Eben ist ein junger Mann bei mir, er hat dein Abbild auf meinem Schreibtisch bewundert, jetzt schläft er in einem Sessel, warum, weiß ich auch nicht. Mag sein, daß meine Gesellschaft inzwischen diese Wirkung auf andere hat. Er ist der Vertreter des Vertreters des Herrn Stein, der unser Vermieter ist, wie du weißt, und ich nehme an, er ist sich nicht so ganz im klaren darüber, wie er diese seine Aufgabe angehen soll ...‹

Als er soweit gekommen war, fuhr er auf den Balkon, um einen Schluck aus dem Becher mit dem inzwischen kalt gewordenen Tee zu nehmen, und bemerkte dabei ein Taxi, das seine Fahrt immer mehr verlangsamte, um schließlich vor ihrem Haus zu halten. Heraus kroch wie eine zerdrückte Motte seine Stiefmutter. Er sah von oben, wie sie den Fahrer mit einem Zwanzigmarkschein entlohnte, nach dem Hausschlüssel kramte, einen schnellen, ängstlichen, beinahe verzweifelt wirkenden Blick zu ihm auf den Balkon hinaufwarf, um dann im Hausflur zu verschwinden. Es dauerte nicht lange, bis sie auch oben den Schlüssel ins Schloß steckte, öffnete, die Diele durchquerte und sich schluchzend in einen Sessel warf, ohne den Besucher in dem anderen zu bemerken. Holl bewegte sich langsam auf sie zu, tätschelte ihr unbeholfen den Arm und versuchte sie zu beruhigen.

»Einen Kognak?« fragte er.

Sie nickte, und er holte aus einem Fach seines Schreibtischs die Flasche und ein bauchiges Glas, gab einen guten Schuß der goldbraunen Flüssigkeit hinein und brachte es ihr. Sie trank in kleinen, an das Nippen eines Vogels erinnernden Schlucken, löste sich langsam aus ihrer Verkrampfung, stellte das Glas ab und wandte ihm das Gesicht zu, durch dessen Schminke die Tränen Furchen gezogen hatten.

»Es war so scheußlich«, sagte sie. »Ich habe ihn gestern erst kennengelernt, beim Tanztee, und wir waren wirklich ganz vernarrt ineinander. Er hat mich in den Park eingeladen, das weißt du ja. Ich komme also über den Platz hinter dem Haupteingang, da steht er vor den Blumenrabatten und erkennt mich überhaupt nicht. Ich spreche ihn an und er mustert mich, erstaunt, und dann, als ihm anscheinend klar wird, wen er vor sich hat, erschrocken. Erschrocken, kannst du dir das vorstellen?«

Er konnte. Mit einem bedauernden Schulterzucken fuhr er noch einmal zum Schreibtisch hinüber, holte nun auch für sich ein Glas und griff nach der Flasche.

»Wenn Sie schon dabei sind, für mich bitte auch«, sagte

Ewald, erhob sich aus der Tiefe seines Sessels, legte das Kissen weg und faßte nach der einen, seitlich herabhängenden Hand von Holls Stiefmutter, hob sie hoch und deutete einen Kuß an.

»Wer sind Sie?« fragte sie erstaunt.

Holl erklärte, wer Ewald war und warum er da war, gab ihm seinen Kognak. Und er registrierte dankbar, daß seine Stiefmutter sofort wieder in ihre alte Rolle fiel, die des lieben, beschützenswerten Weibchens, das sich ohne eine männliche Schulter zum Anlehnen verloren fühlt.

»Haben Sie mitgekriegt, was ich gerade erzählt habe?« fragte sie verlegen.

»Ja.«

»Wie finden Sie das?«

»Unbegreiflich.«

»Danke«, meinte sie. »Es ist mir auch ein Rätsel. Er war gestern das erste Mal bei unserem Tanztee, wie ich schon gesagt habe, er ist neu in die Gegend gezogen und langweilt sich und fand das alles dort wunderbar.« Sie betupfte mit einem Taschentuch ihr Gesicht. »Vor allem mich.«

»Sie sind auch wunderbar«, sagte Ewald und betrachtete diese Überreste vergangener Schönheit mit der Nachsicht der Jugend.

»Wirklich? Sie sind sehr freundlich. Das Problem ist jetzt nur, daß ich nicht mehr hinkann.«

»Wohin?«

»In unser Café. Er wird dort sein und mich schneiden, das sowieso. Aber vielleicht wird er auch rumtratschen. ›Habt ihr diese Vogelscheuche schon mal bei Tageslicht gesehen?‹ Das wird er sagen, oder so was in der Art.«

»Glauben Sie?«

»Ich trau es ihm zu.«

»Das wird er nicht«, meinte Ewald entschlossen, trank seinen letzten Schluck und schnalzte anerkennend mit der Zunge. »Ein guter Tropfen, das. Ich mach mich mal auf die Socken und schau, ob ich mit noch jemandem im Haus sprechen kann. Danach hole ich Sie ab. Wir beide werden gemeinsam dieses Café … wie heißt es?«

»Café Olé«, sagte sie. »Täglich ab siebzehn Uhr, Ball der einsamen Herzen.«

»Ganz zauberhaft. Ich werde mit Ihnen dieses Café aufsuchen und mit Ihnen tanzen, daß diesem Herrn, falls er da ist, und das wollen wir doch hoffen, Hören und Sehen vergehen. Ich denke, ich bin das Beste, was im Moment zu haben ist.«

Er stützte die Hände in die Hüften, machte eine seitliche Drehung und warf ihr einen schmachtenden Blick zu. Sie lächelte unsicher, und an dem Zucken der unzähligen winzigen Fältchen, die ihren Mund umgaben, konnte ihr Stiefsohn erkennen, wie verletzt sie noch war. Auch Ewald schien es zu spüren, ließ den lustigen Ton sein und versicherte ihr nun ganz ernsthaft, daß er vorhabe, jeden einzelnen Bewohner des Hauses genau kennenzulernen und die beste Gelegenheit, mit ihr vertraut zu werden, sei nun mal dieser Tanztee, wo sie sich, fand sich kein Störenfried, am besten aufgehoben fühle.

»Das ist wahr«, sagte sie.

»Na also.«

»Dann werde ich jetzt ein Bad nehmen und mich eine Stunde oder zwei hinlegen. Bis später.«

»Ich werde pünktlich sein.«

Sie stand auf und zog sich zurück. Holl rieb sich mit zwei Fingern die Stirn, ließ dann die Hand sinken und legte sie auf sein Knie, um das Zittern abzufangen. »Tun Sie da nicht viel zuviel? Mit den Hausbewohnern, meine ich. Ist das im Sinn des steinernen Herrn Stein?«

»Sicher nicht.«

»Warum machen Sie es dann?«

»Weil ich Luft kriege. Nein, ich habe kein Asthma oder so was, ich habe in dem Sinn immer genug Luft gehabt. Es ist etwas anderes. Wissen Sie, die Art und Weise, wie ich aufgewachsen bin.«

»Einzelkind?«

»Ja.«

»Wohlbehütet?«

»Mehr als das. Ich durfte niemals Jeans tragen. Mich nie richtig schmutzig machen, nur die Freunde einladen, die meine Mutter akzeptierte.«

»Ich verstehe«, sagte Holl. *»Spiel nicht mit den Schmuddelkindern.«*

Ewald wiederholte den Satz nachdenklich. »Von wem ist das?«

»Ein Lied. Von Franz-Joseph Degenhardt. Liegt schon lange zurück, daß er es gesungen hat. Es war damals eines unserer Lieder. Provozierend eben. Ich war ja auch so ein umsorgtes Kind, aber mir hat es nicht geschadet.«

»Schmuddelkinder«, sagte Ewald, der ihm überhaupt nicht mehr zugehört hatte. »Das ist es, was mir gefehlt hat und was ich mit Luft kriegen sagen wollte. Hurra!« Er klatschte in die Hände.

Holl fuhr zusammen und schob seinen Rollstuhl ein Stück zurück. Gleich fängt er an zu tanzen und zu singen, dachte er. Aber Ewald hatte sich schon wieder beruhigt und strebte der Tür zu. »Ich spiele mit den Schmuddelkindern!« rief er. »Und ob ich mit ihnen spiele. Und am Samstagmorgen laß ich mir den ersten Schmetterling tätowieren.« Er drehte sich noch einmal um. »Wohin soll ich ihn machen lassen, Herr Holl?«

»Auf eine Stelle«, sagte Holl, »wo ihre Mutter ihn nicht sieht.«

9

Prag, du kleine Mutter

Nach seinem Besuch im Altenheim bei seinem Onkel Arthur in Eberbach war Paul, vom Bahnhof her kommend, ein paar Stationen früher als sonst aus der Straßenbahn gestiegen, um über die Friedrich-Ebert-Brücke zu laufen und ein Stück am Neckar entlangzugehen, bis zu der Kneipe, wo er mit seinen Freunden verabredet war. Er fand sie im Freien, an einem der schmalen Holztische sitzend, die der Wirt das ganze Jahr draußen stehen ließ; sie saßen unter einer Kastanie, deren Krone den ganzen Wirtsgarten überschattete. Vergessen war diese nicht enden wollende Regenzeit, dieses so zögerliche Frühjahr, in dem man die Knospen am liebsten aus den Bäumen geprügelt hätte. Paul nahm bedrückt Platz und bestellte sich ein Bier.

»Was ist los?« fragte Charlotte. Sie saß neben Achim und hatte ihren Arm um ihn gelegt, als habe es das Zwischenspiel mit Ewald nie gegeben.

»Was los ist?« sagte Paul. »Diese blöde Kuh ist dabei, mir alles kaputtzumachen.«

»Welche blöde Kuh?«

»Arthurs Zimmernachbarin im Heim. Sie war Lehrerin in Deutsch und Geschichte, und sie hat mitgekriegt, daß er mir diese Reise versprochen hat, die wir zusammen machen wollen, und ich habe sie ja schon rausgesucht, eine literarische Dichter- und Kneipentour in Prag. Kafka, Neruda, Perutz, Kisch…«

»Wissen wir«, meinte Cedric. »Du hast es uns ja oft genug gesagt. Wo ist das Problem?«

Das Bier kam, und Paul nahm erst einmal einen großen Schluck, wischte sich dann den Schaum vom Mund und griff nach seinen Gauloises. Achim nahm sich auch eine.

»Charlotte und ich haben uns jetzt für Venedig entschieden«, sagte er. »Aber Prag ist natürlich auch schön. War Kisch nicht der?« Er klemmte die Zigarette schräg in den Mundwinkel und zündete sie an.

Paul streifte ihn mit einem wehmütigen Blick. »Klar doch, der mit der ewig glimmenden Zigarette. Ach, es hört sich alles so gut an. Man lernt Orte kennen, die man allein nie finden würde. Literatencafés, das Arco zum Beispiel, an dessen Platz sicher bald ein Supermarkt oder so was stehen wird. Oder sie führen einen an das nicht mehr vorhandene Loch, wo Bohumil Hrabal unter anderem seine eigenen Bücher einstampfen mußte. Es gibt einen Besuch bei der Prager Zeitung, wo ich eventuell mal ein Jahr lang volontieren wollte. Wir kämen zu diesem Verlag…«

»Vitalis«, half einer nach.

»Ja. All das.«

»Und?«

»Euch hab ich es ja oft genug erzählt, ihm aber nicht, weil er es ja doch von meinem Prüfungsergebnis abhängig machen wollte, wahrscheinlich um mich anzuspornen, aber noch bevor ich mit meinem Vorschlag rausrücken konnte, hat er mir heute nachmittag erklärt, was er will.«

»Und was will er?«

»Das, was diese Kuh, diese Frau Putzbach, ihm empfohlen hat. Auch eine literarische Reise, aber von einer anderen Gesellschaft.«

»Wie nennt die sich?«

»Auf den Spuren von Hermann Hesse im Tessin«, sagte er düster.

Sie schwiegen teilnahmsvoll. Hesse, ja sicher, ein großer Dichter, aber einfach nicht ihr Fall, und schon gar nicht Pauls Fall, der sich noch gut erinnerte, wie er sich in der letzten Phase vor dem Abitur mit dem *Steppenwolf* hatte herumschlagen müssen, in dessen mystische Tiefen einzudringen ihm einfach nicht gelungen war. Den Anfang hatte er ja damals noch ganz gut gefunden, aber dann... »Dieses verquaste Zeug«, sagte er.

»Hoho«, sagte Cedric, der, vielleicht weil er sich nie mit Germanistik hatte befassen müssen, mehr Achtung bewies als die übrigen. »Er hat doch immerhin den Nobelpreis gekriegt.«

»Pearl S. Buck hat ihn auch gekriegt.«

Das stimmte. Durch das dichte Laubwerk der Kastanie schickte die Abendsonne kleine goldene Sprenkel, die vor ihnen auf dem Holztisch zu tanzen begannen, wenn ein Windstoß durch die Blätter über ihnen fuhr. Sie bestellten belegte Brote und eine weitere Runde, die sie andächtig tranken, während nicht weit von ihnen ein Lastkahn gemächlich gegen den Strom tuckerte.

»Kannst du ihn nicht überreden?« fragte Cedric schließlich.

»Nein.«

»Aber warum denn nicht?«

»Wegen Frau Putzbach. Er hört auf sie, er verehrt sie, und sie tut viel für ihn. Schließlich muß er mehr oder weniger weiter mit ihr auskommen. Ich besuche ihn nur alle paar Wochen – wenn überhaupt«, fügte er resigniert hinzu.

»Aber ist er denn nicht«, erkundigte sich Charlotte, nachdem sie lange nachgedacht hatte, »inzwischen so gut wie blind?«

»So gut wie.«

»Und«, fuhr sie fort, »so gut wie taub?«

»Das auch. Er hat ein Hörgerät, aber ich bin mir nie so sicher, was er überhaupt mitkriegt.«

»Und er trinkt gern?«

»Ja.«

Das ging sogar sehr gut, denn das Heim, in dem Arthur seinen Lebensabend verbrachte, war keines von diesen streng reglementierten Häusern, das seine Alten mit Kamillentee zuschüttete, sondern wirklich eher so eine Art Stift für Gutbetuchte, mit einem Schwimmbad im Souterrain, einer großen Bibliothek, Gesellschaftsräumen, in denen von Zeit zu Zeit Konzerte und Lesungen angeboten wurden. Ein Haus, in dem man sich zum Abendessen umzog und nichts gegen kleine Ausschweifungen hatte, wenn sie sich im Rahmen hielten.

»Du gibst ihm immer genug zu trinken, am besten Grappa, um ihn einzustimmen, und fährst mit ihm nach Prag. Halt seine Hand in die Moldau und mach ihm klar, daß es der Luganer See ist. Nimm ihn mit an Kafkas Grab und laß ihn dort für Hesse Blumen niederlegen. Du siehst und hörst noch sehr gut, er lebt doch nur von dem Gefühl, zu sein, wo er sein will, und ißt und trinkt und atmet und hat dich neben sich.«

»Nein, Charlotte, nein. Er ist alles andere als senil. Die Damen im Heim vergöttern ihn, weil er so gut tanzt, er schwimmt jeden Morgen seine Runden, er geht mit Frau Putzbach spazieren und Kaffee trinken. Er sieht immer noch aus wie ein frisch bemalter Zinnsoldat, aufrecht und mit roten Backen.«

Sie redeten sich in Fahrt. Sie machten ihm klar, daß er ja für alles zuständig war, das Buchen der Reise, das Besorgen der Fahrkarten, das Geldumtauschen und in gewissem Umfang sogar für das Packen des Koffers seines Onkels.

»Das nun nicht gerade.«

»Was?«

»Das Packen.«

»Aber in Prag wird es auch nicht viel kälter sein als im Tessin.«

»Meint ihr?«

»Um diese Zeit, ja. Du bist sein Diener, sein Führer, sein Schatten. Er wird nichts merken.«

»Und ob er was merken wird.«

»Wetten, daß nicht?«

Sie wetteten. Nach kurzer Zeit lagen hundert Mark auf dem Tisch, viel für ihre Verhältnisse. Paul setzte nichts dagegen, außer seiner großen Sehnsucht, nach Prag zu kommen, und seinem schlechten Gewissen.

Als sie wieder zu Hause waren, zerriß er in seinem Zimmer die Unterlagen für die Hesse-Fahrt und meldete sich und seinen Onkel bei der literarischen Dichter- und Kneipentour an, bestellte zwei Einzelzimmer, ein großzügiges mit Bad für Arthur und eines mit Etagendusche für sich. Sie würden im Hotel Europa am Wenzelsplatz logieren, dem schönsten Hotel Prags, was das Interieur anging, ansonsten anscheinend nicht so auf neuestem Stand, und Paul erinnerte sich, daß ihm jemand erzählt hatte, das Europa sei schon an eine amerikanische Gruppe verkauft, um von Grund auf saniert zu werden und damit wahrscheinlich für normale Sterbliche bald unerschwinglich. Er sah in den Prospekt, las noch einmal das Programm und ging dann voll Vorfreude an sein Bücherregal, suchte sich einen Armvoll Bücher zusammen und legte sich aufs Bett.

Und während draußen vor seinem Fenster die warme Nacht die Menschen auf der Straße hielt, die Türken vor ihrem türkischen Zentrum lautstark miteinander redeten, die Italiener, nicht weit davon, mit mediterranem Temperament dagegenhielten, das Unfallauto zweimal mit Blaulicht und Martinshorn vorüberfuhr, war Paul weit weg, vergnügte sich mit dem Schwejk von Hašek, wurde traurig bei Raabes Holunderblüte, sah im Geist Perutz' tote Kinder als durchsichtige Schemen nachts auf dem Judenfriedhof tanzen, erschauerte vor Meyrinks Golem in dem unheimlichen Zimmer in der Josefsstadt und schlief erst gegen Morgen ein. Er träumte von Arthur, der neben Frau Putzbach spazierenging, die ihm so lange Hessegedichte ins Ohr brüllte, bis er verzweifelt an seinem Hörgerät zu drehen begann, die Arme hochwarf und davonlief.

10

Papillon

Auch dieser Samstagmorgen war warm und sonnig, als hätten die Regenwolken sich erst einmal endgültig ausgeweint und irgendwohin verkrochen, um neue Kräfte zu sammeln. Ewald, der sich mit Willi verabredet hatte, lag nun mit entblößtem Oberkörper bäuchlings auf einer Pritsche in einem Hinterzimmer, das auf den Hof hinausging und das Willi ganz für sich und seine Arbeit rekrutiert zu haben schien. An den Wänden hingen Poster mit wunderbar tätowierten Körpern, auf Regalen standen Flaschen und Fläschchen und auf einem Tisch Schachteln mit Pulver und Dosen mit Cremes. Willi setzte gerade eine neue Nadel in sein Instrument und pfiff dabei leise vor sich hin. Die Zeichnung auf Ewalds linkem Schulterblatt, die er, nachdem er die Haut mit Alkohol abgerieben hatte, durch ein Pauspapier aufgebracht hatte, war klar und deutlich ausgefallen und schien ihn zufriedenzustellen. Das Fenster stand weit offen, und vom Hof herauf klangen die Stimmen von Ertruguls Nachkommen, der Schall zwischen den Wänden warf ihre Schreie hin und her wie Bälle, und manchmal hörte man die Stimme einer Frau, die dazwischenfuhr, um einen Streit zu schlichten oder das Spiel in weniger unruhige Bahnen zu lenken.

»Sie haben eine Haut wie ein Kind«, sagte Willi genießerisch, als wäre er drauf und dran, ein Stück von Ewald abzubeißen, und lobe nun die Ware vor dem Verzehr.

»Ist das ein Nachteil?«

»Keineswegs. Er wird sich um so besser abheben. Nur Blau und Violett? Kein anderer Farbtupfer dazwischen?«

»Nein«, sagte Ewald. »Der nächste wird bräunlich und gelb. Dann kommt Rot und Rosa. Dann kommt Schwarz mit Grau. Dann kommt ein dunkles Grün mit einem helleren Grün. Und dann gehen wir zum Gemischten über.«

»Farben?«

»Farben und Schmetterlinge. Größere und kleinere. Halten Sie mir jeden Samstagmorgen diese eine Stunde frei?«

»Das ist kein Problem«, sagte Willi. »Es ist schließlich mein Geschäft, und wenn Sie schon jetzt diese Großbestellung aufgeben, mach ich Ihnen einen Sonderpreis, hundert Mark das Stück. Aber ich denke da an etwas anderes. Was wird Ihre Freundin, Verlobte... vielleicht sogar schon Frau, also, was wird die dazu sagen?«

»Nichts. Noch hab ich keine.«

»Aber irgendwann schon.«

»Das ist noch weit weg.«

»Wie Sie meinen. Es wird ein bißchen piksen.«

Er tauchte die Nadel in ein Fläschchen mit blauer Tinte und begann, behutsam und äußerst vorsichtig, ohne zimperlich zu sein, Punkt für Punkt seine Zeichnung mit winzigen Stichen zu manifestieren, und erklärte Ewald dabei, daß es natürlich schon weit schneller arbeitende Geräte auf dem Markt gäbe, Impfpistolen ähnlich... die kenne er doch sicher von der Grippeschutzimpfung. Er wartete einen Moment auf Ewalds zustimmendes Grunzen, wischte etwas überflüssige Tinte ab, damit er das Muster deutlicher erkennen konnte, und legte dann dar, daß ihm diese alte, wenn auch umständlichere Methode immer noch die liebste sei. »Es hat etwas mit Handwerk zu tun«, verkündete er stolz. »In dieser Zeit, in der alles verflacht, den Menschen sozusagen aus der Hand genommen wird, und das Wort Handwerk sagt ja, daß die Hände nun mal mit dazugehören, in dieser Zeit, in der wir bald mit Maschinen operiert werden...«, er lachte, »gezeugt sowieso, muß man versuchen zu retten, was noch zu retten ist. Tut es weh?«

Ewald verneinte.

»Wir haben ja keine Kinder, Anita und ich«, philosophierte Willi weiter. »Das mußte wohl so sein, und ich will Ihnen mal was sagen, ich bin froh darüber.«

»Ja«, sagte Ewald. »Das kann ich verstehen«, aber er sagte es nur, um Willis Redefluß nicht abbrechen zu lassen, der für ihn die Begleitmusik war zu den Geräuschen ringsumher, dem Schlagen einer Tür, dem weit entfernten Geplapper eines Radiosprechers und dem Brummen eines Flugzeugs, das sicher nach Ramstein unterwegs war, um für die Soldaten im Kosovo frisches Bier zu holen. Ihm war es gelungen, die Bundeswehr zu umgehen, oder vielmehr, seiner Mutter war es gelungen. Er hatte nicht einmal Zivildienst leisten müssen, weil sie es geschafft hatte, ein Attest von einem mit ihr und seinem Vater befreundeten Professor zu bekommen, das ihn offensichtlich an den Rand des Grabes geschoben hatte. Ewald selbst hatte es nicht gelesen, aber der Arzt, der ihn bei der Musterung untersuchte, hatte einen derartigen Widerwillen gezeigt, mit irgendeiner seiner Körperöffnungen in nähere Berührung zu kommen, daß er annahm, dieser Freund der Familie habe ihn zum Lazarus gemacht, der tapfer und vaterlandstreu nur für diese eine Stunde seiner Gruft entstiegen war. Ihm war es recht gewesen. Er hatte sich weder keuchend in voller Montur bei glühender Hitze durchs Gras robben, noch voll Zuneigung einem Kranken eine Suppe einlöffeln sehen, er fühlte sich nicht zum Held, aber auch nicht zum Märtyrer berufen, und sollte ihn das Krokodil, das Mack ihm versprochen hatte, eines Tages wirklich verschlingen, so hatte er wenigstens eine einigermaßen gute Zeit gehabt.

»Wenn ich Erkans sieben und Saskias zwei so ansehe«, war Willi inzwischen in seinen Ausführungen fortgefahren, »denke ich, daß es denen noch ganz gutgeht, was Kindheit und so betrifft. Klar, Figen läßt sie auch schon mal ein, zwei Stunden vor dem Fernseher sitzen, und Saskia auch, aber sie kriegen noch vieles andere mit. Simon und Sarah sind oft bei Wang und er singt ihnen vor, und da benehmen sich die beiden wie die Lämmer, verrücken nicht einmal einen Stuhl, während sie bei uns, oder bei Paul und Cedric und Charlotte, oder auch bei Frau Winterkorn, das Unterste nach oben kehren.«

»Interessant«, murmelte Ewald. Er war bei Frau Winterkorn gewesen, hatte sich dem unsichtbaren, aber anscheinend allgegenwärtigen Ehemann Oskar vorstellen lassen, der, wie sie ihm erklärte, eines Tages vor der Tür stehen würde, damit sich Imagination und Realität wiederfanden. Er hatte ihr bei dem Kreuzworträtsel geholfen und herausgefunden, daß der ohne Bein immer zahlungsfähige Vogel die Bekassine war, eine Lösung, die Frau

Winterkorn nur fassungslos den Kopf schütteln ließ, und schließlich hatte er sie mit dem Versprechen verlassen, daß er einen Handwerker vorbeischicken würde, der den tropfenden Hahn im Bad reparierte. »Die im Haus haben alle linke Hände, was das angeht. Oskarchen konnte das.«

»Und Willi Wolf?« hatte er gefragt.

»Willi Wolf ist Künstler. Er könnte vielleicht, will aber nicht.«

»Es gibt doch einen Hausmeister.«

Da hatte Frau Winterkorn gelacht und ihm mit ihrer gesunden Hand die Schulter getätschelt, als wäre er ein in einem Phantasieland umherirrendes Kind. »Bevor Bruno etwas Sinnvolles tut, fliegen hier die Katzen durch die Luft und gurren auf den Fenstersimsen wie die Tauben. Waren Sie denn schon bei ihm?«

Er hatte es versucht. Ganz unten gab es gegenüber den Briefkästen eine Tür, an die ein Zettel geheftet war: ›Bruno Stein. Hausmeister.‹ Die Tür gehörte zu einer Wohnung, die nur ein Fenster in den Durchgang zum Hinterhof hatte, sie glich von außen eher einem Verschlag oder einer Souterrainwohnung, die nur einen verzerrten Blick auf die Umgebung zuläßt, als würden die Menschen lediglich aus Schattenrissen bestehen. Und so, dachte Ewald, sind sie für diesen geheimnisvollen Bruno vielleicht auch nur Schatten in einem dunklen Gang, gesehen durch eine sicher seit Jahren nicht mehr geputzte Scheibe.

Er hatte geklingelt und gewartet, noch einmal geklingelt und auf den sich im Inneren dieser Wohnung verlierenden Ton gelauscht, der jemanden herbeirief, der nicht kommen wollte oder konnte.

»Und jetzt das Violett«, sagte Willi, »ein sündiges tiefes Violett, das diesem Schmetterling Samt auf die Flügel geben wird. Und da wir gerade von Wang reden...«

Du redest, dachte Ewald schläfrig.

»...da wir gerade von Wang reden, waren Sie schon bei ihm?«

»Er fehlt mir noch. Bei Figen habe ich kurz hineingeschaut, konnte aber nicht viel mit ihr anfangen. Sie hat mich am Ärmel festgehalten und in alle Räume gezerrt, und obwohl ich sagen muß, daß sie versucht hat, es hübsch zu machen, befindet sich das Gebäude in einem katastrophalen Zustand.«

»Das kann man wohl sagen.«

»Feuchte Wände, nasse Decken, zugige Fenster, ein zerbröckelndes Bad, angeschrammte Kloschüsseln und ein Boden, der Wellen wirft, als wäre man auf hoher See.«

»Exakt.«

»Und dafür verlangt Stein Miete?«

»Nicht viel. Das ist es ja. Die können sich nichts Besseres leisten.«

»Immerhin hat sie überall Teppiche, auch an den Wänden, das saugt bestimmt in gewissem Umfang Nässe und Kälte auf. Und die Küche ist annehmbar, glaube ich.«

»Dort leben sie auch tagsüber, wenn die Kinder nicht gerade in der Schule, auf der Straße oder vor dem Fernseher sind.«

»Hübsche Kinder.«

»Das sind sie.«

Und als habe die Meute draußen das Lob vernommen, erhob sich jetzt ein geradezu verdoppeltes Geschrei, so laut, daß Willi Ewald über den Rücken wischte, sein Instrument weglegte und ans Fenster trat, um sich weit hinauszubeugen. »Paul und Charlotte sind unten«, teilte er mit. »Sie machen ein Feuer mit einem Teil ihrer Bücher und Papiere, die sie nicht mehr brauchen.«

»Ein Freudenfeuer«, sagte Ewald.

»Sieht so aus. Keiner hat geglaubt, daß die beiden jemals fertig werden.«

»Und jetzt haben sie sogar ziemlich gut abgeschnitten. Mein Ergebnis war nicht so besonders, der Staat hätte mich nicht übernommen.«

»Auf was wäre das denn rausgelaufen, beim Staat, meine ich?«

»Richter oder Staatsanwalt.«

»Und was machen Sie jetzt?«

»Ich bin in dem Rechtsanwaltbüro, in dem auch Herr Mack ist.«

»Gefällt es Ihnen?«

»Ja«, sagte Ewald.

Willi war zurückgekehrt, arbeitete weiter und summte jetzt etwas, das Ewald sehr bekannt vorkam. »Verdi?«

»Muß es wohl sein. Es ist aus dem Lieblingsrepertoire von Wang. Wir hier im Haus kennen sämtliche einschlägigen Arien in- und auswendig. Er singt sie, um der Callas zu imponieren, sie war ja vor allem eine Verdiinterpretin, und er möchte eben Eindruck auf sie machen.«

Ewald zuckte so zusammen, daß ein Stich anscheinend danebenging.

»Mist«, fluchte Willi. »Was ist denn los?«

»Tut mir leid, aber sagen Sie jetzt bitte nicht, daß Herr

Wang die Callas auf seinem Sofa sitzen hat wie Frau Winterkorn ihr Oskarchen. Ein Gespenst in diesem Gebäude reicht, würde ich sagen.«

»Aber nein. Wangs Callas ist ein Transvestit in der Wohnung über der Bar gegenüber. Er tritt in einem einschlägigen Etablissement in der Neckarstadt auf. Die Ähnlichkeit, wenn er geschminkt und wie die Callas angezogen ist, ist tatsächlich verblüffend. Und dazu soll er auch noch Stimme haben.«

»Und Wangs schmachtender Gesang auf dem Balkon gilt ihm?«

»Ja. Natürlich übt er dabei auch. Aber diese Inbrunst, dieses Verlangen, diese Leidenschaft, all das ist für sie. Aber sie ... er denkt nicht daran, ans Fenster zu gehen und den dazugehörigen Part zu übernehmen. Dabei wünscht sich Wang nichts mehr, als einmal mit ihm ... ihr im Duett aufzutreten.«

»Hat er schon mal gefragt?«

»Sicher nicht. Er ist grenzenlos schüchtern.«

Der Schmetterling war fertig, und im Hof brannte das Feuer lichterloh. Einmal hörten sie einen empörten Ausruf von Paul: »Du verbrennst die Ulla Berkéwicz?«

»Ja«, kreischte Charlotte.

»Aber warum denn nur? Sie ist so schön.«

»Und das reicht? Das reicht bei euch Idioten? Hast du es denn gelesen, soll ich es noch mal für dich rausholen, den Josef, der stirbt?«

»Nein, aber was soll denn so falsch daran sein?«

»Alles«, kreischte Charlotte. »Alles. Da kommt eine von außen, die sich vorher kaum hat blicken lassen, und heimst alles an Gefühlen für sich ein. Und die Mutter steht stumm und breit am Herd und kocht die Nachtsuppe.«

»Zitat?«

»Zitat. Ja. Aber die tut wenigstens was, verstehst du, während die schöne Hereingeschneite nur fühlt. Suppe kochen... nein danke. Und dann der Schluß. Sie steht am Fenster und unten fährt der Leichenwagen weg und sie winkt. Und, Paul, stell dir das mal vor, keiner winkt zurück.«

»Wirklich?«

»Ja, wirklich, du Idiot. Wie roh, wie roh, keiner winkt zurück. Aber wohin um Himmels willen fahren die denn? Auf den Friedhof oder nach Mallorca?«

Pauls Stimme wurde leiser, aber er gab noch nicht auf. »Hilde Domin hat, nachdem sie das Buch gelesen hatte, bei den Eltern von dieser Berkéwicz angerufen, weil sie von der Lektüre restlos hin war.«

»Hilde Domin«, schrie Charlotte, und jetzt fuhr sogar Willi zusammen, soviel Wut war in ihrer Stimme. »Weißt du, daß sie ihren neunzigsten Geburtstag zweimal hat feiern lassen, weil sie angeblich irgendwelche Daten durcheinandergebracht hat? Und das doch nur, damit der Affe doppelt Zucker kriegt.«

Danach war nichts mehr zu hören, nur das Klatschen diverser Bücher, die mit aller Macht in die Flammen geworfen wurden.

»O Gott, o Gott«, sagte Willi, der Ewald eine Salbe zur Nachbehandlung herausgesucht hatte und sie gerade in ein Stück Zeitung einschlug. »Mit der möchte ich nicht ins Bett.«

Aber Ewald, voll sehnsüchtiger Erinnerung an Charlottes zärtliche Umarmung inmitten ihres Dschungels und der Bücher, die sie liebte, denn auch bei ihr waren die Wände damit voll wie bei dem Mann im Rollstuhl, schwieg zu Willis Kommentar und beglückwunschte sich im geheimen, daß er im Grunde kein Leser war. Was sonst konnte so wütend machen? Charlotte verteidigte, was ihr das Wichtigste war, und als sie in der kurzen Zeit, die er bei ihr verbracht hatte, ihm Namen wie Brambach oder Kaser nahezubringen versuchte, hatte er zumindest eines begriffen: Sie ihrerseits hätte sich für so einen vierteilen und rösten lassen.

11

Roter Tennesseewickler

Ewalds Eltern besaßen einen weitläufigen unterkellerten Bungalow am Rand von Maudach. Hinter ihm begannen die Felder, die sich, nur von Pappelreihen unterbrochen, bis zum Horizont dehnten, wo sich die Umrisse von Oggersheim zeigten. Nicht weit vom Haus lag der Maudacher Bruch, ein von vielen Wasserläufen durchzogenes Gelände, früher sumpfig und voller Moraste, jetzt aber erschlossen, mit Freizeitanlagen und Radwegen, Gartenlokalen und zwei Weihern, in denen man baden konnte. Der einzige Nachteil dieser Lage waren vor Jahren die Stechmücken gewesen, die im Sommer in Schwärmen herübergekommen waren. Damals hatte Herr Korwan Vorsorge getroffen mit allerlei Schutzvorrichtungen und nicht zuletzt mit einer biologischen Abwehr, die aus bestimmten selbst zusammengebrauten Pflanzenextrakten bestand. Unter anderem schwor er auch immer noch auf seinen inzwischen riesigen Walnußbaum, der den ganzen Garten beherrschte und den Blumenrabatten zwar viel Licht wegnahm, aber, wenn man Schattenblüher pflanzte, und das tat er, wogen sich seiner Ansicht nach Vorteil und Nachteil auf. Daran hielt er fest, obwohl es schon lange keine Stechmücken mehr gab, an deren Vernichtung er selbst mitgewirkt hatte.

Herr Korwan war Leiter des Grünflächenamtes in Ludwigshafen gewesen, jetzt aber schon ein paar Jahre in Pension. Er war ein ruhiger großer Mann, der sich am wohlsten fühlte, wenn er im Keller bei seiner Regenwurmzucht lange Nachmittage verbringen konnte. Seine Regenwurmer waren inzwischen bei den Gärtnern so beliebt, daß er einen kleinen Versandhandel hatte aufbauen können, ganz legal und abgesegnet, und die Dankesbriefe diverser Kunden, die er in einem Ordner abgeheftet hatte, las er lieber als die Tageszeitung, in der ja, wie er immer wieder sagte, doch nur Sachen standen, die man am besten gleich wieder vergaß.

Er haßte die ab und zu stattfindenden Samstagnachmittagskaffeekränzchen seiner Frau, bei denen er sich nur kurz zeigte, um dann wieder in den Keller abzutauchen, regelmäßig begleitet von dem ›Huch‹ der Damen, die fürchteten, daß seine Zöglinge irgendwann einmal ausbrechen und die Terrasse überschwemmen könnten.

»Blöde Weiber…« brummelte er dann unten vor seinen nur vom bläulichen Licht einer Neonlampe schwach bestrahlten Wannen und Becken, deren Boden mit der von den Würmern selbst erzeugten krümeligen Erde bedeckt war, in der er liebevoll herumstocherte. Während die Damen draußen, nicht weit weg von dem Lichtschacht seines Kellerfensters, das er geöffnet hatte, schwatzten und lachten, ahnten sie nicht, daß er jedes Wort verstehen konnte.

An diesem Samstagnachmittag hatte er die ersten Honneurs bereits hinter sich, die Lobsprüche einiger der Damen über seine wirklich wunderbaren Blumen angehört und war dann, nachdem Ewald eingetroffen war, um ihn sozusagen abzulösen, verschwunden.

Ewald fand seine Mutter im Garten, wo unter einem orangeroten Sonnensegel ein langer Tisch gedeckt war. Der Springbrunnen im Goldfischteich plätscherte, der Rhododendron in seinem Hochbeet war voller Blüten, an der Pergola hatten die Kletterrosen bereits ausgetrieben und würden bald blühen, und über all dem wölbte sich ein blauer wolkenloser Himmel, so daß ein wirklich gelungener Nachmittag in Aussicht stand.

Seine Mutter war dementsprechend guter Laune, zwinkerte ihm verschwörerisch zu, als er sie begrüßte, und bat ihn, dafür zu sorgen, daß alle etwas zu trinken hatten, Sekt mit Fruchtsaft, Sekt pur oder Fruchtsaft pur, und er kam den Wünschen der Damen nach, so zuvorkommend, als habe er nie etwas anderes getan. Es waren fast nur Gattinnen, wie er sie bei sich nannte, ohne Beruf, umsorgt und verwöhnt, und ihr Getue um alles mögliche, aber niemals Wichtiges ging ihm heute mehr auf die Nerven als sonst. Aber er ließ sich nichts anmerken, genoß ihre Gesellschaft, als wäre er in einem Theaterstück, nur da, um zu sehen und zu hören, und ansehnlich waren sie ja, gut angezogen, mit Schmuck behängt, drängten sie sich um ihn, und er fragte sich, warum ihn seine Mutter nicht gleich, nackt in einem Blumenkörbchen liegend, auf den Tisch gestellt hatte, damit ihn dort jede nach Lust und Laune betatschen konnte.

Nach und nach waren alle eingetroffen, auch Marie-Luise mit der ihm so verheißungsvoll angekündigten Tochter Inge, die sich von einem eher schüchternen Schulmädchen zu einem hochmütig wirkenden Blaustrumpf entwickelt zu haben schien. Seine Mutter hatte ihr den Platz neben ihm zugewiesen und ließ hoffnungsvoll ab und zu ihren Blick auf ihnen ruhen, und während Ewald Erdbeerkuchen aß und sich tüchtig Sahne darauf gab, erklärte Marie-Luise, die ihnen gegenübersaß, daß Inge in Oxford studieren würde, sie gehöre zu den zwölf Auserwählten, die spater einmal Deutschlands geistige Elite bilden würden. Er spürte einen leichten Widerwillen, schluckte ein riesiges Stück Kuchen auf einmal hinunter und fragte Inge dann: »Ist dein Abitur so gut?«

»Besser geht's gar nicht.«

»Meines war so lala«, sagte er. »Das sagt Benedum auch immer von seinen Kindern, und ich finde, das klingt vertrauenerweckend.«

»Wie meinst du das?«

»Spitzenleistungen sind immer irgendwie verdächtig. Wahrscheinlich hast du von morgens bis abends hinter deinen Büchern gesessen.«

Sie spießte eine hinuntergefallene Erdbeere auf ihre Gabel und kaute verbissen darauf herum. »Das hatte ich nicht nötig. Ich hab einen IQ von einhundertvierunddreißig Punkten.«

»Wie schön für dich.«

Frau Korwans Hilfe, die schmächtige und völlig unauffallige Frau Kowalovsky, streckte neben ihm ihren dünnen sehnigen Arm über den Tisch, um eine der silbernen Warmhaltekannen für Kaffee mit einer frischgefüllten Kanne zu vertauschen, und da fiel ihm ein, daß vor Jahren, als seine Mutter ihn von der Geigenstunde abgeholt hatte, ihr Haus von Polizisten in Zivil umstellt war, sie waren in Autos und Nachbargärten versteckt – aber das erfuhren sie erst später – auf jeden Fall hatte man seine Mutter mit ihm abgefangen und etwas weiter weg zu einem größeren Einsatzwagen gebracht, um ihnen die Sache zu erklären. Frau Kowalovskys Sohn, ein hübscher, gutgewachsener Junge, dem sie all ihre Liebe und einen großen Teil ihres schwerverdienten Geldes gegeben hatte, war bei einem, wenn auch erfolglosen, Raubüberfall auf eine Bank beteiligt gewesen und geflüchtet. Seine Komplizen, die bereits festgenommen waren, hatten ihn verraten, und nun saß also die magere kleine Frau Kowalovsky in dem großen leeren Bungalow und spielte Lockvogel, weil man annahm, daß er früher oder später bei ihr auftauchen würde, um sich Geld für die weitere Flucht zu beschaffen. Ewald war damals gerade zwölf Jahre alt gewesen, aber trotzdem war ihm aufgefallen, wie sehr seine Mutter sich von einer Polizistin hatte beruhigen und trösten, sich mit Tee und einer Beruhigungstablette hatte versorgen, mit einer Decke wärmen lassen, während sie da im Auto warteten, ohne auch nur mit einem Wort die Frau zu erwähnen, die wirklich litt. Der Sohn war damals nicht gekommen, man hatte ihn auf den Feldern aufgegriffen, als er versuchte, sich in einem Abflußrohr zu verstecken, um dort die Nacht zu verbringen, er war verurteilt und bestraft worden, all das war durch Ewalds Gedächtnis wie durch ein Sieb hindurchgerutscht, jetzt aber plötzlich wieder da, vor allem auch eine Szene in der Küche, als seine Mutter seinem Vater erklärt hatte, sie würde Frau Kowalovsky trotz allem halten. Da hatte sein Vater, der sonst die Ruhe in Person war, gebrüllt. Nur ein Wort, nur ihren Namen, aber so laut, daß die Fensterscheiben klirrten und sie das erste Mal zu begreifen schien, daß es außer ihr auch noch andere Menschen auf der Welt gab, denen es nicht so gutging und die trotzdem Achtung verdienten. »Almut!« hatte sein Vater gebrüllt, und ›Inge‹ hätte er jetzt gern gerufen, aber sie war ja nicht seine Frau und würde es nie werden.

Er bat um ein Stück Rhabarberkuchen und frischen Kaffee, bekam beides von dem Blaustrumpf mehr als eilfertig serviert und dazu noch einen leichten Druck ihres Schenkels an seinem, der ihn so irritierte, daß er ihn erwiderte, um ganz sicherzugehen.

Sie wich nicht zurück, und er tat zwei Stück Zucker in seinen Kaffee, rührte ihn um, wandte sich ihr zu und bat um die Milch. Der Ausdruck ihrer Augen hinter der Brille war unergründlich.

»Merkwürdig«, sagte er.

»Was?«

»Ich habe mir da, scheint es, irgend etwas eingebildet.«

»Ach, wirklich?«

Inzwischen war der Geräuschpegel der sich angeregt unterhaltenden Damen so laut geworden, daß seine Mutter in die Hände klatschen und aufstehen mußte, um eine Bresche in das Geschwätz zu schlagen.

»Ich habe eine Überraschung für Ewald«, sagte sie, griff hinter sich und brachte eine lange flache Schachtel zum Vorschein, die sie ihrem Sohn über den Tisch hinweg überreichte. Er nahm sie entgegen, rückte seinen Stuhl etwas zurück, legte sie auf seinen Schoß und hob den Deckel ab. Natürlich, es war eine Robe. Raschelnd entglitt sie dem dünnen Papier, in das sie eingeschlagen gewesen war. Sie war aus schwerem Stoff, mit schwarzer Seide abgesetzt, und soviel prächtiger als die schon lang benutzten, an manchen Stellen bereits fettig glänzenden Roben, die bei Benedum im Schrank hingen und schon immer für diesen oder jenen Assessor gut genug gewesen waren. Ewald konnte es sich nicht verkneifen, aufzustehen, die Robe überzuziehen und mit ihr vor die Rhododendronbüsche zu treten.

»Ein Bild«, riefen die Damen entzückt. »Ach bitte, machen Sie doch ein Foto von ihm.«

Frau Korwan rannte ins Haus, um den Fotoapparat zu holen. In der Zwischenzeit unterhielt Ewald ihre Gäste, machte Grimassen und tänzelte auf dem Rasen herum, breitete die Arme mit den weiten Ärmeln aus, als wäre er eine Fledermaus, krächzte wie ein Rabe und hüpfte mit geschlossenen Beinen umher, trippelte dann wie ein extrem kurzsichtiger und kurzatmiger alter Anwalt, mit der Nase fast auf dem Boden, eine Stuhlreihe entlang, nahm Inge die Brille weg, setzte sie auf und warf sich wieder in Positur, eine Hand auf der Brust, als setze er zu dem letzten, entscheidenden, alle überzeugenden Plädoyer an.

»Jetzt bleib doch bitte mal ganz normal stehen«, rief seine Mutter, die zurückgekommen war, in das Gelächter der Frauen hinein. Er gehorchte, und sie machte ein paar Bilder, auch von den anderen, ließ dann abräumen und stärkere Getränke servieren. Als es auf den Abend zuging, gab es noch eine Platte mit bunt belegten Broten, bis endlich eine nach der anderen aufbrach und nur noch ihre drei besten Freundinnen übrigblieben, darunter auch Marie-Luise, Inges Mutter, die sich, schon nicht mehr ganz nüchtern, während die beiden noch am Tisch Sitzenden abgelenkt waren, aufgeregt lispelnd zu Frau Korwan neigte, um zu erzählen, daß eine gute Bekannte von ihr Ewald vor zwei Tagen im Café Olé gesehen habe, wo er mit allen möglichen alten Scharteken getanzt habe.

Frau Korwan schüttelte den Kopf. »Das kann er nicht gewesen sein. Ewald sitzt bis in die Nacht über seinen Akten. Benedum nimmt ihn gewaltig ran, hat er mir am Telefon erklärt. Wo Mack ja auch noch im Krankenhaus ist.«

»Mack ist im Krankenhaus?« fragte Marie-Luise. »Das wußte ich ja gar nicht. Was hat er denn?«

»Einen Knöchelbruch.«

»Na ja, dann ist er ja bald wieder einsatzbereit. Aber bis dahin werden ein paar Damen ganz schön zappeln.«

»Bitte nicht schon wieder vor dem Kind«, sagte Frau Korwan streng und sah sich nach Ewald um, den sie irgendwo im Hintergrund im Gespräch mit Inge vermutete. Und da lag sie gar nicht so falsch.

Inge und Ewald zappelten in seinem Zimmer, das nach hinten in Richtung der Felder hinauslag und in dem seine Mutter nichts, aber auch nicht das geringste verändert hatte, als handle es sich um eine Art Heiligtum, einen Schrein, in dem nichts verrückt werden durfte, sei es die Mineraliensammlung oder der schon seit Ewigkeiten nicht mehr benutzte Notenständer mit der Geige in ihrem mit Samt ausgeschlagenen Kasten auf dem Hocker daneben.

Dorthin war Inge Ewald gefolgt, der sich bis dahin geweigert hatte, ihr die Brille zurückzugeben, und auch jetzt bekam sie sie noch nicht, denn er war gerade dabei festzustellen, daß dieser Blaustrumpf, nahm man ihm noch ein paar weitere Versatzstücke ab, eigentlich nicht so übel war.

»Was hast du denn da auf dem Rücken?« fragte Inge, nachdem sie sich wieder einigermaßen beruhigt hatten.

»Einen Schmetterling, nehme ich an. Ist er hübsch? Er ist ganz neu, es brennt noch ein bißchen, obwohl ich Salbe draufgetan habe.«

»Sehr hübsch«, sagte Inge und fuhr mit dem Zeigefinger die Konturen ab. »Weiß deine Mutter davon?«

»Gott behüte, nein. Sag ihr bloß nichts.« Er dachte nach, lachte kurz auf und wälzte sich dann auf die Seite, um ihr besser ins Gesicht sehen zu können. »Jetzt hast du mich in der Hand.«

»Du meinst, ich könnte dich erpressen.«

»Ja. Sie würde mir sofort alle Zuwendungen streichen.«

»Wäre das schlimm?«

»Schon.«

»Ich werde es ihr natürlich nicht verraten, aber trotzdem… ich weiß nicht, ob ich dich mit diesem Schmetterling auf dem Rücken noch werde heiraten können«, sagte die zukünftige Elite Deutschlands.

»Du mußt nicht, ich werde nicht darauf bestehen«, meinte er. »Wie viele Zigaretten hab ich heute schon geraucht?«

»Im Garten vier«, sagte sie prompt.

»Dann hab ich noch zwei frei. Heute morgen waren es zwei, eine vor, eine nach dem Schmetterling.« Er dehnte behaglich die Arme. »Laß uns wieder hinausgehen, bevor sie auf dumme Gedanken kommen.«

»Ist gut«, sagte sie.

Er ließ sie vor und suchte Frau Kowalovsky, fand sie in der Küche, wo sie gerade die Reste von den Tellern kratzte, um sie in den für die Regenwürmer vorgesehenen Abfallbehälter zu geben. Ewald lehnte sich unter die Tür und sah ihr interessiert zu. »Das fressen die?« fragte er. »Angegammelte Früchte?«

»Das da«, erwiderte sie. »Salatblätter, Bananenschalen und am liebsten die Filtertüten mit dem überbrühten Kaffeepulver.«

»Wirklich?«

»Wenn ich es Ihnen sage.« Sie hob den Kopf und blickte ihn prüfend an. »Soll ich das Bett frisch beziehen?«

»Deshalb bin ich hier.«

»Ich mach es gleich«, sagte sie. »Solange sie noch draußen auf der Terrasse sind. Ich hab sogar noch die gleiche Bettwäsche im Schrank.«

»Sie sind ein Schatz«, sagte Ewald, trat in die Küche, beugte sich hinunter und küßte sie auf ihren faltigen Hals. Dann schlenderte er, die Hände in den Hosentaschen, auf die Terrasse hinaus, wo inzwischen die Kerzen in ein paar Lampions unter der Pergola angezündet worden waren und ein mildes Licht verbreiteten. Er setzte sich neben Inge und zündete sich eine Zigarette an, sog den Rauch ein und ließ ihn in Ringen wieder entweichen, ein Kunststück, das ihm Charlotte beigebracht hatte, und an sie dachte er jetzt auch, während Inge vertraulich seine Hand nahm und mit seinen Fingern spielte, ein Vorgang, den seine Mutter und Inges Mutter, so angesäuselt sie auch waren, mit großer Genugtuung verfolgten.

Nachdem Ewald seine zweite und damit für den heutigen Tag auch letzte Zigarette geraucht hatte, verabschiedete er sich, gab Inge einen Kuß auf die Wange, seiner

Mutter zwei, einen rechts und einen links, und sagte: »Ich seh noch mal nach Papa.«

»Tu das«, rief seine Mutter ihm nach. »Und wenn du gehst, vergiß deine frische Wäsche und das Essen nicht. Es steht im Kühlschrank wie immer. Und die Robe, die Robe natürlich.«

»Ich werde nichts vergessen. Danke.« Er betrat das Haus und öffnete die Tür zu den unteren Räumen, von wo ihm Frau Kowalovsky, die die Bettwäsche bereits in die Waschmaschine gesteckt hatte, entgegenkam; sie trug ein Tablett mit einem Teller, auf dem noch ein paar belegte Schnittchen lagen.

»Hatte wohl keinen großen Hunger, was?« sagte Ewald.

»Doch, doch, es waren mehr als genug.«

»Dann ist es ja gut.«

Sie zwängten sich aneinander vorbei, denn die Treppe machte hier eine Biegung und die Stufen wurden an der Innenseite schmäler. Er traf seinen Vater in dem kleinen Raum neben der Regenwurmzucht, wo er sich gleich nach seiner Pensionierung einen Schlupfwinkel eingerichtet hatte; er saß in einem bequemen Sessel unter einer Stehlampe, die aus einem Tischchen emporwuchs, von wo sie ein Glas und eine fast zur Gänze geleerte Rotweinflasche beschien. Sein Vater hielt ein Buch in der Hand, schien aber eingeschlafen zu sein, denn sein Mund stand halb offen und entließ eine Reihe seltsamer Töne, angefangen bei einem leichten Pfeifen, dem eine Art Grollen folgte, bis zu einem heftigen Schnappen, das dem Atemholen eines eben aus dem Wasser Emporgetauchten glich. Eine leichte Apnoe, dachte Ewald, klingt aber noch nicht bedrohlich.

»Papa«, rief er.

Sein Vater fuhr erschrocken hoch, das Buch glitt zu Boden, er bückte sich, nahm es mit einer wegwerfenden verlegenen Geste wieder auf und legte es neben sich.

»Du bist es«, sagte er erleichtert. »Sind die Weiber noch da?«

»Der harte Kern. Ich wollte dir nur adieu sagen.«

»Ist gut, mein Junge. Und wie läuft es so bei Benedum? Kommt ihr miteinander aus?«

»Ja, sicher. Er ist ein netter alter Knabe.«

»So habe ich ihn auch eingeschätzt«, sagte sein Vater.

Eine Pause entstand, und Ewald bemerkte mit einer gewissen Rührung, daß sein Vater hier unten alles zusammengetragen hatte, was oben anscheinend nicht mehr geduldet wurde, ausgestopfte Fische und einen präparierten Fuchs, der eine Elster mit gesträubtem Gefieder im Maul trug, eine Weltkugel, die man beleuchten konnte, und ein Regal mit zerfledderten Heften, *Kosmos* und *Geo* und die monatlich erscheinenden Broschüren, die sein Angelverein ihm zusandte, Kataloge, Bildbände mit Fotos von Pflanzen und Tieren, ein ausgedienter Brockhaus, von dem, wie Ewald sich erinnerte, zwei Bände spurlos verschwunden waren, wahrscheinlich hatte er sie einmal mit in die Schule genommen und dort so lang herumliegen lassen, bis irgendeine ordentliche Person sie irgendwo im Lehrerzimmer oder der Schulbibliothek untergebracht hatte.

»Was machen die Würmer?« fragte er sanft.

»Ich habe mir jetzt welche aus Amerika kommen lassen«, sagte sein Vater, »den roten Tennesseewickler. Er ist kleiner als die anderen, aber sehr rege.«

»Und sie vermehren sich gut?«

»Unglaublich. Die Würmer sind ja Zwitter, wie du weißt. Jeder kann jeden begatten und legt dann Eier.«

»Interessant. Sind sie trotzdem monogam?«

»Wie meinst du das?«

»Ich meine, bleiben sie bei dem einen Partner? Egal, ob sie ihn als Männchen oder Weibchen betrachten?«

»Keine Ahnung. Das interessiert mich nicht.«

»Ist ja auch in diesem Fall nicht relevant«, meinte Ewald, hob grüßend die Hand und zog sich zurück. »Bis bald, Papa.«

»Mach's gut, mein Junge. Grüß den alten Benedum von mir. Hat sie dich verkuppelt?«

Das kam so schnell und unerwartet, mit einem Blick unter listig halbgesenkten Lidern hervor, daß Ewald lachen mußte.

»Niemand kann mich verkuppeln«, sagte er.

»Hast du jemanden?«

»Du meinst, ob ich verliebt bin? Ja, Papa, ich bin verliebt, aber nicht so sehr in einen Menschen. Es ist ein Haus.«

»Du liebst ein Haus?«

»Sieht so aus.«

»Na ja«, es klang skeptisch, »das hat wenigstens keine Folgen.«

»Wer weiß«, sagte Ewald, hob noch einmal die Hand und entfernte sich schleunigst, bevor sein Vater ihm weitere Fragen stellen konnte.

12

Mit Arthur im Tessin

Da Ewald in der Wohngemeinschaft inzwischen aus- und einging, als gehöre er dazu, von Cedric, Paul und Charlotte mehr als freundlich, dem nur gelegentlich anwesenden Achim leicht mißtrauisch aufgenommen worden war, schien es ihm selbstverständlich, da keiner von den dreien ein Auto und Achim nur wenig Zeit hatte, Paul am frühen Samstagmorgen nach Eberbach zu fahren, damit er dort mit seinem Onkel in den Zug steigen konnte, der sie erst nach Mannheim bringen würde, wo sie umsteigen mußten, um dann aber bis Prag sitzenbleiben zu können.

Er nahm die Strecke am Neckar entlang, der grün und silbern im Morgenlicht glitzerte, und Paul, der sehr nervös war, zappelte auf dem Sitz herum und fuhr sich immer wieder mit beiden Händen durch die Haare, bis sie schließlich fast senkrecht hochstanden und er einem Terrier ähnelte.

»Sei doch nicht so aufgeregt«, sagte Ewald. »Was kann denn schon passieren.« Sie hatten ihn in ihren Plan eingeweiht, und er fand ihn ausgezeichnet.

»Ich tu es ja nur«, sagte Paul, »weil ich eigentlich noch lieber Slawistik studiert hätte. Ich bin ganz vernarrt in diese Leute.«

»Ja, ja«, sagte Ewald hastig, der wieder eine lange Aufzählung von Schriftstellern fürchtete, die er nicht kannte.

»Und es scheint wirklich eine einmalige Sache zu sein, verstehst du, nicht das Übliche.«

»Versteh ich gut. Wo liegt das Heim?«

»Das Stift«, sagte Paul. »Nenn es um Himmels willen nicht Heim, wenn Frau Putzbach mit ihm vor der Tür steht. Übrigens hat sie ihm beim Packen geholfen. Du fährst uns noch zum Bahnhof?«

»Aber klar.«

Und tatsächlich standen Pauls Onkel Arthur und Frau Putzbach in der Sonne auf dem Gehsteig vor dem Haus und erwarteten sie schon. Ewald gab beiden höflich die Hand und half Arthurs Koffer einladen. Danach nahm Frau Putzbach Abschied von Onkel Arthur, konnte sich einfach nicht von ihm trennen, fütterte ihn noch in letzter Minute mit Informationen über das Tessin, bat, auch ihrer in Montagnola zu gedenken, brach plötzlich völlig in ihre Deutschlehrerinnenvergangenheit ein, zitierte aus *Siddharta* und dann wieder mit bebender Stimme aus *Narziß und Goldmund,* schwärmte von Mimosen und Hortensien, erwähnte azurblauen Himmel und Palmen und brachte, als Ewald schon entnervt den Motor angelassen hatte, noch schnell unter, daß in den Bergen viele Kapellen und Kirchen die Malereien der deutschen und niederländischen Künstler enthielten, die auf ihrem Zug nach Italien dort hatten überwintern müssen und als Entgelt für Übernachtung und Verköstigung die Wände mit Fresken und Ähnlichem verziert hatten. »Er wird ja nicht viel davon haben«, erklärte sie, an Paul gewandt, der auf dem Rücksitz saß und dauernd auf seine Uhr sah. »Aber Sie, Sie werden ihm alles schildern, ja?«

»Darauf können Sie sich verlassen«, sagte Paul und knuffte Ewald in die Seite, damit er endlich losfuhr.

Am Bahnhof verfrachtete er Onkel Arthur, das Gepäck und sich selbst in den schon wartenden Regionalzug, beugte sich noch einmal aus dem Fenster und bedankte sich. »Ich muß ihn eben von der ersten Minute an im Auge behalten«, rief er, als der Zug schon anfuhr, »sonst wäre ich in Mannheim zugestiegen.«

»Kein Problem«, rief Ewald zurück, drückte beide Daumen fest in seine Handflächen, legte die übrigen Finger darüber und hob die Arme. »Ich wünsch dir was. Wird schon nicht schiefgehen!«

Ab Mannheim hatte Paul Platzkarten besorgt, sie aßen im Speisewagen, schliefen viel und kamen am späten Nachmittag in Prag an. Er hatte nur seinen Rucksack, in dem er aber noch drei Flaschen Grappa mit sich führte, mit der rechten Hand schleppte er den altertümlichen Lederkoffer Arthurs und dirigierte ihn mit der Linken.

Am Ende des Bahnsteigs wurden sie schon erwartet, eine kleine Gruppe hatte sich dort um einen jungen Mann versammelt, der eine Tafel hochhielt, die seine Schäfchen zu ihm zog. Es gab eine kurze, noch formlose Begrüßung, und dann beschloß man, sich zu Fuß auf den Weg zu machen, denn der Wenzelsplatz war nicht weit. Der Reiseleiter griff sich Arthurs Koffer, und so konnte Paul, einigermaßen befreit, als er mit den anderen vor den Bahnhof trat, den ersten Eindruck von Prag in sich aufnehmen: einen zerzausten kleinen Park mit seltsamen Gestalten, die dort auf den Bänken herumlungerten, das immer wieder anders zusammengefügte Pflaster, die Häuser, ehrwürdig und alt, und er spürte, wie Prag, das Mütterchen, seine Krallen nach ihm auszustrecken begann, um ihn zu verzaubern und festzuhalten. Auf dem Wenzelsplatz blühten die Linden, sandten ihren Duft durch den Benzingeruch, und das Aroma zu lange und zu scharf gebratener Würstchen ließ Arthurs Nase sich erwartungsvoll kräuseln, während er sich kurz von Pauls Arm löste und mit begeisterter Stimme rief: »Mit gelben Birnen hänget und voll mit wilden Rosen das Land in den See... das hat er gut beschrieben, dieser Hesse.«

»Hölderlin«, murmelte Paul verlegen, schämte sich aber nicht, mit einem leichten Tippen seines Zeigefingers an die Stirn anzudeuten, daß sein Begleiter irgendwie ein bißchen daneben war, was für weitere Ausfälle Arthurs nur gut sein konnte, und ließ sich mit ihm und der Gruppe in das Hotel Europa treiben, wo es dämmrig und kühl war, viel Gold an den Wänden schimmerte, Kronleuchter von der Decke hingen, und der Fahrstuhl so altersschwach war, daß er ein tiefes Stöhnen hören ließ, bevor er sich ruckelnd in Bewegung setzte.

Onkel Arthur hatte ein schönes großes Zimmer im ersten Stock. Nach einer Stunde würden sie sich an dem runden Tisch, der dort, von Stühlen und Sofas umgeben, am Grund des riesigen Treppenhauses stand, in dem sich Galerie um Galerie nach oben zog, bis zu einer Glaskuppel, die alles überwölbte und in ein grünlich sanftes Licht tauchte, wieder treffen, um den weiteren Verlauf des Abends zu besprechen.

»Weis mich ein, mein Junge«, sagte Arthur, »und dann spring in dein Zimmer und mach dich frisch.«

Paul schloß auf und wies ihn ein. Er packte den Koffer aus, räumte alles in den Schrank, stellte die verschiedenen Döschen und Cremes und das Necessaire ins Bad, wunderte sich über die Vielfalt dieser Dinge und noch mehr darüber, wie schnell sein Onkel sich zurechtfand, zielsicher das Zimmer durchquerte, das Bett abtastete und die Decken aufschlug, sein Kistchen mit den Zigarren auf einem kleinen Beistelltisch deponierte und sich seufzend in den Sessel daneben fallen ließ. Ein Aschenbecher war da. Er streckte die langen Beine aus, zündete sich eine Zigarre an und begann genußvoll an ihr zu saugen.

»Sieht man den See?« fragte er zwischen zwei Zügen.

Paul trat ans Fenster, öffnete es und blickte hinunter auf den Platz. »Ja«, rief er.

Der Onkel schraubte an seinem Hörgerät. »Palmen?«

Paul bedachte die Linden mit einem verzückten Blick. »Ja«, rief er.

»Bunte Häuser, Berge, Schiffe, weiße Wolken?«

»Ja«, schrie Paul und machte das Fenster wieder zu.

Sein Zimmer war ganz oben, unterm Dach, und während er die Stufen hinaufsprang, bewunderte er das Geländer und die Türen und die nachgedunkelten Bilder an den Wänden, alles in einem so verblichenen Glanz, daß es ihn rührte, und als er den abgeschabten Läufer näher betrachtete, fragte er sich, ob Joseph Roth auch in diesem Hotel schon einmal betrunken die Treppe hinuntergefallen war. Aber da wurde er von einem vornehmen Herrn im Nadelstreifenanzug abgelenkt, der ihn, ein gewaltiges Blumenbukett im Arm, überholte, und den Paul, ein Stockwerk höher über das Geländer gebeugt, noch einmal ausmachte, um gerade noch zu sehen, wie er von einer weißen Frauenhand durch eine halbgeöffnete Tür ins geheimnisvolle Dunkel eines Raumes gezogen wurde.

Seine Bleibe ging auf einen Hinterhof hinaus, war einfach und sauber und speicherte die ganze Hitze des Tages. Aber er war zufrieden. Erleichtert warf er seinen Rucksack aufs Bett, kramte frische Wäsche heraus und machte sich auf den Weg zur Etagendusche.

Kurz vor der vereinbarten Zeit stieg Paul wieder in das untere Stockwerk, um Arthur abzuholen, fand die Tür unverschlossen und den Onkel frisch geduscht, wohlriechend und umgezogen inmitten des Raumes stehend, wo er mit gespreizten Fingern durch seinen Bart strich, auf den er sehr stolz war. Er war wirklich eine imponierende Erscheinung, und seine Augen, die von einem hellen und tugendhaften Blau waren, verrieten nicht, daß er so gut wie blind war, sondern machten sein Gegenüber mit ihrem direkten Blick sogar manchmal eher verlegen, als sehe der Onkel doch mehr, als er zugeben wollte.

Paul hatte eine Flasche Grappa mitgebracht, holte das Zahnputzglas aus dem Bad, schenkte es bis zur Mitte voll und drückte es Arthur in die Hand. Der Onkel nippte, zog dankbar die Luft ein, spitzte die Lippen und trank das Glas in einem Zug leer. »Und jetzt hinaus ins brausende Leben«, sagte Paul.

Die anderen warteten schon, in Sesseln und Sofas malerisch um den runden Tisch gruppiert, sie setzten sich dazu, und nun begann die Vorstellung. Sie würden sich mit den Vornamen ansprechen, erklärte der Reiseleiter und teilte ihnen auch gleich seinen Namen mit, er hieß Wilfried und war ihr Vorleser und Führer. Nach dieser kurzen Information gab er weiter an den ihm Zunächstsitzenden, der einigermaßen widerwillig bekannte, daß er auf den Namen Ernst Sylvester getauft war, aus Jena komme, pensionierter Richter sei, Jaroslav Seifert und Johannes Urzidil liebe, zwei Namen, bei deren Nennung Paul leicht zusammenzuckte. Danach kamen zwei liebe ältere Damen, die eine war Witwe, die andere niemals verheiratet gewesen, sie brachten Werfel ins Gespräch, ihnen folgte ein etwas jüngeres Ehepaar, das zu Hause beinahe, aber wirklich nur beinahe, einen Bohumil-Hrabal-Altar hatte und das sich nicht beruhigen konnte über Hrabals Fenstersturz beim Taubenfüttern, wo Hrabal doch Tauben überhaupt nicht habe ausstehen können, sondern ein Katzenliebhaber gewesen sei.

Da war noch eine Internistin, eine Arztsekretärin, ein Schulrat und eine resolut wirkende Hotelfachfrau aus Bayern, die das Ambiente hier... sie machte eine umfassende Bewegung mit beiden Armen... zwar absolut bezaubernd, aber doch, also seien wir mal ehrlich, leicht heruntergekommen fand, und in ihrem Zimmer tropfe der Wasserhahn, und der Abfluß der Badewanne scheine ihr auch verstopft. Nun war Paul an der Reihe, er erklärte, daß er vorgehabt habe, Slawistik zu studieren, jetzt aber in einem anderen Fach abgeschlossen habe und daß diese Reise ein Geschenk seines Onkels an ihn sei, und als habe er nur auf dieses Stichwort gewartet, trompetete Onkel Arthur plötzlich laut heraus, daß er Hermann Hesse und das Tessin über alles liebe. Erstaunte Gesichter wandten sich ihm zu, und Wilfried kratzte sich verlegen hinterm Ohr.

»Liegt er da nicht ein bißchen falsch«, flüsterte er.

»Sie brauchen nicht zu flüstern«, sagte Paul. »Er ist wirklich fast taub.«

Ein mitleidiges Seufzen ging durch die Runde.

»Und eigentlich auch blind«, fügte Paul unbarmherzig hinzu.

»Aber«, meinte Wilfried, nachdem er sich etwas erholt hatte. »Wenn er nichts sieht und auch nichts hört, warum ist er dann dabei?«

»Wo er ist, und nichts sieht und nichts hört, ist doch eigentlich egal, oder?« sagte Paul. »Außerdem mag er Adalbert Stifter. Damit ist er hier doch am richtigen Platz.« Er blickte umher, sie nickten. Stifter war auch ein, das konnte man schon so sagen, böhmischer Dichter, und gliederte sich nahtlos in die Reihe ihrer Lieblinge ein.

»Er ist rüstig und wird alle Kneipentouren und Spaziergänge mitmachen«, sagte Paul. »Ich werde ihn führen und mich um ihn kümmern. Er ist ein außerordentlich liebenswerter alter Herr.«

»Das sieht man«, hauchte die unverheiratet gebliebene Schwester. »Er ähnelt dem Kaiser Franz Joseph auf dem Bild im Bahnhof.«

Die nun folgenden Tage waren für Paul ein einziges Fest. Er holte Arthur jeden Morgen zum Frühstück ab, führte ihn in den Speisesaal im ersten Stock, brachte ihm vom Büfett Kaffee, Hörnchen, ein weichgekochtes Ei, mit Schnittlauch und feingeschnittenen Zwiebeln verrührten Quark, einen Apfel und ein großes Glas mit Orangensaft, klopfte ihm die Krümel vom Anzug, rückte die Krawatte zurecht und gesellte sich dann mit ihm der Gruppe zu, die sich immer zur selben Zeit vor dem Hotel einfand, um auf Wilfrieds Spuren das Prag der Dichter zu entdecken, das Prag der kleinen Kneipen, die von den Touristen ausgelassen wurden, wo Paul dem Onkel ein Glas Frankovká bestellte, das dieser mit der Bemerkung, der Merlot schmekke ausgezeichnet, hinuntergoß. Und ließ er ihm Hermelin servieren, einen säuerlich eingelegten Käse, der mit einer Essiggurke und Paprika gereicht wurde, so tunkte Arthur genießerisch mit einem Stück Brot die Soße auf und erklärte dabei, daß dieses Tessiner Gericht ihm zwar noch nie untergekommen sei, aber daß er es ungewöhnlich pikant finde.

Sie fuhren mit der Bahn, dem Bus oder der Metro, wo ein kühler Wind aus den dunklen Tunnels gefaucht kam und sie abkühlte, denn es war heiß und der Himmel wolkenlos. Sie wanderten durch enge Gassen, nahmen, weil es eben auch dazugehörte, die Karlsbrücke, den Altstädter Ring und den Hradschin mit, verließen aber immer so schnell wie möglich diese von Menschen überfüllten Orte und tauchten ein in die Dämmerung eines verschwiegenen Parks, in den grauen Dunst einer halbverfallenen Synagoge, die irgendeine Frau, die aus irgendeinem versteckten Winkel kam, ihnen erst aufschließen mußte. Und immer und überall blieb Wilfried plötzlich stehen, kramte ein Buch aus seinem an Büchern anscheinend unerschöpflichen Rucksack und begann vorzulesen. Noch nie hatte Paul jemanden so gut lesen hören, wurde sich der Magie der Worte so bewußt, hörte wie gebannt zu, verzaubert, hingerissen, an Arthur gelehnt, der vor sich hin zu träumen schien, das Gesicht nach oben gewandt, als lausche er seinerseits einer Stimme, die keiner von ihnen vernehmen konnte, während der leichte Wind, der sie nie verließ, seine dünnen weißen Haare hochhob, um mit ihnen zu spielen.

Und um sie herum war diese Stadt mit ihren unzähligen Kuppeln und Türmen und Kirchen und in der Sonne glitzernden Dächern, durchsummt, durchwoben von Stimmen und Geräuschen, dem unablässigen Klingeln der Straßenbahnen und dem heulenden Ton der Einsatzwagen der Polizei oder der Krankenhäuser, ein Ton, so markerschütternd und durchdringend, als schwinge ein Riese eine Peitsche über die Schluchten der Straßen. Das drang sogar zu Arthur durch, der dem ihn verständnislos anstarrenden Schulrat, der gerade neben ihm ging, erklärte, daß heute viele Dampfer auf dem See sein müßten, das Tuten höre ja überhaupt nicht mehr auf.

An Kafkas Grab auf dem Judenfriedhof über der Stadt ließ Paul seinen Onkel einen von ihm an einem Blumenstand gekauften Strauß mit Dahlien niederlegen, von denen Arthur eine getrennt deponierte, mit den Worten: »Die ist von Frau Putzbach, Hermännchen.«

Worauf die Hotelfachfrau es sich nicht verkneifen konnte, darauf hinzuweisen, daß Kafka doch eigentlich Franz hieße und daß man einem Juden keine Blumen, sondern Steine aufs Grab lege, aber sie alle hatten inzwischen den für sie anscheinend leicht verrückten alten Mann, der neben ihnen ging und doch in ganz anderen Gefilden wandelte, so liebgewonnen, daß sie sich über nichts mehr wunderten und ihm widerspruchslos alles durchgehen ließen.

Der letzte Abend war einem Picknick auf der in der

Moldau gelegenen Schützeninsel vorbehalten. Sie saßen im Gras unter hohen Bäumen und überließen sich, gesättigt von fetten Würsten und eingelegtem Käse, hinuntergespült mit genügend Rotwein, noch einmal und zum letzten Mal Wilfrieds Stimme, kehrten danach in einem Biergarten ein, in den von fern her Jazzmusik herüberwehte.

Weit nach Mitternacht taumelten sie heimwärts durch das nächtliche Prag. Paul schob den glücklich trunkenen Arthur in sein Zimmer und begann zu seiner Kammer hochzusteigen, diesmal sehr langsam, denn das Treppenhaus war nur noch schwach beleuchtet, und der reichlich getrunkene Wein machte seine Füße schwer. Nach einer Biegung bemerkte er einen Mann, der auf einer der Stufen saß. Er trug einen hellen Anzug und einen großen Strohhut. Er saß in der Nähe einer Kübelpflanze, ganz so, wie Harry im *Steppenwolf* vor seiner Araukarie. Er hielt das Gesicht in den Händen verborgen, aber Paul erkannte die magere asketische Gestalt sofort. Als er leise an ihr vorbeischleichen wollte, ließ Hesse die Hände sinken und wandte sich ihm zu. Er weinte. Schuldbewußt neigte Paul den Kopf, aber als er ihn wieder hob, sah er eine weitere Gestalt hinter dem Blumenkübel stehen, einen schmalen, jungen Mann mit einem blassen Gesicht, das ganz von den großen dunklen Augen beherrscht wurde. Und Kafka lächelte.

13

Bruno

Jedesmal, wenn Ewald an Bruno Steins Wohnung vorbeikam, drückte er, nun schon fast spielerisch, auf den Klingelknopf, horchte auf das sich im Inneren des Gelasses verlierende Geräusch und sprang dann die Treppe hinauf oder, wenn er dabei war, das Haus zu verlassen, die wenigen restlichen Stufen, die in den Hausflur führten, hinunter. Auch heute, zurück von seinem vierten Schmetterling, hatte er ohne große Hoffnung geklingelt, aber diesmal war es anders. Die Tür öffnete sich, und aus der Dunkelheit, die sich hinter ihr auftat, formten sich die Umrisse einer großen rothaarigen Frau. Erst dachte Ewald, es wäre Anita, deren mahagonifarbenes Haar sich genauso üppig um den Kopf bauschte wie bei dieser hier, aber dann stellte er fest, daß die Frau um vieles älter war, zwar auch geschminkt, aber in dickeren Schichten, so daß die Augen in dem Gesicht wie nachträglich eingesetzt wirkten, ähnlich den Lapislazuliaugen von Herrn Holls Innigstgeliebter, deren Abbild ihm außer den Briefen von ihr geblieben war. Trotz allem erkannte Ewald, daß diese Frau hier einmal einfach umwerfend gewesen sein mußte, ein Fanfarenstoß in jeder Gesellschaft, der sie die Ehre gab.

»Wäre es möglich, mit Herrn Stein zu reden?« fragte er.

Sie wandte den Kopf nach hinten in die Dunkelheit. »Bruno, da ist jemand für dich.«

»Wer?« kam eine Stimme von weiter her.

»Ein *joli garçon.*«

»Ist es der, den mein Bruder geschickt hat?«

»Woher soll ich das wissen?«

»Laß ihn rein, Olga.«

Sie trat zur Seite, ließ Ewald vorbei und schloß die Tür. Erst fühlte er sich in der gänzlichen Schwärze verloren, aber dann begannen seine Augen sich daran zu gewöhnen und er erkannte ein helleres Rechteck, das in den Raum mit dem einzigen Fenster zu führen schien.

»Aufpassen«, sagte die Frau dicht hinter ihm. »Stolpern Sie nicht.«

Und tatsächlich gab es nur einen schmalen Durchgang, rechts und links türmten sich Kästen und Kartons die Wände hoch, einer neben dem anderen, einer über dem anderen.

Er tastete sich durch und betrat das Zimmer. Dämmrig war es hier, aber immerhin nicht ganz so finster, geräumiger, als er sich dieses Verlies von außen vorgestellt hatte, und eindrucksvoll durch das riesige Messingbett, das in der Mitte des Raumes stand. Ein Bett mit einem verschnörkelten Aufsatz an seinem oberen Ende und vier aufgeschraubten Kugelknöpfen, die aber schon lang ihren Glanz verloren zu haben schienen. Rund um das Bett standen Stühle und kleine Tische, überladen mit Kleidungsstücken, Flaschen, einem Radio, Illustrierten, gebrauchtem Geschirr, Aschenbechern und Vasen mit verwelkten Blumen.

Über all dem lag ein würziger Geruch, ausgehend von den selbstgedrehten Zigaretten und, etwas schärfer, von einem Currygericht, das Bruno, mit untereinandergeschlagenen Beinen auf dem Bett sitzend, gerade in sich hineinschaufelte. Er war so sehr das Gegenteil seines Bruders, daß Ewald ihn zuerst nur anstarren konnte. Er hatte einen runden Kopf mit einem fast nur angedeuteten Gesicht und einen weich wirkenden ebenso rundlichen Körper, trug einen hellblauen, an vielen Stellen schon durchlöcherten Pullover und eine Trainingshose, die eine scheußlich erbsengrüne Farbe hatte; seine Füße waren barfuß, und die dicklichen Zehen bewegten sich vergnügt, während er kaute und Ewald über den Tellerrand hinweg neugierig betrachtete.

»Hallo«, sagte Ewald, »ich hab immer wieder mal geklingelt, Sie aber nie angetroffen.«

»Ich bin immer da... fast immer. Aber die Kinder, wissen Sie, die Kinder, sie drücken jedesmal auf den Knopf, wenn sie vorbeirennen. Ertrugul seine und Simon und Sarah.« Er legte eine Pause ein und atmete tief durch. »Es macht ihnen Spaß«, fügte er dann verzeihend hinzu und stellte den halbleer gegessenen Teller zu dem übrigen Krimskrams, der sich um sein Bett herum angesammelt hatte.

»Entschuldigen Sie, daß es so aussieht, Saskia kommt ab und zu und macht sauber, aber jetzt war sie schon länger nicht mehr da.«

»Sie arbeitet im Brot- und Salzladen«, sagte Ewald.

»Ach ja«, meinte Bruno. Seine Augen waren blau und traten leicht vor. »Deshalb.«

Ewald, der diesem unschuldig kindlichen Blick mit einem freundlichen Lächeln begegnete, begriff, daß Herrn Steins Bruder, um es liebevoll auszudrücken, nicht ganz von dieser Welt war, und trotzdem schien man gut mit ihm in Verbindung treten zu können, denn Olga hatte sich jetzt neben ihn auf die Bettkante gesetzt und ihn um eine Zigarette gebeten, die er geschickt und schnell drehte, bevor er das Papierchen mit seiner Zunge beleckte, sie dann noch einmal glattstrich und ihr gab.

»Auch eine?« fragte er Ewald.

»Danke«, sagte Ewald, »ich hab selbst welche.« Er zog seine roten Gauloises aus der Jackentasche, nahm eine aus der Packung, sagte halblaut: »Fünf...«, und zündete sie an.

»Was, fünf?« fragte Olga.

»Hab ich das gesagt? O Verzeihung, ich zähl sie ab. Acht am Tag. Dann tun sie einem nichts.«

»Glauben Sie?«

»So hab ich es gelesen.«

»Sind Sie immer so streng zu sich?«

»Nein. Aber an manchen Dingen muß man sich doch festhalten, oder?«

Darauf gab es nichts zu sagen, und so schwiegen sie. Bruno drehte sich jetzt auch eine Zigarette, sog begierig daran und ließ den Rauch in Kringeln zur Decke steigen. Von draußen kamen gedämpft die anscheinend immer gegenwärtigen Rufe der Kinder, die sich im Hof mit einem Gartenschlauch abspritzten, ab und zu flüchtete eines in den Durchgang zur Straße, und dann steigerte sich das Geschrei, wurde zu einem grellen Quieken und brach plötzlich wieder ab, wenn der Wasserstrahl sich in eine andere Richtung gedreht hatte.

Olga drückte ihre fertiggerauchte Zigarette in einem der Aschenbecher aus, erhob sich und zog an einer Schnur, die von der Decke hing, und mit einem weichen Plopp setzte sich ein Ventilator über dem Bett in Bewegung und trieb den Rauch in Richtung einer mit Lamellen versehenen breiten Ritze über dem Fenster, so daß er nach draußen ins Freie konnte.

»Er ist eingeschlafen«, sagte sie. Sie nahm auch Bruno den Stummel aus der Hand, entsorgte ihn und drückte den immer noch Sitzenden, dem der Kopf auf die Brust gesunken war, auf das Kopfkissen zurück, wo er mit leicht geöffnetem Mund leise zu schnarchen begann.

»Jetzt wird er vier Stunden schlafen wie ein Stein, unser Herr Stein«, sagte sie. »Haben Sie ein bißchen Zeit? Wollen Sie mir helfen?«

»Wobei?«

»Beim Ordnung schaffen. Wenn Saskia sich nicht blikken läßt, muß ich mich wohl darum kümmern.«

»Das mach ich gern«, sagte Ewald. »War er eigentlich schon immer so?«

»Wie?«

»So kindlich... abgedreht.«

»Abgedreht...«, sie hob die Hände mit den hellrot lakkierten Nägeln und ließ sie in einer ergebenen Geste wieder fallen.

»Nein, er war nicht immer so. Er war Schauermann im Hafen und hatte einen Unfall. Eine Kiste ist ihm auf den Kopf gefallen und seitdem... na ja. Wenn Sie ihn jetzt so sehen, werden Sie es nicht glauben, er war ein guter Arbeiter. Nicht sehr groß, nicht sehr kräftig, nicht allzu breit in den Schultern, aber ein guter Arbeiter. Jetzt ist er vom Liegen und vom Bier verformt.«

Ewald blickte zum Bett. »So sehr doch auch wieder nicht, finde ich. Er ähnelt einem Buddha. Erinnert mich an eine Buddhafigur, die ich einmal in der Hand gehalten habe und die fast so geschlossen wie eine Kugel war. Sein Bruder ist ganz anders. Ausgemergelt, voller Kanten.«

Sie spitzte die Lippen und blies etwas Luft durch. »Muß ein ekelhafter Mensch geworden sein, ich kenn ihn von früher, da war er anders. Wie heißt es? Geld verdirbt den Charakter.«

»Dann bin ich ja noch auf der sicheren Seite. Warum ist es so dunkel hier?«

»Er verträgt kein Licht oder nur ganz schwaches. Irgendetwas da drin«, sie wies auf Brunos Schädel mit den flaumigen hellen Haaren, »irgendwas da drin ist durcheinandergeraten. Deshalb ist das mit dem Hausmeisterposten auch mehr oder weniger ein Witz. Sein Bruder gibt ihm ein Gnadenbrot, das ist es.«

»Geht er nie raus?«

»Doch, in der Nacht geht er raus. Er läuft über die Teufelsbrücke zum Hafen, dorthin, wo die Container stehen. Oder er sucht unsere alten Kneipen, die es ja schon lang nicht mehr gibt. Manchmal trinkt er ein Bier, in einer der neuen, meine ich, und keiner tut ihm was.«

Sie hatte jetzt im Flur ein Licht angemacht, eine ohne Umhüllung an ihrem Draht von der Decke baumelnde Glühbirne, und den Vorhang zu einer winzigen Küche zurückgezogen, wo sie und Ewald nun das ganze eingesammelte Geschirr hinschafften, um es zu spülen und abzutrocknen. Olga verstaute alles in einem Regal an der Wand, warf einen Blick in den Kühlschrank, schüttelte bedauernd den Kopf und schrieb sich ein paar Sachen, die offensichtlich fehlten, auf einen Zettel. Anschließend begannen sie die Aschenbecher zu leeren, schütteten die verwelkten Blumen in eine Abfalltüte, kehrten und wischten den Boden, putzten das Fenster, wenn auch nur von innen, sahen die Kleidungsstücke durch, legten, was sauber war, zusammen und stapelten es auf einem Stuhl, gaben, was gewaschen werden mußte, in einen Leinensack, mit dem Olga, wie sie Ewald erklärte, nachher gleich in den Waschsalon am Luisenring gehen würde. »Die haben auch Trockner«, sagte sie.

»Wunderbar«, meinte Ewald.

Während all dieser Beschäftigungen schlief Bruno unbeirrt, auf dem Rücken liegend, immer noch leise schnarchend, und sagte nur einmal: »Heim.«

»Aber er ist doch hier zu Hause«, flüsterte Ewald.

»Sie brauchen nicht leise zu sprechen, er wird nicht aufwachen, auch wenn wir noch so laut sind. Das sagt er oft, es steckt ein Traum dahinter, den er immer wieder träumt, aber er erzählt nichts davon, außer, daß er dann wieder ein Kind ist und sich in einem Dorf aufhält. Schauen Sie, das muß in einer Zeit gewesen sein, in der er glücklich war. Ist noch Klopapier im Bad? Und bringen Sie gleich die schmutzigen Handtücher mit, bitte.«

Neben der Küche gab es einen zweiten Verschlag, der als Bad diente, auch wenn es dort nur ein Waschbecken und eine Kloschüssel mit einem Sprung gab, auch hier baumelte eine Vierzig-Watt-Glühbirne, und Ewald, der sich im Spiegel auftauchen sah, fühlte sich wie unter Wasser, ein vorsintflutliches Wesen, ein Geschöpf der Unterwelt, nicht geschaffen für das normale Leben da draußen, aber das galt wohl eher für Bruno als für ihn. Er nahm ein paar fleckige Handtücher auf und brachte sie Olga, die sie zu der anderen Schmutzwäsche in den Sack gab. »Klopapier ist noch genug da«, sagte er. »Hören Sie, ich mach Ihnen einen Vorschlag: Während Sie für ihn einkaufen, werde ich in den Waschsalon gehen und das hier erledigen.«

»Können Sie das denn?«

»Ich denke schon.«

Sie traten zusammen hinaus auf die Straße. Ewald trug den Wäschesack und bemerkte nun, daß Olga ein Köfferchen unter den Arm geklemmt hielt. Es war ein abgeschabtes altes Ding, aber sie trug es wie eine Kostbarkeit.

»Ist das auch noch von ihm?« fragte er.

»Nein.«

»Ihre Handtasche? Sozusagen, meine ich?«

»Nein. Weit mehr als das.« Sie ließ sich nicht weiter auf das Thema ein, und so fragte er auch nicht mehr und las laut vor, was es in Leos Kneipe heute zum Mittagstisch gab. »Linsensuppe, selbstgemacht. Hab ich einen Hunger.«

Olga lachte. »Ich lade Sie ein«, erklärte sie.

Sie überquerten die Straße und setzten sich an einen freien Tisch. Leo bediente sie persönlich und fragte Ewald, wie die Geschäfte denn so liefen.

»Sie meinen das Haus?«

»Was sonst.«

»Das dürfte mich bald nichts mehr angehen. Herr Mack ist aus dem Krankenhaus entlassen und wird sich dann wohl wieder selbst darum kümmern.«

»Schade.«

»Ist das Ihr Ernst?«

»Sicher, Sie werden uns fehlen.«

Ewald zwinkerte ihm geschmeichelt zu. »Das haben Sie schön gesagt. Aber was mich angeht, ich bleibe ihnen allen schon noch eine Weile erhalten. Ich lasse mir ja jetzt jeden Samstag einen Schmetterling machen.« Er stand auf, legte seine leichte Leinenjacke ab und streifte sich das T-Shirt von Joop über den Kopf. Ein neuer Schmetterling, rätselhaft in vielen Grau- und Schwarztönen gehalten, hatte sich auf seiner rechten Schulter niedergelassen und konkurrierte nun mit den anderen.

»Sehr schön«, sagte Leo, und Rosa, die gerade die Suppe brachte, stellte sie ab und berührte den Grauen vorsichtig mit einem Finger. »Die gibt es gar nicht«, sagte sie.

»Was?«

»In der Farbe. Schmetterlinge in der Farbe.«

»Das ist doch egal.« Ewald zog sein T-Shirt wieder herunter, hängte die Jacke über die Stuhllehne und setzte sich, um von der Suppe zu kosten. Er schluckte, schloß einen Moment die Augen, nickte Leo dankbar zu und bestellte zwei Gläser von dem Weißwein, den er schon einmal bei ihm getrunken hatte. »Es ist Ihnen doch recht?« fragte er Olga. »Der geht natürlich auf mich. Woher kennen Sie Bruno eigentlich?«

»Er war ein Kunde«, sagte sie.

»Ein Kunde? Hatten Sie einen Laden oder so was?«

Leo und Rosa machten sich nach einem kurzen Blickwechsel davon. Olga sah ihnen amüsiert nach. »Er war einer meiner Freier, junger Mann.«

»Ach.«

»Ja.«

»Das hätte ich mir denken können. Sie sehen zu gut aus. Sie sind keine Frau für nur einen Mann.«

»Ja«, seufzte sie. »Ich habe einmal fabelhaft ausgesehen, das ist wahr. Was haben wir in den siebziger Jahren für ein tolles Leben geführt. Jede Nacht war hier irgendwas los, überall war Musik, nicht vom Band, und glauben Sie nur nicht, daß wir nur mit Matrosen und Schauerleuten herumgezogen sind, wir hatten Künstler dabei, Schauspieler, Kabarettisten, Maler. Für Bärwind hab ich Modell gestanden, und Berger-Bergner hat mich gemalt und der kleine Schmandt. Ich war so eine Art Muse für sie. Und Bruno immer vorneweg. Er wollte ja eigentlich Pfarrer werden, kam aus einer guten Familie, dann lief bei ihm so manches schief, hat er erzählt, er wurde Hafenarbeiter, fing an zu trinken und hatte schließlich den Unfall.«

»Pfarrer wollte er werden?«

»Es gab einen Pfarrer in seiner Familie, und immer, wenn er getrunken hatte, fing er an, von ihm zu erzählen. Wäre Bruno nicht abgerutscht, würde er heute vielleicht auch auf Inlineskatern durch diese Vorhölle fahren und seine Schäflein aufsuchen wie unser Pfarrer von der Hafenkirche.«

»Ich hab von ihm gehört. Den mögen Sie?«

»Den mögen wir alle. Der tut was, der redet nicht nur.«

Der Wein kam, und sie prosteten sich zu. Ein fetter Mann im Burnus, der sechs oder sieben verschleierte Frauen in seinem Kielwasser hatte, wandelte drüben gerade vor Ertruguls Schaufenster vorbei, und Ewald trank noch schnell einen weiteren Schluck, um sich zu vergewissern, daß dies keine Fata Morgana war. Olga dagegen drehte nicht einmal den Kopf, und sie hatte es auch nicht nötig, so wie das Licht sich jetzt in ihrem üppigen Haar verfing und dem Gesicht eine Weichheit gab, die es im Grunde schon lang verloren hatte, stellte sie jedes andere Bild in den Schatten.

»Erzählen Sie mir mehr«, bat Ewald. »Was war zu der Zeit noch alles los? Sich vorzustellen, daß es mich da noch nicht einmal annähernd gegeben hat.«

»Wirklich beinahe unvorstellbar«, sagte sie mit leisem Spott. »Oh, es gab so manches, das heute in Vergessenheit geraten ist. ›Die Bratröhre‹ am Tattersall zum Beispiel, ein Etablissement, in dem sich am frühen Morgen alles traf, die Nutten, die Nachtschwärmer, die Frühschichtler. Und dort gab es dann eine heiße Suppe, immer dieselbe, und da saßen sie dann nebeneinander, die einen übernächtigt, die anderen noch nicht ausgeschlafen, ein unvorstellbares Sammelsurium von Menschen, eine Fundgrube für Geschichten. Ob Verbrecher oder Polizist, wer sich dort um diese Stunde einfand, hatte seine eigene Moral, nichts konnte erschrecken, und wäre einer mit einem Messer im Rücken hereingekommen, man hätte ihm seine Suppe hingestellt und nicht gefragt.«

»Im Ernst?«

»Wenn ich es Ihnen sage.«

»Das klingt fantastisch. Und jetzt?«

»Ist alles anders«, sagte sie. »Trauriger, härter, nicht mehr meine Zeit.« Sie legte ihre Hand mit den lackierten Nägeln auf das Köfferchen, das neben ihr stand, und strich über das abgegriffene Leder und diese Geste erinnerte Ewald an Herrn Holl, der ebenso behutsam den Bronzekopf auf seinem Schreibtisch berührt hatte.

»Sie haben Ihren Liebsten da drin«, sagte er zielsicher

und bot ihr eines von seinen Bonbons an.

»In gewisser Weise schon. Das einzige, was von ihm übrig ist.«

»Seine Asche?«

Sie sah ihn erstaunt an. »Ja, seine Asche in so einer Art Konservenbüchse. Das, und noch so manches andere.«

»Ist das nicht sehr makaber? Die Asche eines Menschen mit sich herumzuschleppen?«

»Er wollte es so. Und es hat einen gewissen Zusammenhang mit einer Sache …«, sie zögerte.

»Sagen Sie doch«, drängte Ewald.

»Seine Frau befindet sich auch in einer Büchse. Und da er sie dort hineingebracht hat, nicht eigenhändig, aber immerhin, fand er es in Ordnung, daß auch er in nicht geweihtem Boden auf der Wanderschaft ist, solange ich noch auf Wanderschaft bin.«

»Das klingt alles sehr geheimnisvoll.«

»Er hat es aufgeschrieben, eine Geschichte daraus gemacht. Und obwohl inzwischen Verjährung eingetreten ist, wird keiner von mir etwas erfahren.«

»Er hat also seine Frau umgebracht oder umbringen lassen?«

»Sie war uns im Weg. Und ich hatte einmal einen Freier, einen von denen, die redselig werden, wenn sie ein bißchen was getrunken haben und bei einer Frau liegen, der berichtete mir von einer so unglaublichen Sache … aber als er dann nie mehr kam, dachte ich, es könnte stimmen. Und es stimmte.«

»Sie reden schlimmer, als die Sphinx es tun würde.«

»Mag sein.«

»Das mit der Verjährung gibt es übrigens nicht mehr. Das Gesetz wurde geändert, wegen der Naziverbrechen.«

»Ja?« Es klang gleichgültig.

»Ja. Ich bin Jurist, wenn auch kein allzu guter. Lassen Sie mich doch bitte einen Blick hineintun.«

»Nein, niemand darf das.«

Er griff nach dem Koffer, und sie schlug ihm auf die Hand, kratzte sie mit ihren langen Nägeln auf, so daß er sie schnell wieder zurückzog und mit vorwurfsvollem Gesicht darüberblies. »Das tut weh«, sagte er.

»Soll es auch.«

Leo trat zu ihnen, ein Holzbrett mit Käsewürfeln auf einem kleinen Tablett balancierend, das er jetzt, wie beschwichtigend, zwischen sie auf den Tisch stellte. »Ärger?« fragte er Olga, und mit diesem einen Wort machte er klar, auf wessen Seite er trotz aller Sympathie für Ewald im Fall einer Auseinandersetzung stehen würde.

»Nicht der Rede wert.«

»Hat Bruno das Curry geschmeckt?«

»Wie immer«, sagte Olga. »Du weißt doch, Bruno schmeckt alles, und damit will ich nichts gegen deine Kochkünste gesagt haben. Du bist sicher so gut wie der Koch in *Grimms Märchen.*«

Leo zog sich zufrieden zurück, aber Ewald hob fragend die Augenbrauen. »Kommt mir irgendwie bekannt vor. Nicht die Märchen, ich meine, von denen weiß ja jeder...«

»Ein Restaurant, nicht weit von hier. Sie sind bestimmt schon ein paarmal daran vorbeigelaufen. Von außen ist es ganz unscheinbar. Aber innen«, sie schnalzte anerkennend mit der Zunge. »Beeindruckend, in jeder Beziehung.«

»Auch was die Preise angeht, nehme ich an.«

»Kann man wohl sagen. Aber es lohnt sich.«

Sie schwiegen, gesättigt und erschöpft, und während die Spatzen um sie tschilpten und nach Krümeln suchten, Ertrugul vor seiner Tür ein paar gymnastische Übungen machte, um ein bißchen Sonne abzubekommen, die Putzfrau in Onkel Ottos Bar im Waschraum vor sich hin singend den Automaten mit Kondomen auffüllte, Leo in der Küche Rosa nachstellte, weil im Moment wenig Betrieb war, lag Bruno in seinem gereinigten Zimmer in seinem Bett in seinen Kissen und träumte seinen Traum vom Dorf.

14

Das Dorf

Das erste Mal war Bruno, das Kind, an der Hand seines Vaters in das Dorf gekommen, in einer Nacht, die schwül und von Wetterleuchten durchzuckt war, aber noch ohne Gewitter und Regen.

»So wird es noch eine Weile bleiben«, sagte der Vater, als sie vor den Bahnhof der kleinen Stadt traten, in deren Einzugsbereich das Dorf gehörte. »Und wir können jetzt in einen Gasthof gehen und dort übernachten, oder wir können laufen, immer die Straße entlang.«

»Wie weit ist es?« fragte das Kind.

»Sieben Kilometer.«

»Wir laufen«, sagte es, schob vorsichtig seine Hand in die des Vaters und ging mit ihm durch enge Gassen, wo es so still war, daß man das Plätschern des Brunnens am Marktplatz noch lange hörte. Das Licht auf dem Land draußen war dann seltsam, fahl und gräulich, nichts von nachtdunkler Schwärze, nur die sanfte Linie der weiter weg liegenden hügeligen Berge war wie mit einem Tuschepinsel hingezeichnet, für wenige Sekunden grell herausgehoben, wenn ein entfernter Blitz den Himmel aufriß. Ein Donnergrollen folgte, und der Vater, der gezählt hatte, wie viele Sekunden zwischen Blitz und Donner lagen, meinte: »Bis es losgeht, liegen wir im Bett.«

Es war schön, mit dem Vater so über Land zu gehen, es war kein bißchen ermüdend. In den Gehöften schlugen die Hunde an, wenn sie vorüberkamen, stießen ein klagendes Heulen aus, und dem Kind lief ein wohliger Schauer über den Rücken, so geborgen fühlte es sich an dieser Hand, die es sonst eigentlich nie halten durfte. Der Vater mochte keine Zärtlichkeiten, war streng und gerecht, aber heute so anders, vielleicht weil er seinen Bruder treffen würde, Umgebung, Eindrücke, Bilder ihn an früher erinnerten und weich stimmten.

Das Dorf tauchte hinter einer Hügelkuppe auf, eingebettet in eine Mulde, die Häuser wie geduckt um die Kirche und das nah dabeistehende Pfarrhaus gedrängt. Sie mußten am Friedhof vorbei und an ein paar Tagelöhnerhäusern, die mit ihrem ärmlichen Gärtchen etwas außerhalb standen, durchwanderten danach einen Hag, der ihnen Kirche und Häuser für wenige Augenblicke entzog, und tauchten dann ein in die gedrängte Stille des Ortes, bis die Straße sich erweiterte und zum Kirchplatz wurde, wo der Onkel, der Pfarrer, wohnte.

Am Eingangsportal des Pfarrhauses kam aus einem Loch in der Wand ein dicker Draht, an dessen Ende ein Klöppel hing. Der Vater zog daran, und sie hörten im Inneren des Hauses das ferne Bimmeln, das den Pfarrer zu jeder Tages- und Nachtzeit zu seinen Gemeindekindern rufen konnte, und so wurde auch bald über ihren Köpfen ein schwerer Fensterladen zurückgeschlagen, eine Gestalt beugte sich über die Brüstung und eine Stimme rief: »Wer ist da?«

»Ich bin es, dein Bruder«, rief der Vater zurück, und es

dauerte nicht lang, bis sie Schritte hörten, das Schurren von Hausschuhen auf einem gefliesten Boden, und ein Mann ihnen die Tür öffnete.

Er trug einen Schlafrock über einem langen Nachthemd, begrüßte die Gäste mit einem kräftigen Händedruck, wobei das Kind merkte, daß er Mittel- und Zeigefinger an der rechten Hand anscheinend nicht mehr geradebiegen konnte. Es war ein seltsames Gefühl, diese Hand zu spüren, die beinahe an eine Klaue erinnerte. Erst später erklärte ihm der Vater, daß das eine Kriegsverletzung sei, und nicht die einzige, die der Onkel zurückbehalten habe, er konnte auch kein lautes Geräusch mehr ertragen und war einmal sogar an einem Ostersonntag, beim Einzug in die Kirche, als die Orgel auf der Empore zu fröhlich und zu laut einsetzte, inmitten seiner Ministranten zusammengebrochen. Ein rätselhaftes, zaghaft bewundertes Wesen war dieser Pfarreronkel dem Kind immer geblieben. Hochbegabt, hatte er ein Stipendium in Rom bekommen, war für höchste Kirchendienste vorgesehen, hatte dem Bischof nach Abschluß seiner Studien aber erklärt, er sei Priester geworden, um mit Menschen umzugehen, und er habe keineswegs vor, in den Kammern der Bischofsresidenz einer anderen Tätigkeit nachzugehen. Das hatte ihm umgehend auf Lebenszeit die Verbannung in ein kleines Dorf eingebracht, in einer Gegend, die öde und verlassen schien, aber nicht allzuweit von seinem ursprünglichen Herkunftsort gelegen war, so daß er sich gar nicht erst einzugewöhnen brauchte, und er war, allen Voraussagen zum Trotz, dort glücklich geworden. Seinen Verstand fütterte er, indem er sich selbst Arabisch beibrachte und arabische Bücher las, seinen Körper fütterte er vor allem mit Äpfeln, die aufgereiht im Regal neben dem Diwan lagen, auf dem er lange Nachmittage behaglich ausgestreckt lesend zu verbringen pflegte, wobei er sich einen Apfel nach dem anderen griff, um ihn krachend zu zerkauen. In diesem Zimmer mit dem Diwan war er dann auch gestorben. Seine Schwester, die Haushälterin, war ihm schon lang vorangegangen, eine Aufwartefrau war ab und zu gekommen. Er hatte weitgehend für sich selbst gesorgt, hatte aber gegen Ende dieses Zimmer, wo er alles um sich versammelt hatte, Säfte und Knäckebrot, Papier und Stifte, das Telefon, seine Lieblingsbücher, zum Schluß eigentlich nur noch Adalbert Stifter, dessen Sprache ihn schon immer betört und verstört hatte, fast nicht mehr verlassen. Dort hatte ihn die Aufwartefrau dann auch gefunden, tot auf dem Diwan liegend, zusammengekrümmt und verdorrt wie ein altes Stück Holz.

Aber in der Nacht, als er seinem Bruder und dem Kind die Tür öffnete, war er noch in den besten Jahren, nicht sehr groß, wendig und von solcher Schnelligkeit in all seinen Bewegungen, daß man ihm kaum zu folgen vermochte. Er nahm dem Bruder den Rucksack ab und führte sie in einen Raum im Erdgeschoß, den Raum, in dem er auch seine Pfarrkinder empfing. Er war ganz altväterisch eingerichtet, mit den von den Eltern ererbten Möbeln, auf dem runden Tisch in seiner Mitte lag eine dünne, aus Baumwolle gehäkelte Decke. Darüber hing eine Lampe im Perlenröckchen, ein in dieser Umgebung fast frivol anmutendes Stück, ein bunter Farbtupfer zwischen diesen Wänden, die schon so viel gehört hatten, Trauriges und Erfreuliches, Geheimeres vielleicht sogar als im Beichtstuhl, denn man erzählte im Dorf vom Pfarrer, daß, war ein Mädchen weinend bei ihm gewesen und hatte von einem Mißgeschick berichtet, es am selben Abend noch Geld in seinem Briefkasten gefunden habe, nicht so sehr, um abtreiben zu können, sondern weil der Pfarrer mit dieser Geste zu verstehen geben wollte, daß von seiner Seite keinerlei Verurteilung kam.

Die Schwester, die Haushälterin, erschien, auch sie in einen Morgenrock aus grünem Samt gewickelt, holte hinter dem Gittertürchen des Kachelofens, der von der anschließenden Küche aus beheizt wurde, einen Kuchen hervor, brachte Teller, Gabeln und einen Krug mit Milch, war von der schweigsamen Störrigkeit der Rothaarigen und prüfte das Kind einer ungeliebten Schwägerin mit einem schnellen seitlichen Blick, war dann aber freundlich, denn ihren Bruder, den jüngsten von vier Geschwistern, einen Nachkömmling, liebte sie. Er war der einzige, der geheiratet hatte, den dritten Bruder gab es nicht mehr, dies hier also war der Städter mit seinem Kind, und sie versuchte in des Kindes Erscheinung etwas zu finden, was nicht von der fremden Frau war, und als das Kind ihrer Musterung sanft und unerschrocken standhielt, seufzte sie tief und brachte ihm eine zerdrückte Schachtel voll klebriger Bonbons.

Und das Kind begann sie zu lutschen, gleichzeitig andächtig und widerwillig, hörte auf die Stimmen der drei Erwachsenen um sich herum, die sich, je müder es wurde, zu einem gleichmäßigen Gemurmel zusammenfanden, bis es den Kopf auf die über der Tischdecke verschränkten Arme sinken ließ und einschlief.

Damals mußte es irgend jemand ins Bett getragen haben, der Vater wahrscheinlich, denn als es aufwachte, befand es sich in ebendiesem Bett in einem Zimmer, dessen Fenster offen stand, so daß ein lauer Wind den Vorhang blähte und weit hereintrieb. Draußen waren Geräusche, das Gackern von Hühnern und das Krähen eines Hahnes, das Knarren, das von einem Fuhrwerk kam, und entfernte Stimmen, die sich etwas zuriefen. Die Sonne schien und malte Kringel auf den Holzfußboden, und in dem Ankleidespiegel, der zwischen einer drehbaren Halterung aufgehängt war, so daß man ihn vor- und zurückschwingen lassen konnte, erblickte das Kind das Herz-Jesu-Bild, das über seinem Bett hing. Der Kopf des Christus war leicht zur Seite geneigt, leichenblaß und schön, eine Dornenkrone umwand seine Stirn, und auch das Herz, auf das seine Hand zeigte, war mit einem kleinen Dornenkranz umwunden.

Das Kind stieg aus dem Bett, schlüpfte in seine Kleider, betrachtete nachdenklich den Wasserkrug mit der dazugehörigen Schüssel auf der Kommode neben der Tür, beschloß, sich nicht zu waschen, und ging hinaus auf den Flur. Alt war dieses Pfarrhaus, mit hohen weißlackierten Türen ausgestattet, die alle geschlossen waren, nur eine am Ende des Flures stand offen, und dort war in einem Gelaß eine Art niedriger Brettersitz mit einem Loch in der Mitte, auf das jemand nachlässig und nicht ganz schließend einen Holzdeckel gelegt hatte. An der Seite waren an einem Nagel in der Wand in viereckige Stücke geschnittene Zeitungsblätter aufgespießt, und das Kind, das mit Staunen begriff, worum es sich hier handelte, betrat das Kabuff, sicherte die Tür mit einem Haken, hob den Deckel ab und blickte in eine furchterregende Röhre, die irgendwo ins Nichts führte, und aus der es wie von weit her das Orgeln und ferne Pfeifen eines Windes zu hören glaubte. Kamen hier Ratten hoch und bissen, wenn man auf dem Holz über dem Loch saß? Es spähte durch das kleine geöffnete Fenster über dem Abtritt und konnte, halbverdeckt durch die Wand eines Schuppens, einen Blick in einen verwilderten Garten tun, wo unter Obstbäumen Brennesseln wuchsen und Hühner scharrten, leise glucksend in der Morgenfrühe, und es beschloß, in den Garten zu schleichen und dort hinter dem Schuppen der Erde anzuvertrauen, was es dieser schlüpfrigen Röhre nicht überlassen wollte, wurde aber am Fuß der Treppe von der Tante abgefangen, die es ohne viel Federlesens in ein ebenso gestaltetes, unter dem anderen liegendes Gehäuse führte, damit es sich dort erleichtere.

Das Kind gehorchte, weniger beängstigend erschien ihm dieser untere Ort als der obere, eingehüllt in das Dämmerlicht, das der vor dem Fenster wuchernde Holunder gerade noch zuließ. Es benützte eines der Papierchen, sah sich nach etwas zum Spülen um, bemerkte einen gefüllten Wassereimer mit einer Kelle darin, tauchte sie einige Male ein und schwenkte die Röhre aus, fügte mit großer Sorgfalt den Holzdeckel ein, daß er ja richtig schloß, und begab sich über den unteren steingefliesten Flur in die große Küche, wo die Tante gerade dabei war, ihm einen Becher mit Milch und ein Stück Brot auf dem Tisch bereitzustellen. Die Milch war lauwarm und hatte eine Haut, das Brot war dunkel, dick geschnitten und dick mit Butter bestrichen. Die Tante, die sich auf ein an der Wand stehendes Sofa auf der anderen Tischseite niedergelassen hatte, betrachtete das Kind ratlos.

»Was willst du machen?« fragte sie. »Ich habe alte Kataloge, aus denen du Sachen ausschneiden kannst.«

»Nein danke«, sagte das Kind.

»Ich hab keine Spielsachen.«

»Das macht nichts.«

»Dein Vater und dein Onkel sind in der Kirche. Die Frühmesse, verstehst du?«

»Ja.«

»Wie alt bist du?«

»Acht.«

»Acht.« Sie dachte nach. »Da gäbe es die zwei vom Lehrer, die sind neun und elf, soviel ich weiß. Und da wären dann noch Frau Luderleins Zwillinge. Sieben. Noch ein paar. Aber die Kinder hier spielen in den Ferien nicht. Jedenfalls nicht den ganzen Tag. Sie sammeln Himbeeren und Brombeeren und später im Jahr Heidelbeeren und Pilze. Sie helfen im Garten, im Stall, auf den Feldern. Keine verwöhnten Stadtkinder, verstehst du?«

»Ich bin nicht verwöhnt«, sagte das Kind schüchtern.

In der Küche gab es einen Herd, in dem ein Feuer brannte und dessen silbernes Rohr zu dem Kamin hinter dem Kachelofen führte. Es gab einen riesigen Wasserstein aus angeschlagenem Steingut, weißgestrichene Schränke mit Glasfenstern, hinter denen das Geschirr hervorschimmerte, und ein Brett an der Wand über dem Sofa, auf dem ein Radio stand. Durch die Tür zum Garten, die offen war, um die frische Morgenluft einzulassen, war ein Huhn über den Flur in die Küche gekommen und trippelte jetzt über den Holzboden. Die Tante verscheuchte es mit einem finsteren Blick.

»Ich muß mich jetzt um das Essen kümmern«, erklärte sie. »In den Laden muß ich auch noch. Er hat nach zwölf nicht mehr offen.«

»Das könnte doch ich machen«, schlug das Kind vor, bekam ein Einkaufsnetz, einen hastig geschriebenen Zettel und den Hinweis, daß es sich in gerade entgegengesetzter Richtung zur Kirche halten müsse und dann rechts, wo es den Laden schon finde.

»Du brauchst dich nicht zu beeilen«, fügte sie gönnerhaft hinzu. »Schau dich ruhig ein bißchen um.«

»Ja«, sagte das Kind.

Draußen kamen gerade der Vater und der Onkel aus der Kirche und mit ihnen ein paar alte Weiblein, die eilig davonhoppelten, um zu Hause nach dem Rechten zu sehen. Das Kind gab dem Onkel die Hand, und er tätschelte ihm schnell und wie nebenbei den Kopf, während er weiter mit dem Vater sprach, offensichtlich froh, jetzt für ein paar Stunden einen Gesprächspartner zu haben, mit dem er über die Bücher reden konnte, die sonst im Dorf keiner las.

»Spinoza«, hörte das Kind den Vater antworten. »Spinoza, mein lieber Luis, ist, wenn ich es recht bedenke …«

Aber was er recht bedachte, hörte es schon nicht mehr, ging bedächtig die im Sonnenlicht verlassen daliegende Straße hinunter, vorbei am Rathaus, das an das Pfarrhaus grenzte, vorbei an weiteren zweistöckigen Gebäuden, von denen es aber nur wenige gab, bis die niedriger gebauten

Häuser kamen, die von Scheunen und Ställen umgeben waren, von Blumen-, Gemüse- und Obstgärten begrenzt.

Vor dem Gemischtwarenladen, zu dem einige ausgetretene Stufen führten, atmete das Kind erst einmal tief durch und stieg dann hinauf zu der mit verwaschenen uralten Reklamebildchen beklebten Tür, drückte die Klinke hinunter und trat ein. Angenehm war es hier, nach der Wärme draußen, eine Holztheke teilte den Raum in zwei Hälften, hinter ihr gab es bis zur Decke mit Waren gefüllte Regale, vor ihr, auf dem sauber geschrubbten Boden, gab es Steinguttöpfe und Fässer neben Säcken und Gemüsekisten. Der ganze Raum war von einem schwer bestimmbaren Geruch durchzogen, Aroma von getrockneten Äpfel- und Birnenschnitzen, Pilzen, Gewürzen, dazwischen der Duft von frischgebackenem Brot, der von drei wie fettig glänzenden großen Laiben ausging, die, auf einem Leinentuch gelagert, auf einem Brett im Hintergrund noch auszukühlen schienen. Und während das Kind noch begierig die Luft einzog, kam durch die Tür, die ins Innere des Hauses führte, eine Frau, die sich die Hände an einem groben Handtuch trocknete, es dann zur Seite legte, die Arme auf das von dem fortwährenden Hin- und Herschieben der Waren wie poliert wirkende Holz der Theke aufstützte, um den Eindringling aus zusammengekniffenen Augen zu mustern.

Das Kind reichte ihr das Papier mit der hingekritzelten Bestellung, und sie nahm es eher gleichgültig entgegen, wandte sich den Regalen zu und begann das Gewünschte zusammenzurichten. Getrocknete Linsen, ein geräuchertes Stück Speck, ordentlich in Fettpapier eingeschlagen, eine Handvoll kleine Zwiebeln und ein Tütchen mit Salz, in das sie einen angeleckten Finger steckte, um zu kosten.

»Damit es auch kein Zucker ist«, erklärte sie dabei. »Ist mir schon ein paarmal passiert.« Sie deutete auf die beiden wirklich beinahe identischen Töpfe, in denen sie Schaufeln zum Herausnehmen des Inhalts stecken hatte, und das Kind, das bei sich dachte, daß eine einfache Aufschrift auf nur einem der Töpfe jede Verwechslung ausschließen würde, nickte höflich und sagte: »Ja… sicher.«

»Du wohnst jetzt also bei dem Pfarrer und Fräulein Johanna? Sie hat erzählt, daß du kommst. Du bist der Neffe?«

»Ja.«

»Wie lange bleibst du?«

»Die ganzen Ferien. Mein Vater fährt heute wieder zurück. Er wird gebraucht. In der Fabrik.«

»Ist die Stadt, aus der du kommst, sehr zerstört?«

»Ja«, sagte das Kind ernsthaft. »Sie ist sehr zerstört. Überall sind Ruinen. Auch die Schule, in die ich gehen sollte, ist zerstört, und ich muß weit bis in die nächste laufen.«

»Wie weit?«

»Eine Dreiviertelstunde.«

»Das ist viel für ein Stadtkind, wir hier sind das gewohnt. Möchtest du eine Karamelle?«

»Ja.«

Sie kramte ein kleines verpacktes Viereck aus einem Glasgefäß, reichte es ihm und sah zu, wie er es behutsam auspackte und zu lutschen begann.

»Sie soll dich nur tüchtig herausfüttern«, meinte sie. »Du bist ja wirklich nur Haut und Knochen.«

»Wir bekommen Schulspeisung.«

»Und was?«

»Nudeln mit Soße. Haschee und so Sachen. Montags einen Löffel Lebertran und einen Streifen Schokolade.«

»Na immerhin. Steht euer Haus noch?«

»Ja.«

»Was habt ihr gemacht in den Bombennächten?«

»Wir sind in den Keller. In den mittleren von drei Häusern. Unten waren Türen in die Wände gebrochen, und wir waren dann alle beisammen. In unserem Keller.«

»Und habt ihr viel gebetet, während die Bomben fielen?«

»Das weiß ich nicht mehr«, sagte das Kind.

Die Mutter hatte sie immer in ein altes Eisenbett gesteckt, das da unten stand, ein Kinderbett oder ein ausrangiertes Krankenbett, was genau, hatte es vergessen, aber eines würde es nie vergessen: Sie hatte die Gitterstäbe mit unzähligen Medaillen behängt, und wenn die Einschläge kamen, näher, oder auch weiter weg, hatten diese Metallstückchen geklirrt und geklimpert. Das Kind hatte keine Angst gehabt. Diese Melodie, von der man ihnen gesagt hatte, sie würde sie beschützen, und die leisen Stimmen der Erwachsenen, die auf Bänken der Wand entlang saßen und sich gedämpft unterhielten, als befürchteten sie, man könnte ihre Stimmen draußen hören und sie dadurch eher ausmachen, hatten ihn und seinen Bruder immer bald einschlafen lassen, so daß sie irgendwann wieder in ihren eigenen Betten aufgewacht waren, in die man sie getragen hatte, so, wie sein Vater ihn wohl gestern abend in das fremde Bett getragen, ausgezogen und zugedeckt hatte. Es seufzte leise.

»Was ist?« fragte die Frau. »Schmeckt dir das Bonbon nicht?«

»Doch«, sagte das Kind. Anderes war ihm eingefallen. Daß sein Vater sonst so wenig Zeit für ihn und seinen Bruder hatte, und daß seine junge und hübsche Mutter den Vater so sehr liebte, daß in ihrem Herzen nicht mehr viel Platz für andere war.

»Du träumst ja.«

»Ja.«

Das sagten sie alle. Der Lehrer und die Mitschüler und auch die Mutter, wenn sie ihn untätig über seinem Heft erwischte, das nach einem Jahr die Tafel mit dem Griffel abgelöst hatte, endlich abgelöst hatte. Der Schrecken, wenn er sie in der Schule aus dem Ranzen zog und die mühsam gekritzelten Zahlen oder Buchstaben verwischt gewesen waren. Und der Lehrer war streng. Einer, der mit Kreide oder dem nassen Schwamm warf und der auch schlug, wenn ihm danach war.

»Ich schreib es auf, wie immer«, sagte die Frau hinter der Theke. »Und sag deiner Tante, daß ein Linseneintopf an einem heißen Augusttag nicht gerade das richtige ist.« Sie lachte. »Oder sag es lieber nicht. Es würde ja doch nichts nützen. Der Pfarrer weiß es und das ganze Dorf weiß es. Wenn das Fräulein Johanna sagt, das Wasser läuft den Berg hinauf, dann läuft es eben den Berg hinauf. Basta.«

Das Kind nahm das Netz mit den Waren in Empfang und ging wieder hinaus auf die sonnige Straße, beeilte sich nun, um die Tante nicht zu verärgern. Mußte man Linsen nicht lange einweichen, bevor man sie kochte? Es zog an der Schelle im Pfarrhaus, und sie öffnete ihm mit vorgebundener Schürze, das wilde rote Haar aufgesteckt und doch schon wieder in Strähnen über die Wangen hängend. Nein, er war nicht zu spät, die Linsen würde es erst morgen geben, sie war dabei, einen Apfelstrudel zu machen, mit den ersten Augustäpfeln, Vater und Onkel waren über Land gegangen, denn der Onkel betreute drei weitere Pfarren mit, sie würden aber zum Mittagessen wieder dasein. Sie drückte ihm einen dieser klaren harten Äpfel in die Hand. »Sieh dich um«, sagte sie, »im ganzen Haus, wenn du willst. Im Arbeitszimmer darfst du nichts anfassen, da ist er heikel. Aber schauen darfst du schon. Und dann gibt es ja noch den Garten und die Remise. Da steht die Bischofskutsche drin.«

Sie eilte zurück in die Küche, wo im Herd ein Feuer prasselte, dem sie noch mit etwas Reisig nachhalf, damit sich der Backofen auch wirklich gut erhitzte.

Das Kind trat aus dem Flur in den verwunschenen Garten. Hoch war das Gras, aber bereits gelb, von wildem Klee, Ampfer und Brennesseln durchsetzt, von Obstbäumen überschattet, von den Hühnern des Nachbarn, die unter dem Zaun durchkamen, in Besitz genommen. Es ging staksig wie ein Storch, um kein Ei zu zertreten, für den Fall, daß sie eines gelegt hatten, aber es fand keines. Die eine Seite der Remise entlang, wo die Sonne den Boden erhitzte, hatten sich die Hühner Kuhlen gescharrt und badeten in dem sandigen Boden, schüttelten und spreizten sich und fürchteten ihn nicht, es war die Tante, die sie verjagte, kam sie einmal in den Garten, und das war sicher selten genug.

Das Kind schob die Tür zur Remise auf und fand dort im Halbdunkel, wie sie es ihm gesagt hatte, eine ihm riesig erscheinende Kalesche mit hohen Rädern und geschlossenem Verdeck, brüchig glitzerte ihr schwarzer Lack in einem schrägen Sonnenstrahl, der durch eine Luke fiel. Es kletterte in das Innere und ließ sich auf den Sitz fallen, atmete diese von der Sommerhitze verstärkte Ausdünstung von mit Staub bedecktem alten Leder ein, lehnte sich mit geschlossenen Augen zurück und lauschte auf das Gurren der Tauben weit über ihm im Gebälk. Auch sie waren wie die Hühner sicher unerwünschte Gäste, die die Scheune des Pfarrhauses zu ihrem Taubenschlag gemacht hatten, aber viel zu zerstören gab es hier nicht.

Da waren zusammengerollte Fahnen in einer Ecke, ein paar ausrangierte Betstühle, von Holzwürmern angefressen, ein rostiges Fahrrad mit einer ausgebleichten Papierrose am Lenker, vielleicht hatte die vor Hunderten von Jahren einmal ein junger Mann der Tante auf einem Jahrmarkt geschossen.

Das Kind stieg aus, stöberte zwischen all diesen Dingen herum, hob an einer Kiste den Deckel und entdeckte darin halbverrottete Altartücher. Ohne lang über sein Vorhaben nachzudenken, griff es sich einen Reisigbesen, der gerade da stand, kletterte wieder in die Kutsche und begann sie zu säubern. Hustend und unter Erstickungsanfällen kehrte es Spinnweben und Staub in Richtung der Luke, klopfte mit beiden Händen die Polster, schüttelte die roten Vorhänge, die man vor die Fenster ziehen konnte, schleppte aus der Kiste eine der aus einem samtartigen Material gefertigten Altardecken an, vertrieb die Motten, die darin saßen, und baute sich in den Polstern der Kutsche ein Nest, dort, wo das meiste Licht hinfiel, einen Ort, wo keiner es suchen und finden würde, ein sicheres Versteck.

Aus dem Haus kam der Klang eines Gongs, der zum Essen rief. Das Kind verließ den Schuppen, drückte die verzogene Holztür fest zu, legte den Riegel vor, befreite sich von Spinnweben und Flusen, so gut es ging, und betrat die Küche, wo es den Vater und den Onkel schon am Tisch vorfand, sie tranken Wein aus kleinen Gläsern und waren vergnügt. Der Onkel hatte den Priesterkragen und die schwarze Jacke abgelegt und saß im Unterhemd da, während der Vater schon reisefertig war, gleich nach dem Mittagessen würde er den Bus, der ihn in die Kreisstadt brachte, nehmen. Aber auch er hatte seinen Kragen geöffnet und die Ärmel seines Hemdes hochgerollt, so daß man auf seiner weißen Haut die blauen Adern sehen konnte, wie sie sich zur Armbeuge hinschlängelten, Flüssen auf Landkarten ähnlich. Selten sah das Kind ihn so gelöst, daß es nun erschrocken und scheu neben ihm stehenblieb. Alle Anspannung schien von ihm abgefallen, und das Kind, das zum ersten Mal aus der Nähe die Goldplombe erblickte, die der Vater in einem seiner Backenzähne rechts oben hatte, begann nun auch zu lachen, ohne Grund, einfach deshalb, weil alle fröhlich waren, sogar die Tante, die jetzt den Apfelstrudel auftrug und ein Kännchen mit dickflüssiger Sahne dazustellte.

Nach dem Essen knöpfte der Vater sein Hemd zu und rollte die Ärmel wieder hinunter. Der Onkel band sich den steifen weißen Kragen um und schlüpfte in seine Jacke, die bis obenhin mit winzigen schwarzen Knöpfen versehen war, so daß er es sich leisten konnte, das Hemd darunter wegzulassen. Er würde den Vater bis zur Bushaltestelle begleiten, wollte das Kind auch mit?

»Ja.«

Es wanderte hinter den beiden her, der Vater trug wieder den Rucksack, in dem hauptsächlich des Kindes Kleider gewesen waren und der nun bis obenhin mit frischen Eiern gefüllt war, die die Tante Stück für Stück in Zeitungspapier gewickelt hatte. Der Bus stand schon da, ein paar Frauen davor, die den Pfarrer grüßten und den Fremden und das Kind freundlich mit einbezogen. Der Vater strich dem Kind leicht übers Haar.

»Benimm dich«, sagte er, »in vier Wochen hole ich dich wieder ab.«

»Ja«, sagte das Kind.

Der Bruder schüttelte dem Bruder die Hand, der Busfahrer kam aus dem nahe gelegenen Wirtshaus, wo er sich ausgeruht und gestärkt hatte, scheuchte seine Fahrgäste von der Straße in das hitzeflirrende Gefährt und begann zu kassieren.

»Grüß zu Haus«, rief der Onkel, der Bruder nickte und dann standen die beiden allein, sahen noch eine Weile dem sich immer schneller entfernenden Bus nach und machten sich schließlich auf den Rückweg.

»Johanna legt sich mittags immer ein, zwei Stündchen hin«, sagte der Pfarrer, nachdem er die Haustür aufgeschlossen und sie beide eingelassen hatte. »Das werde ich auch tun. Und du?«

»Könnte ich was zu lesen haben?« fragte das Kind.

Der Onkel hob die Schultern und schüttelte sich in dem

für ihn so typischen fast lautlosen Gelächter, das aufhörte, noch bevor es richtig begonnen hatte. »Zu lesen gibt es mehr als genug. Komm mit.«

Er ging ihm voran die Treppe hinauf zu seinem Arbeitszimmer, das eher eine Bibliothek war, mit so viel Büchern an den Wänden, daß dem Kind schwindelte.

»Kann man so viele Bücher lesen?« fragte es.

»Man kann, man kann«, erwiderte der Onkel, strich die Regale entlang, schnalzte plötzlich mit den gesunden Fingern der linken Hand, zog ein Buch heraus, schlug es auf, blätterte zu den ersten Seiten zurück, gab es dem Kind und warf sich auf den Diwan. »Setz dich und lies«, sagte er.

Der Druck erschien dem Kind altmodisch und nicht so vertraut wie die klaren Buchstaben in seinem Lesebuch, aber es gehorchte, setzte sich auf einen Hocker dem Diwan gegenüber und begann. »In einem Dorf der Mancha«, las es, »auf dessen Namen ich mich nicht entsinnen kann, lebte vor nicht gar langer Zeit ein Ritter...«

»Gut«, sagte der Onkel, »gut«, riß sich den Kragen ab und gähnte. »Ich höre, du kannst es. Nimm das Buch mit und mach es nicht kaputt. Es sind auch Bilder drin. Würdest du mir bitte noch die Vorhänge zuziehen? Ich danke dir.«

Und so schnell, wie er sprach und lief und lachte, so schnell war er auch eingeschlafen, schnarchte leise, noch bevor das Kind an den drei großen, zum Garten hinausgehenden Fenstern die Vorhänge zugezogen hatte, und bekam nicht mehr mit, wie es, das Buch an die Brust gedrückt, einen letzten scheuen Blick auf die Regale warf und auf das einzige Bild, das über der Tür hing und einen jungen Mann beim Schachspiel mit dem Teufel zeigte, wobei die weißen Figuren anscheinend die Tugenden, die schwarzen die Sünden darstellten und der Tod, offensichtlich als Schiedsrichter gedacht, sich irgendwo im Hintergrund herumtrieb.

Unten auf dem Sofa in der Küche schnarchte die Tante, eine Uhr tickte, Fliegen spazierten über den Holztisch und suchten nach Krümeln. Das Kind holte sich auf Zehenspitzen ein Glas aus dem Schrank, füllte es mit Wasser und trank es in langen und durstigen Schlucken leer. Danach zog es sich mit Don Quijote und Sancho Pansa in die Kutsche des Bischofs zurück und tauchte ein in diesen Sommer, diesen endlos erscheinenden, schönen, aber auch immer von einer leichten Traurigkeit überschatteten Kindersommer, der in jedem Tag schon sein Ende in sich trug.

15

Grimms Märchen

Ewald stand vor seinem Spiegel im Bad und legte letzte Hand an sich an. Er trug einen hellen Sommeranzug, dazu ein Hemd in einem sanften Lavendelblau, dessen Kragen er offenstehen ließ, nicht nur, weil es draußen warm war, sondern damit man auch das Goldkettchen mit Anhänger sehen konnte, das Inge ihm in die Kanzlei hatte schicken lassen.

Es war als Glückwunsch und Anerkennung gedacht, anläßlich seines ersten gewonnenen Prozesses, auch wenn es dabei nur um einen Organisten gegangen war, den ein Hund in die Hand gebissen hatte. Trotzdem war der Fall nicht ganz einfach gewesen, weil keiner genau sagen konnte, ob der Biß nicht vielleicht sogar vom eigenen Hund stammte. Der gute Mann hatte einen Streit zwischen seinem und einem fremden Köter schlichten wollen, was zu dem Ergebnis geführt hatte, daß beide Hunde sich gegen ihn wandten und seine rechte Hand so zurichteten, daß er fürchten mußte, berufsunfähig zu werden. Ewald war es gelungen, der Versicherung des gegnerischen Hundehalters eine kleine monatliche Rente abzuringen, und da das Opfer in der Wallfahrtskirche in Oggersheim die Orgel gespielt hatte, war der Fall sogar in die Zeitung gekommen, wo der junge engagierte Rechtsanwalt lobende Erwähnung fand. Das mußte Inge gelesen haben. Zum Glück war der Anhänger, eine ovale Goldscheibe, nicht mit ihrem Namen verziert, sie hatte eine winzige Justitia mit verbundenen Augen und einer Waagschale eingravieren lassen. Es war ein hübsches Stück, und er trug es im Moment Tag und Nacht, nicht, weil er es besonders schön fand oder sich Inge verbunden fühlte, es war eher eine geheime Demonstration, die Saskia und Charlotte galt. Sie waren derart über ihn hergefallen, daß dieses Zeichen der Zuneigung von einem unbeteiligten weiblichen Wesen ihm einfach guttat.

Er hatte für den heutigen Abend eine Verabredung mit Herrn Holl in ›Grimms Märchen‹, und das hatte eine Vorgeschichte, deren Spuren er noch in seinem Gesicht trug. Vorsichtig hob er eine Haarsträhne hoch, prüfte die Narbe, die sich schräg über seine Stirn zog, mit einem kritischen Blick und betastete sie anschließend mit zusammengekniffenem Mund.

Vor zwei Wochen war er nichtsahnend und vergnügt vor sich hin pfeifend die Stufen von Willis Stockwerk heruntergekommen und auf dem Treppenabsatz vor Charlottes Wohnung auf Saskia gestoßen, die mit zwei Einkaufstüten im Arm von unten gekommen war. Und Saskia, diesem verrückten Huhn, war nichts Besseres eingefallen, als ihre Tüten fallen zu lassen, um ihn zu umarmen und lautstark abzuküssen, ein Vorgang, den Charlotte durch ihre wieder einmal nur angelehnte Tür mitbekommen haben mußte, denn plötzlich war sie vor ihnen gestanden, ein gefülltes Salatsieb aus Metall in der Hand, und dieses Sieb hatte sie ohne jede Vorankündigung Saskia über den Kopf gestülpt, die ihrerseits erst einmal nur fassungslos nach Luft gerungen hatte, während die nassen grünen Blätter an ihr heruntergeregnet waren.

»Was soll das?« hatte sie schließlich geschrien. »Bist du jetzt ganz übergeschnappt. Du hast doch keinerlei Anspruch auf ihn.«

»So... hab ich nicht?«

»Wir waren zusammen im Kino, und dann war er bei mir. Er ist doch frei, oder?«

»Ist er eben nicht.«

»Wie meinst du das?«

»Na, wie denn schon.«

In diesem Stadium hatte er zu vermitteln versucht, und da waren sie beide, wie die Hunde des unglücklichen Organisten, über ihn hergefallen, kreischend und so giftig, daß er erst gar nicht versucht hatte, sich zu wehren, obwohl er keinerlei Schuldgefühl verspürte. Charlotte war schließlich mit diesem Achim zusammen, und Saskia, die ständig ihre Kinder im Haus verteilte, damit sie eine sturmfreie Bude hatte, war, wie er persönlich hatte feststellen können, auch nicht gerade ein Kind von Traurigkeit.

Es war Holl, der ihn gerettet hatte, Holl, der das Gezeter gehört haben mußte. Er war mit seinem Rollstuhl vor seine Wohnung gefahren und hatte nach Ewald gerufen, dringlich, als wäre er in Gefahr, und das kurze Innehalten und Luftholen von Saskia und Charlotte hatten ihm gereicht, sich aus ihrer Umklammerung zu befreien und die Treppe hochzuhasten. Holl war schon wieder ein Stückchen in seinen Flur zurückgefahren, wobei er ihm bedeutete, schnell einzutreten und die Tür zu schließen. Keine Sekunde zu früh, denn schon standen beide davor, klopften und hämmerten, bis Willi Wolf gegenüber seine Tür aufgerissen und sie angeschnauzt hatte.

Seit diesem Tag war Ewald nicht mehr im Haus gewesen, hatte sogar zwei der fälligen Samstagsschmetterlinge ausfallen lassen, aber heute abend würde er dort sein, unwiderstehlicher als je zuvor, außerdem noch mit dem goldenen Mäntelchen einer guten Tat umhüllt, von der alle erfahren sollten, dafür würde er schon sorgen.

Damals hatte Holl ihn mit in sein Bad genommen, um ihm beim Verarzten der Wunden zu helfen. Aus einer Platzwunde an der Stirn, die Charlotte ihm mit dem zurückeroberten Salatsieb zugefügt hatte, war reichlich Blut geflossen, und Ewald war jammernd vor dem Spiegel herumgesprungen und hatte den Verlust seiner Schönheit beklagt. »Das gibt eine Narbe, ich bin mir sicher, das gibt eine ganz scheußliche rote Narbe.«

Holl, der ihm geholfen hatte, das zerrissene und mit Blutspritzern besudelte Hemd auszuziehen, hatte nur den Kopf geschüttelt. »Wer sich so mit Schmetterlingen zupflastert wie Sie, dürfte sich an einer Narbe nicht stören.«

»Das ist etwas anderes, das ist Kunst.«

Kunst hin oder her, Holl hatte ihn gereinigt, mit Jod betupft, verpflastert, ins Wohnzimmer gebeten und ihm von seinem guten alten Kognak eingeschenkt. Ewald war dann fortgeschlichen, nachdem er sich vergewissert hatte, daß die Luft im Treppenhaus rein war, und er hatte einen Brief Holls an Lydia mitgenommen, den einzuwerfen er ihn gebeten hatte. Es war alles so leicht gewesen. Ewald hatte sich Namen und Adresse notiert, bei der Auskunft angerufen, sich Lydias Nummer geben lassen und sich bei ihr gemeldet. Sie war überrascht gewesen, natürlich, und sie mochte Holl und schrieb ihm gern – aber ihn treffen?

»Es sind vierzig Jahre vergangen, seit wir uns das letzte Mal gesehen haben. Wie sieht er aus?«

»Gut«, hatte Ewald gesagt. Holl mit seinen grauen Haaren, den leicht gebeugten Schultern und den überlangen Gliedmaßen, die ihm, obwohl seine Hände immer leicht zitterten, etwas altväterisch Vornehmes verliehen, war seiner Meinung nach immer noch sehr ansehnlich.

Aus dem Telefon war ein tiefer langer Seufzer gekommen. »Sehen Sie, das ist es. Ich geh wirklich nur noch bei Kerzenlicht durch.«

»Dann werden wir das arrangieren.«

»Aber wie denn?«

»Ein Essen mit ihm. Zwei Stunden. Bei Kerzenlicht. Nur ein einziges Mal, wenn Sie es nicht anders wollen.«

Sie war schließlich einverstanden gewesen, und da er in seiner Güte nicht zu weit gehen wollte, bat er sie, genug Geld mitzubringen, für alle Fälle. Er würde Holl nichts von ihr verraten, bis sie vor ihm stand, und er selbst würde dort nur einen Sherry trinken.

Sie hatte gelacht, ein fernes, etwas trauriges Lachen, aber nicht seinetwegen traurig, sondern der ganzen Situation wegen, die sie unsicher und verlegen machte, hatte sich den Weg beschreiben lassen und die günstigste Gelegenheit, das Auto abzustellen. Danach hatte Ewald den Zivis aufgelauert und sie überredet, Holl außerdienstlich an einem Abend die Treppe hinunterzutragen und zu ›Grimms Märchen‹ zu bringen, wo sie ihn auch so etwa zwei Stunden später wieder abholen und zu seiner Wohnung hochtragen sollten. Er hatte eine Romanze angedeutet, und da sie Herrn Holl mochten, erklärten sie sich bereit. Holl selbst aber war begeistert gewesen, als Ewald ihn angerufen und ihm das gemeinsame Essen vorgeschlagen hatte.

»Ich kenne Engelbert von früher«, hatte er gesagt.

»Engelbert?«

»Er ist der Betreiber. Der Besitzer. Er war Grafiker wie ich, dann gab er einen Restaurantführer heraus und schließlich eröffnete er selbst eines. Er soll einen hervorragenden Koch haben.«

»Und hervorragende Preise.«

»Ich lade Sie natürlich ein«, hatte Holl gesagt. »Es ist etwas Besonderes für mich, das muß ich Ihnen gar nicht erst sagen.« Er hatte die Stimme gesenkt. »Aber ohne meine Stiefmutter, ja?«

»Ohne, sicher. Ein Abend unter Männern.«

Ewald betrachtete sich noch einmal im Spiegel, knipste das Licht hinter dem Libertysofa an, stellte die Stereoanlage leise und trat noch einmal hinaus auf den Balkon, um die Reste seines Abendessens abzuräumen, bei dem er tüchtig zugelangt hatte; er würde schließlich nicht in den Genuß der köstlichen Dinge kommen, die zu zaubern Engelberts Koch anscheinend in der Lage war.

Inzwischen kannte er alle mehr oder weniger geheimen Parkplätze im Jungbusch, die nichts kosteten, und wo die Gefahr, abgeschleppt zu werden, gering war, nahm sich heute einen vor einer weißgekalkten Mauer neben dem Kanal, der zum Containerhafen führte, ging über die Teufelsbrücke, vermied aber den geraden Weg zum Haus, sondern machte, weil noch Zeit war, einen Umweg, genoß wie ganz am Anfang, als er das erste Mal hiergewesen war, den Trubel und die Heiterkeit, die das Schäbige überdeckten. Und während er überquellende Abfallkörbe und zerknülltes Papier und weggeworfene Blechdosen betrachtete, fiel ihm Bellavista ein, ein Philosoph aus einem Buch, von dem Charlotte ihm erzählt hatte, bevor sie sich zerstritten hatten, und diesen Bellavista hatte dieser Anblick anscheinend immer tröstlich gestimmt, weil er der Ansicht war, daß, wenn Unordnung und ein gewisses Chaos vorherrschten, ein beamtenmäßiges Erfassen und Abschlachten von Menschen schon aus reiner Liederlichkeit nicht zu bewerkstelligen war.

Vor Leos Kneipe fand er eine große Runde von Bekannten vor. Die zwei Zivis genehmigten sich ein Bier, bevor sie ihren Schützling über immerhin zwei Treppen zur Straße hinabtrugen, bei ihnen saßen Charlotte, Cedric und Paul. Am Tisch daneben tranken Willi und Anita jeder einen Pernod, zu ihnen hatte sich Saskia gesellt, die sich mit den wild herumtobenden Zwillingen eine Flasche Saft teilte. Ewald zog sich einen Stuhl heran und schob ihn zwischen die beiden Tische, so daß er einmal den Kopf nach rechts, dann wieder nach links drehen konnte, bemerkte, daß Charlotte ihn anlächelte und Saskia ihm sogar zuzwinkerte, machte daraufhin gleich einen Termin für den nächsten Samstag bei Willi aus und begann sich bei einem Glas Weißwein zu entspannen. Die Gefahr schien vorüber.

»Du nimmst Holl mit zum Essen?« fragte Charlotte.

»Ja, ja und nein. Ich erklär's euch später.«

»Ja und nein. Was heißt das?«

»Es steckt noch mehr dahinter. Aber es soll für ihn eine Überraschung sein. Also sag ich es auch euch noch nicht.«

Sie zog die Augenbrauen hoch. »Ist ja gut, du Geheimniskrämer. Auf jeden Fall ist das eine tolle Idee. Daß wir da nie drauf gekommen sind.«

»Ich war ihm schließlich was schuldig«, sagte Ewald und betastete die Narbe.

»Tut mir leid«, sagte Charlotte. »War es schlimm?«

»Sehr.«

»Hattest du Auslagen? Mußtest du was nähen lassen?«

Ewald überlegte kurz und schüttelte dann den Kopf. Woher diese Sanftmut?

Cedric klärte ihn auf. »Sie ist mit Achim auseinander.«

Ach ja, und Saskia? Er wandte den Kopf in die andere Richtung, fand Saskia aber gerade damit beschäftigt, Sarah einen Fleck aus dem Kleid zu reiben, den sie sich zugezogen hatte, als sie einen Schluck aus Willis Glas hatte nehmen wollen und er es ihr heftig aus der Hand gerissen hatte.

»Es ist schön, wieder bei euch zu sein«, sagte Ewald. »Ihr habt mir gefehlt. Warum bist du mit Achim auseinander, Charlotte?«

Charlotte erzählte, daß sie nicht nach Venedig gefahren seien, wie geplant, sondern nach London.

»Wunderbar. Ist mit Pauls Onkel eigentlich alles gutgegangen?«

Ja, mit Pauls Onkel war nichts schiefgelaufen, aber sie, Charlotte, war am letzten Abend ihres Londonaufenthaltes mit Achim in der Royal Albert Hall in einem Konzert gewesen, und da hatten sie sich eben in die Haare gekriegt.

»Aber wie denn nur? Ich kenne die Royal Albert Hall, und es ist einmalig dort. Einfach überwältigend.«

»Ja, sicher«, sagte Charlotte. »Ich hab mir noch am Nachmittag auf dem Markt in Greenwich einen Hut gekauft, einen schwarzen Hut mit einer schwarzen Rose und einem kleinen schwarzen Schleier. Und wir gingen früher hin, um noch eine Kleinigkeit zu essen und etwas zu trinken. Wir hatten sogar gute Plätze, nicht diese billigen unten in dem Pferch, wo sie alle stehen und in Richtung Bühne starren und aussehen wie die Tonsoldaten aus den chinesischen Gräbern. Wir saßen ziemlich weit oben und konnten alles gut überblicken und natürlich ebensogut hören. Wir hätten besser nicht so gut gehört, denn das erste Stück war eine Premiere, von einem Herrn Poul Ruders. Soweit ich da mitreden kann, atonale Musik oder so, und da tobte ein lila gekleideter Irrwisch neben dem Orchester, das immer wieder verzweifelt aufjaulte, herum, und versuchte eine Trommel in Stücke zu schlagen. Danach kam noch so ein Typ mit zwei Becken... heißt das Becken, diese Metallscheiben?«

»Ja«, sagte Cedric, der einmal ein Schlagzeug besessen hatte.

»Also«, fuhr Charlotte fort, »er und diese Trommeldame, die auf einmal auch diese Metallscheiben hatte, schlugen sie nicht aneinander, sondern rieben sie gegeneinander, daß es sich anhörte wie das Säuseln von Wind.«

»Nicht schlecht.«

»Nicht schlecht. Aber es säuselte und säuselte, bis alle

Zahnweh hatten, und als es endlich vorbei war, klatschten die Leute wie wild, aber sicher nur deshalb, weil sie froh waren, daß es aufgehört hat.«

»Meinst du?«

»Meine ich. Und diese meine Meinung habe ich in der Pause vertreten, in einer dieser Rotunden, wo man rauchen und trinken und lustwandeln kann. Wir standen an einem in die Wand eingelassenen Aschenbecher und ich diskutierte mit Achim, dem das Ganze außerordentlich gut gefallen hat, und wir hatten einen Dritten, der den Aschenbecher mitbenutzte, einen schmalen mittelgroßen ganz in Grau gekleideten vornehmen Herrn mit einem blassen Gesicht, der mir hinter seiner zurückhaltenden Art doch irgendwie aufgeregt erschien, und als ich Achims Lobeshymnen nicht mehr ertragen konnte, wandte ich mich an ihn und fragte: *»And what is your opinion, Sir?«* Und er drückt seine Zigarette aus, sieht mir starr in die Augen, knarzt: »Ich bin gerade keiner Meinung«, so wie der Ritter Gluck bei E. T. A. Hoffmann, und stelzt davon.«

»Ich ahne was«, sagte Ewald.

»Du ahnst richtig. Gleich nach ihm kam ein Student vorbei, mit dem wir uns schon vorher unterhalten hatten, er jobbt in den Ferien dort, er kommt also in seiner roten Jacke mit den Goldknöpfen den Gang herunter, strahlt uns an und sagt: ›Wie schön, ihr hattet den Komponisten bei euch.‹«

»Welchen Komponisten?« fragte Ewald scheinheilig.

Sie gab ihm einen Schubs. »Das weißt du ganz genau, diesen Poul Ruders eben. Ist das nicht Wahnsinn! Da waren doch bestimmt mindestens viertausend Leute, und wer teilt mit uns den Aschenbecher und ich ziehe über seine Musik her, der Schöpfer dieses ...«

»Nun sag es schon.«

»Nein, ich sage nichts mehr. Hätte ich es gewußt, hätte ich meinen Mund gehalten, weil er richtig lieb war. Er kam mir hinterher vor wie ein Kind, das irgendwas zusammengebastelt hat und jetzt will, daß alle es schön finden. Es war so einer, dem man nicht weh tun will.«

»Verstehe.«

»Aber Achim kriegte sich nicht mehr ein, nannte mich eine Nebelkrähe mit meinem schwarzen Hut und sagte, ich würde über alles herziehen. Das stimmt doch nicht.«

»Nein, das stimmt nicht«, sagte Paul. »Du bist nur zu identifikatorisch.«

Sie schlug mit ihrem Stoffbeutel, aus dem sie gerade ihre Geldbörse hatte kramen wollen, nach ihm, und die Zivis erhoben sich, um zu Holl hochzusteigen. »Wir haben versprochen, ihm noch beim Anziehen zu helfen«, erklärte der eine. »Der Tisch ist auf neun Uhr bestellt?«

»Ja«, sagte Ewald.

»Und du gehst vorher hin?«

»Ja. Ich will mich vergewissern, daß alles in Ordnung ist. Genug Platz für seinen Rollstuhl, Kerzen auf dem Tisch und so weiter.«

»In Ordnung.«

»Darf ich dir wenigstens den Wein bezahlen?« fragte Charlotte, die ihren Geldbeutel endlich gefunden hatte. »Schmerzensgeld.«

»Aber gern.«

Auch er stand nun auf, fühlte sich im Vorübergehn von

Saskia kurz am Ärmel seiner Jacke festgehalten und blickte in ihr kleines spitzes wildgeschminktes Gesicht. Sie schien eine neue Linie auszuprobieren, Lidschatten und Augenumrandung waren in einem hellen Rot gehalten, dazu hatte sie die Lippen dunkelviolett gefärbt.

»Geht's dir gut?« fragte er.

»Warum soll's mir nicht gutgehen?«

»Du siehst aus, als könntest du dir nicht einmal mehr das Essen aus deinem Laden leisten.«

»Das ist der letzte Schrei«, sagte sie gekränkt. »Aber du kannst mich ja mitnehmen zu deinen Morcheln in Rahmsoße und Entenbrust an Johannisbeergelee und Pfefferminzeis mit gerösteten Kastanien und...«

»Wer von euch hat die Lauchpfannkuchen bestellt?« fragte Leo dazwischen, der, zwei Teller auf dem rechten Arm balancierend und einen in der Linken, gerade aus der Küche gekommen war, und diese Gelegenheit nutzte Ewald, um sich davonzumachen.

16

Das Kind im See

Frau Winterkorn hatte tatsächlich eine Reise nach Bayern gewonnen, einen Aufenthalt in einem Haus in einem Feriendorf, und sie diskutierte jetzt schon seit Tagen mit Oskar, ob sie allein dort hinfahren oder jemanden mitnehmen sollte. Die Kinder, weit verstreut, hatten keine Zeit oder wollten nicht, und so fuhr sie eines Nachmittags mit der Straßenbahn zum Tierheim hinaus und fragte dort, ob sie für vierzehn Tage einen Hund bekommen könnte. Die Leute waren nicht begeistert.

»Sie sind sich doch im klaren darüber«, sagte ein schlaksiger junger Mann mit Pferdeschwanz, »daß sie dem Tier vierzehn Tage lang etwas bieten, was es dann nicht mehr hat.«

Frau Winterkorn blickte schuldbewußt zu Boden. »Sie haben natürlich recht, ich hab nur an mich gedacht, daran, daß es einfach schön gewesen wäre, immer jemanden um mich zu haben. Ich kenne ja dort niemanden, und es ist kein Hotel, wo ich Leute treffe, beim Frühstück und so, es ist ein voll eingerichtetes kleines Haus mit vier Betten. Möchten Sie vielleicht mit?«

Er rieb sich die verschwitzten Hände an seiner Hose, fuhr sich durchs Haar und grinste verlegen. »An und für sich gern«, meinte er, »aber wir sind hier sowieso unterbelegt. – Der einzige Hund, der vielleicht in Frage käme, wäre Beppo, er ist so alt und in sein Schicksal ergeben, daß er auch das aushalten würde.«

»An einen Halbtoten dachte ich eigentlich nicht.«

»Ruhe jetzt«, brüllte der junge Mann die Reihe der Zwinger entlang, wo die verschiedenen Hunde sich gegenseitig mit ihrem Gebell zu übertrumpfen suchten. »Er ist noch gut zu Fuß«, fuhr er dann mit normaler Stimme fort, »nicht mehr der Schönste, aber ruhig und geduldig. Wir leihen ja manchmal die Hunde übers Wochenende aus, wissen Sie, das ist gerade noch vertretbar, und bei Beppo hatten wir noch nie Klagen. Allerdings hatte er zuletzt eine Dame, die ihn auf ihrem Sofa einquartierte und mit Schwarzwälder Kirschtorte fütterte. Da tut, glaube ich, jeder Hund gut.«

»Sie holt ihn nicht mehr?«

»Ist weggezogen. Schauen Sie ihn sich einmal an.«

Sie wanderten an den Käfigen entlang, wo die Hunde in der Hitze japsend im Schatten lagen und die Zunge heraushängen ließen oder sich geifernd und wild bellend gegen die Gitter warfen. Frau Winterkorn bekam ein schweres Herz.

»Ich wäre besser nicht gekommen«, sagte sie. »Entweder alle oder keinen.«

Der junge Mann, der diese Mitleidsaufwallungen kannte, ging nicht weiter darauf ein.

»Da ist er«, sagte er.

»Ziemlich groß«, meinte Frau Winterkorn.

Der Hund war grau und unförmig, einer Walze ähnlich, in seinem Fell waren verfilzte Stellen, als wäre schon lang keiner mehr mit der Bürste durchgekommen, aber als er den Kopf hob und sie ansah, wurde ihr schwindlig.

»O nein«, flüsterte sie.

»Nun, er hat einen leichten Silberblick«, sagte der Pfleger. Einen leichten Silberblick. Sie lächelte krampfhaft. Irgendwo in unendlich weiter Ferne schienen die Augen des Hundes einander wiederzufinden, aber bis dahin war es ein weiter Weg, und so hielt sich Frau Winterkorn erst einmal am Rahmen der Eisentür fest und seufzte.

»Wissen Sie«, sagte sie, »wenn einem die anderen schon das Herz zerreißen, dieser da dreht es durch einen Fleischwolf. Ich will ihn haben.«

»Für immer?«

»Das weiß ich nicht. Ich wohne mitten in der Stadt, im dritten Stock. Und ich bin nicht mehr jung.«

»Das ist er auch nicht.«

»Krieg ich ihn jetzt erst einmal mit?«

»Ja, kommen Sie ins Büro. Ich gebe Ihnen auch noch etwas Futter und eine Leine. Wenn Sie ihn behalten, kostet das zweihundert Mark. Wir hatten schließlich Auslagen für Impfungen, Wurmkuren und so weiter. Außerdem ist diese Gebühr ein Schutz. Ich setz mich jetzt sowieso schon über die Vorschriften weg. Normalerweise kontrollieren wir das neue Umfeld, machen einen Überraschungsbesuch.«

»Ich fahre erst übermorgen«, sagte sie. »Kommen Sie, wann immer Sie wollen.«

»Sie fahren mit dem Zug in die Ferien?«

»Ja.«

»Das mag er.«

Sie gab ihre Adresse und die Telefonnummer an und

führte den ergebenen Beppo an einer nicht mehr allzu neuen zerfransten Leine den staubigen Weg entlang zur Straßenbahnhaltestelle, ließ ihn unterwegs schnuppern und Wasser lassen und nahm sich vor, ihn zu Hause gleich zu baden und zu bürsten, ihm ein rotes Halstuch umzubinden, um ihm dann den Schwan unter der Teufelsbrücke zu zeigen, die Enten und die Schokoladenfabrik und den Hafen, wo Oskarchen gearbeitet hatte. »Und Oskar wird dich mögen«, fügte sie gedankenschwer mit lauter Stimme hinzu.

So war es auch. Oskar erhob keine Einwände, als sie dem frischgereinigten und trockengefönten Hund den Platz neben ihm auf dem Sofa gab. Und auch als sie das Stück Schwarzwälder Kirschtorte, das sie auf dem Weg von der Straßenbahnhaltestelle zu ihrer Wohnung bei einem Konditor gekauft hatte, den aufzusuchen sie sogar einen Umweg hatte machen müssen, dem Hund auf einem Teller servierte, kam kein Protest, so daß sie zufrieden mit ihrer neuen Errungenschaft Gassi ging, und jeder, der sie auf dieses doch etwas seltsame Tier ansprach, verstummte und wandte sich ab, war er erst einmal Beppos verlorenem Blick begegnet.

Die Bahnfahrt erschien ihr ein Problem, aber da sie zweimal umsteigen mußte und immer einen kleinen Aufenthalt hatte, gelang es ihr, nachdem sie ihren Koffer irgendeinem vertrauenswürdig aussehenden Menschen, der auf denselben Zug wie sie wartete, übergeben hatte, Beppo auf ein stillgelegtes Nebengleis zu führen, wo er sich erleichterte, um den Rest der Fahrt geduldig mit ihr durchzustehen. Frau Winterkorn, die eigentlich noch nie weit aus Mannheim herausgekommen war, betrachtete staunend sich scheinbar unendlich erstreckende Wälder und einen grünen, sich schlängelnden Fluß, schmaler als der Neckar, aber mit Sandbänken durchsetzt, an dem sie gegen Ende der Fahrt entlangfuhren. Sie stellte fest, daß die Ernte auf den Feldern schon weit fortgeschritten war, bestaunte Zwiebeltürme, Kirchen und Klöster und teilte ihr mitgebrachtes Brot mit dem Hund, der zu ihren Füßen lag und sich von jedem, der Lust dazu hatte, ansprechen und streicheln ließ.

In Kötzting verließen sie den Zug, nahmen einen Bus und fuhren noch ein paar Kilometer, und wieder war dieser Fluß da, von hohem Schilf und wildwachsenden Blumen gesäumt, großen saftiggrünen Gewächsen, die rosa Blüten trugen, winzigen Magnolien ähnlich. In der Nähe des Feriendorfes stieg sie aus, ließ die asphaltierte Straße links liegen und wanderte über abgemähte Wiesen darauf zu, ließ Beppo kurz von der Leine und freute sich, als der Hund immer weiter werdende Kreise zog, immer schneller wurde, sich schließlich, alle viere von sich gestreckt, in dem stoppligen Gras wälzte, und, als ein Vogel vor ihm aufflog, das erste Mal, seit er bei ihr war, kurz bellte, kratzig und rauh, als habe er seine Stimme schon lang nicht mehr geübt.

Das Feriendorf war an einen bewaldeten Berg angelehnt, hintereinander staffelten sich die Häuser an schmalen Straßen entlang, hatten Blumenrabatten und Terrassen mit Sonnenschirmen und Gartenmöbeln, auf denen jetzt am Spätnachmittag schon Leute saßen, die grillten, um das Abendessen vorzubereiten.

Sie fand den Verwalter in seinem Büro, legte ihre Unterlagen vor, bekam den Schlüssel, Bettwäsche und Handtücher, ließ sich einen schönen Aufenthalt wünschen und zog schwerbepackt, den Hund im Schlepptau, davon. Man hatte ihr ein Haus direkt am Wald zugewiesen, die meisten der Häuser hier, hatte der Verwalter ihr erzählt, gehörten Privateigentümern, die sie eben nur zeitweise nutzten und ansonsten vermieteten, deshalb waren sie nicht nur mit dem Notwendigsten versehen, sondern teilweise sehr behaglich eingerichtet, und in ebendiese Kategorie schien auch das ihre zu fallen.

Sie stellte den Koffer hinter der Tür ab und ging vom Flur ins Bad, und von da nacheinander in die beiden Schlafzimmer, zuletzt in den Wohnraum, an den sich eine Nische mit Küchenzeile, Tisch und Eckbank anschloß, und vom dem aus auch eine Treppe zu einer Galerie hochführte. Sie zog einen Vorhang zurück und öffnete die Tür zur Terrasse, trat hinaus und atmete tief durch, blickte über Wiesen, Felder und Wälder zu den fernen blauschwarzen Bergen und über die unter ihrem Haus abfallenden Dächer der anderen Häuser. Aus manchen der Gärtchen stieg Rauch auf, und schon lag auch dieser Geruch in der Luft, der an den Herbst erinnerte, obwohl es doch erst Mitte August war, unverwechselbar, Kindheitserinnerungen wachrufend. Irgendwo weiter weg brummte ein Rasenmäher, ein Mann wusch ein Stück die Straße hinunter sein Auto, zwei Mädchen riefen auf einem nahe gelegenen Spielplatz einander zu.

Sie betrachtete die nicht weit von ihr längs der Steinplatten der Terrasse gepflanzten Dahlien, deren Köpfe so schwer waren, daß sie weit hinunterhingen, vielleicht hatten die Blumen aber auch nur Durst. Das erinnerte sie an ihre Pflanzen zu Hause, sie holte ihren Geldbeutel aus der Handtasche, griff sich Beppos Leine und ging mit ihm an den Dahlien vorbei über eine leicht abfallende Grasfläche zu der Straße hinunter, an deren Ende sie vorhin ein Telefonhäuschen gesehen hatte. Die Tür zum Haus ließ sie offen, so friedlich war es hier, daß sie unbewußt diese dörfliche Sitte annahm, alles jedermann zugänglich zu lassen, sicher paßte hier einer auf den anderen auf.

In dem Telefonhäuschen warf sie ein paar Münzen in den Apparat, erreichte Saskia, die sich bereit erklärt hatte, ihre Blumen zu gießen, und bat sie, im Bad nachzusehen, dort stehe ein Farn auf dem Fensterbrett, den ihr zu zeigen sie vergessen habe.

»Ist schon gut«, sagte Saskia, »ich werde mich um ihn kümmern.«

»Er braucht jeden Tag ein bißchen Wasser.«

»Mach ich.«

»Und laß das Fenster in der Küche ruhig offen, so wie ich es zurückgelassen habe. Oskar braucht frische Luft.«

Da wurde Saskia wütend. »Langsam reicht es«, kreischte sie. »Willst du, daß ich mich grusle und überhaupt nicht mehr in deine Wohnung gehe? Es gibt keinen Oskar, Roswitha, hier jedenfalls nicht, hör endlich damit auf. Man kann ja Selbstgespräche führen, das mach ich manchmal auch, red mit meinen Eltern oder so, aber das, was du machst, ist nicht normal. Ich gieß deine Blumen, und Oskar kann von mir aus ersticken, er ist doch sowieso schon lang hinüber, aller Wahrscheinlichkeit nach. Schöne Ferien ... erhol dich gut.« Und damit knallte sie den Hörer auf.

Frau Winterkorn schüttelte den Kopf und verließ die Telefonzelle, leicht verstimmt, aber nicht wirklich böse, wollte gerade Oskar nach seiner Meinung zu der Sache befragen, erinnerte sich, daß sie ihn in Mannheim auf dem Sofa zurückgelassen hatte, beugte sich zu Beppo hinunter und kraulte ihn nachdenklich hinter den Ohren, bevor sie sich wieder auf den Weg machte. Der Mann, der das Auto wusch, hob jetzt bei ihrem Näherkommen grüßend den Arm und winkte.

»Neu?« fragte er.

Sie blieb stehen. »Ja.«

Er bedachte ihre Lederhand mit einem kurzen neugierigen Blick, ging aber nicht weiter darauf ein. »Wie lange bleiben Sie?«

»Vierzehn Tage.«

»Haben Sie überhaupt was zu essen da?«

»Ich habe noch nicht nachgesehen.«

Er überlegte einen Moment und rieb sich dann die Nase. »Bei Ihnen im Haus drüben, meinen Sie? Da ist nichts mehr. Da nehmen die Putzfrauen immer alles mit, was stehenbleibt. Kommen Sie doch zu uns rüber, Erika grillt gerade auf der Terrasse.«

»Das nehme ich gern an«, sagte sie. »Ich werde nur noch das Nötigste auspacken und mein Bett beziehen.«

»Und bringen Sie den Hund ruhig mit.« Er hatte ein rotes gutmütiges Gesicht und trug ein Unterhemd, das seine fleischigen Arme freiließ, der Bauch wölbte sich weit vor und drängte den Gürtel, der seine Hose festhielt, so weit nach unten, daß man ihn kaum noch wahrnahm.

Frau Winterkorn eilte ins Haus, stellte dem Hund erst

einmal eine Schüssel mit Wasser hin, packte ihren Koffer aus, räumte alles schnell in einen Schrank und bezog eines der Ehebetten in dem Schlafzimmer, dessen Fenster zum Wald hinausging. Sie kämmte sich vor dem Spiegel im Bad, holte Beppo, ging diesmal durch die vordere Tür, umwanderte das Haus, lief schräg über die Straße und klingelte. Das gewaschene Auto stand verlassen da, nichts rührte sich, so ging sie auch hier über die Wiese um das Gebäude herum und fand ihre Gastgeber auf der Rückseite, sie hatten ein Radio laufen und deshalb das Klingeln nicht gehört.

Der Mann, der sie eingeladen hatte, stand jetzt am Grill und wendete ein paar Würstchen, am runden Tisch unter dem Sonnenschirm mischte eine Frau eine Riesenportion Kartoffelsalat in einer Schüssel noch einmal gründlich durch. Auch sie war dick, aber bei ihr schien alles besser verteilt, Arme und Beine waren gebräunt von der Sonne, ihr Gesicht ebenso rot wie das ihres Mannes, jetzt von kleinen Schweißperlen überzogen, die sie mit einem Zipfel ihrer Schürze abwischte, bevor sie Frau Winterkorn die Hand gab.

»Das sind die Wechseljahre«, erklärte sie, »und dann der erste Schluck Bier. Da läuft es einfach.«

Frau Winterkorn zeigte Mitgefühl, ließ sich ein Glas in die Hand drücken und wies Beppo einen Platz in der Nähe der die Terrasse säumenden, schon lang verblühten Rhododendronbüsche zu, um ihn möglichst weit von den Würstchen zu lagern.

»Obwohl er wahrscheinlich nicht bettelt«, sagte sie. »Aber ich kenne ihn noch nicht lang genug.«

Während die Frau hin- und hereilte, Teller, Besteck, Brot und Senf holte, erzählte Frau Winterkorn dem Mann am Grill Beppos Geschichte, erntete ein mitfühlendes Schnalzen und zeigte sich auf die Frage, ob sie den Hund nicht vielleicht doch ganz behalten wolle, unentschlossen, war gerade wieder dabei, Oskar ins Spiel zu bringen, dessen Meinung dazu sie ja keinesfalls außer acht lassen dürfe, bedachte blitzschnell Saskias Protest, nahm sich vor, normal zu sein, und trank einen großen Schluck, den Vorsatz zu bekräftigen. Die Würstchen und der Kartoffelsalat waren sehr gut, nach dem dritten Bier duzten sie sich, Erika und Tibor hatten sie auf die Wange geküßt, und sie hatte sich ihrerseits mit Roswitha revanchiert, hatte erfahren, daß Tibor Kroate war, aber nur von Geburt, er lebte schon seit Ewigkeiten in Frankenthal, eigentlich ganz in ihrer Nähe, und man würde sich nach dem Urlaub sicher mal treffen und gegenseitig zum Kaffee bitten.

Als sie soweit gekommen waren, fragte Tibor sie, ob sie wisse, daß ihr Haus drüben ein Geheimnis berge. Sie verneinte. Woher denn, sie war doch gerade erst angekommen und noch nie vorher in diesem Feriendorf gewesen. Ein Schauer kroch ihr über den Rücken, als habe diesen Abend, der doch so lau und sommerlich war, plötzlich ein Frost gestreift.

»Mir schien alles ganz normal«, sagte sie. »Ich hatte ja noch keine große Gelegenheit, mir jede Ecke anzugucken, aber was ich bis jetzt gesehen habe…«

»Es gehört einem Arztehepaar aus Bamberg«, erzählte der Kroate. »Wir kennen sie gut, weil wir ja jedes Jahr herkommen. Sie hatten einen Jungen, er war gerade zwölf, als er verschwand. Müßte jetzt vierzehn sein, wenn er noch lebt.«

Erika hatte den Tisch abgeräumt, eine Kerze in einem Windlicht darauf gestellt und eine bauchige, mit einer klaren Flüssigkeit gefüllte Flasche und drei kleine Gläser gebracht. Sie schenkte ein und führte Tibors Bericht fort. »Es war ein Junge, der gern Sport trieb, skifahren im Winter, wandern mit den Eltern, wenn man das Sport nennen kann, und dann kauften sie ihm einen Taucheranzug, Flossen, einen Schnorchel und eine Brille, damit er tauchen konnte, im Blaibacher See, aber noch lieber im Höllensteinsee, der so dunkel und zerklüftet ist. Wir sprachen darüber am Abend, bevor er fortging. Die Eltern waren beide gesundheitlich ein bißchen angeschlagen und sie vertrösteten den Jungen auf später, wollten nicht sofort am nächsten Tag mit ihm an den See, und da muß er auf eigene Faust losmarschiert sein, während sie noch schliefen, hatte wohl nichts als diese Taucherausrüstung in einer Tasche dabei, und daran erinnert sich auch der Busfahrer. Er war der letzte, der von dem Jungen berichten konnte, hat aber nicht darauf geachtet, wo er ausgestiegen ist, der Bus war voll, weil in Kötzting Markttag war.«

»Oje, oje«, murmelte Frau Winterkorn, die an Oskar dachte und an die Zeit, in der sie auf ihn gewartet hatte, daran, wie jedes Geräusch im Treppenhaus oder an der Tür sie hatte zittern lassen, bis sie sich mit dem Gedanken abgefunden hatte, daß es ihn noch gab, irgendwo, daß er sie nur verlassen hatte, daß es ihm gutging. Und ihr war das Phantom geblieben, mit dem sie hadern und diskutieren konnte, und war er denn nicht wirklich manchmal in der

Dämmerung auf dem Sofa gesessen, stumm, aber gegenwärtig, oder war ihr in all den Jahren die Realität abhanden gekommen, war sie wirklich nicht mehr normal, wie Saskia behauptet hatte, kamen deshalb ihre Kinder so ungern zu ihr, hielten die Enkel eher fern?

Sie trank den scharfen Schnaps, den Erika ihr hingestellt hatte, und atmete keuchend, als er ihr die Kehle verbrannte. Aber in ihrem Magen breitete er sich aus wie eine warme Welle, und sie legte ihre beiden Hände vor sich auf den Tisch, die aus schwarzem Leder und die abgearbeitete Rechte, und sagte: »Hat man nicht alles abgesucht, als er nicht mehr heimkam?«

»Selbstverständlich. Aber was den See anging, sagten sie, daß früher oder später jeder Ertrunkene an der Staumauer vom Elektrizitätswerk angespült wird und in den Rechen hängenbleibt, aber der Junge kam nicht.«

»Kam nicht?«

»Weder so noch so. Nicht lebend und nicht tot. Man fand nicht weit vom Elektrizitätswerk auf einer Bank bei einer kleinen Anlegebrücke für die Ruderboote die Tasche mit Sachen von ihm. Dort muß er mit seinem Taucheranzug und den Schwimmflossen in den See gegangen sein. Er war ein guter Schwimmer, das macht die Sache um so rätselhafter.«

»Und die Eltern?«

»Mußten irgendwann zurück nach Bamberg, kamen aber immer wieder. Und versuchten das Haus, waren sie nicht da, zu vermieten, damit jemand darin ist, wenn Ferdinand zurückkommt.«

»Ferdinand?«

»Ja. Ferdinand, das ist sein Name.«

»Oje, oje«, sagte Frau Winterkorn noch einmal, hob ihre Hände vom Tisch und legte sie über ihre Augen, und es sah seltsam aus, die helle und die dunkle, aber wie in einer stillschweigenden Übereinstimmung fragten sie weder Erika noch Tibor, was denn da passiert war, hoben es sich für später auf oder wollten sie überhaupt schonen. Und Frau Winterkorn, der die tote Hand inzwischen schon längst so vertraut war wie die gesunde und die deshalb auch keinerlei Fragen erwartete, sagte: »Werde ich heute nacht gut schlafen?«

Der Kroate lachte. »Sie haben ja Beppo. Und Sie sind eine Frau, die mit beiden Füßen fest auf der Erde steht, das habe ich gleich begriffen. Und dann sind wir ja auch noch da.«

»Ja«, sagte sie, »sicher.«

Sie lehnte einen weiteren Schnaps ab, bedankte sich, ließ sich noch erklären, wo morgen früh das Auto, das die Frühstücksbrötchen brachte, seinen Platz hatte, und wanderte unter einem stillen blassen Mond das kleine Stück die Straße hinauf zu ihrer Bleibe, wo sie, das merkte sie erst jetzt, ein Licht hätte brennen lassen sollen, das sie schon von außen tröstlich empfangen hätte.

So starrten ihr die dunkle Scheibe der Terrassentür und die des dicht danebenliegenden Küchenfensters kaltschimmernd entgegen und spiegelten Büsche und Bäume im fahlen Schein einer weit entfernten Straßenlaterne. Sie tastete sich wieder um das Haus herum, schloß die Haustür auf, atmete auf einmal Moder und abgestandene Luft, ging umher, machte alle Lichter an und öffnete die Terrassentür.

Als ein sanfter Windstoß den leichten Vorhang bauschte, schrie sie auf, schalt sich eine Närrin und kniete sich auf den Boden neben den Hund, dessen walzenförmigen Körper zu umspannen so wohltuend war.

»Ich bin selbst schuld«, klagte sie. »Ich ganz allein. Man spielt nicht mit so etwas, alle haben gesagt, daß Oskar in das Hafenbecken gestürzt und ertrunken ist. Aber ich wollte es nicht glauben und hab mich eingelassen auf dieses Phantom, und nur, weil sie ihn nicht gefunden haben, so wenig wie dieses Kind.«

»Ihn haben sie nicht gefunden, weil das Wasser ihn mitgenommen hat, und mich haben sie nicht gefunden, weil das Wasser mich behalten hat«, sagte eine Stimme. Sie kam von der Galerie her, aber Frau Winterkorn blickte nicht hoch, vergrub nun auch noch ihr Gesicht im Fell des Hundes und fragte flüsternd: »Also ist Oskar wirklich ertrunken?«

»Ja«, sagte das Kind, denn es war die Stimme eines Kindes, die zu ihr sprach, »ja. Er wäre nie von Ihnen weggegangen. Er ist ausgerutscht und ins Hafenbecken gestürzt und er hat sich vorher noch den Kopf aufgeschlagen, so daß er bewußtlos war, und das Wasser hat ihn in den Rhein mitgenommen, vorbei an Ludwigshafen, vorbei an Worms, vorbei an Mainz, über alle Schleusen hinweg, immer weiter, immer weiter.«

»Bis zu den Inseln hinter dem Wind.«

»Kann schon sein, nur hatte er nichts mehr davon.«

»Und du, wo bist du?«

»Ach«, sagte das Kind, und seine Stimme begann zu verklingen, als fehle ihr die Kraft, noch lange zu sprechen. »Fahren Sie mit dem Bus zum Höllensteinsee, gehen Sie den Weg am linken Ufer entlang, gehen Sie, bis der Weg enger und enger wird und sich ganz verliert, weil die Felsen ins Wasser ragen. Setzen Sie sich auf den Felsen, der am weitesten in den See hinausgeht, und warten Sie, bis die Sonne so tief steht, daß sie zwischen zwei hohen Tannen hindurch das Wasser berührt. Dann werden Sie mich sehen.«

»Dich sehen?«

»Ja«, sagte die Stimme. »Meine Schwimmflosse hat sich in einer Felsspalte verhakt, und ich kam nicht mehr los. Seit zwei Jahren stehe ich dort, aufrecht wie eine Statue, und kleine silberne Fische spielen mit mir.«

Die Stimme erstarb, und Frau Winterkorn nahm ihr Gesicht aus Beppos Fell und wandte es der Galerie zu. Die Treppe war leer, sie zog sich mühsam am Geländer hoch und schloß einen Moment die Augen, bevor sie sie, oben angekommen, wieder öffnete. Auch hier war niemand. Es gab ein Sofa, das man zu einem Bett ausziehen konnte, einen kleinen Schreibtisch und in einer Kiste Spielzeug und Bücher, zerfleddert und durch viele Hände gegangen. Sie nahm eines der Bücher und schlug es wie in Trance auf. Mit einem Buntstift hatte ein Kind seinen Namen auf die Innenseite des Einbands geschrieben.

»Ferdinand«, rief sie.

Es kam keine Antwort, nur der Wind draußen schien stärker zu werden, brachte die Tannen hinter dem Haus zum Rauschen und ließ einen der Äste gegen das schräge Dachfenster klopfen, so daß sie ihn nun doch sah, ein blasses Gesicht, das sich wie eine kleinere Ausgabe des Mondes hinter der Scheibe zeigte, um sich dann, ganz allmählich, als wäre es aus Nebel geformt, aufzulösen.

17

La Traviata

Anita hatte ihre Arme zwischen den Bonbongläsern aufgestützt und genoß das schon beinahe herbstliche Sonnenlicht, das, durch eine Lücke zwischen den Rückseiten zweier Häuser fallend, deren Wände mit wilden Graffiti besprüht waren, den Spielplatz in ein silbern schimmerndes Licht einhüllte. Olga kam von Brunos Wohnung her, das unvermeidliche Köfferchen im Arm, aber mit einem seltsam schwankenden Gang, als habe sie schon mehr getrunken, als gut für sie war. Sie passierte Leos Kneipe und erreichte den Kiosk, schwer atmend, die freie Hand auf die Brust gepreßt, als müßte sie ihr Herz festhalten, das zu zerspringen drohte.

»Gib mir einen Kurzen, Anita«, bat sie.

Anita warf ihr einen prüfenden Blick zu. »Es geht mich ja nichts an, aber hast du nicht schon genug?«

»Keineswegs. Noch keinen Schluck. Bei Bruno haben wir nur Tee getrunken, aber noch nie hat es mich so angestrengt, Ordnung in seinen Schlamassel zu bringen. Es ist diese seltsame Wärme in der Luft.«

»Das kann sein«, sagte Anita, die die Luft völlig in Ordnung fand, tauchte in den Tiefen ihres Kioskes unter und schenkte ein kleines Wasserglas halbvoll mit einem Schnaps, den sie für ihre besseren Kunden bereithielt.

»Der wird dir guttun«, meinte sie.

Olga trank und schien sich zu entspannen, suchte nach Geld, wurde aber durch ein sanftes Tätscheln von Anitas grellrot lackierten Nägeln auf ihrer Hand davon abgehalten. »Das geht auf mich. Was macht Bruno?«

»Immer dasselbe. Jetzt schläft er. Magst du?«

Sie schüttelte eine von Brunos Selbstgedrehten aus einer Blechschachtel und zündete sie sich nach Anitas verneinendem Kopfschütteln selbst an. »Ich werde mich mal eine Weile hinsetzen und ausruhen«, sie wies auf eine der Bänke, die hinter dem Sandplatz standen, »es ist diese Jahreszeit, die mich fertigmacht. Erst haben wir auf den Frühling gewartet und gedacht, er kommt nie mehr und es gibt eine neue Sintflut. Dann kam er und mit ihm beinahe gleichzeitig der Sommer, mit so heißen Tagen wie schon lang nicht mehr. Und jetzt, spürst du es, geht der August zu Ende, und es kommt diese Luft vom Land in die Stadt, die den Herbst ankündigt und mich traurig macht.«

Anita zog tief die Luft ein, roch aber nichts als Schokoladenaroma und Benzin.

»Diese Luft«, fuhr Olga fort, »die nach Obst riecht, das im Gras liegt und verfault, und nach Kühen. Die Spinnen ziehen ihre Fäden, und drüben zwischen den stillgelegten Gleisen am Kanal wachsen schon diese kleinen blauen Astern.«

»Das sind immer die Vorläufer von Büschen und Sträuchern«, erläuterte Anita, der jede poetische Ader abging, obwohl sie doch so gern diese süßlichen Liebesromane las, die von blumigen Formulierungen geradezu überflossen. »Bald wird alles dort überwuchert sein.«

»Bald werde auch ich überwuchert sein«, meinte Olga düster und schlurfte zwischen den im Sand grabenden Kindern hindurch zu einer Bank, die frei war. Die anderen waren von diesen wieder mal viel zu warm angezogenen türkischen Mamas besetzt, die sich schnatternd miteinander unterhielten, zwischendurch lockende oder warnende Rufe in Richtung ihrer Sprößlinge aussendend.

Auch Figen war heute bei ihnen, denn obwohl sie im Haus immer genug zu tun hatte und manchmal auch noch Erkan beim Säumen oder Bügeln half, hatte sie dieses milde weiche Licht herausgelockt. Ihr Jüngstes auf dem Schoß, trug auch sie einen dieser langen weitgeschnittenen Mäntel und ein Kopftuch, das sie aber eher wie ein Pirat gebunden hatte, über der Stirn gerade und am Hinterkopf geknotet. Ihre dichten schwarzen Brauen stießen über den Augen fast zusammen und gaben ihrem ovalen Gesicht in Verbindung mit dem Tuch etwas Aufrührerisches, geradezu Trotziges, das aber sofort wie weggewischt war, als sie Olgas Gruß mit einem Lächeln erwiderte.

Olga setzte sich, stellte das Köfferchen ab, rauchte ihre Zigarette zu Ende und warf den ausgetretenen Stummel hinter die Bank, in das auf dem ausgedörrten Boden sich immer noch behauptende Gestrüpp, unter dem schon unzählige Bierflaschen, Dosen und zerknüllte Tüten lagen, sie sah hinauf in das Blätterdach des Baumes über ihr und beobachtete das Herabsegeln einzelner gelber Blätter. »Nehmt mich mit euch mit«, sagte sie.

»Ja?« fragte Figen, nicht weit von ihr, höflich.

»Es ist ein Satz von Gabriel García Márquez«, sagte Olga.

»Ach so«, meinte Figen. Namen waren Namen. Ob Márquez oder Winterkorn, beides klang gleich unverständlich für sie.

»Ich war nicht immer in der Stadt«, sagte Olga träumerisch. »Meine Eltern hatten in einem Dorf eine Gastwirtschaft, und manchmal mußte ich als kleines Mädchen auf dem Tisch tanzen. Die Männer lachten, wenn ich tanzte und meinen kurzen Rock hochhob, aber es war nichts Böses dabei, Figen, nichts Böses.«

»Ja«, sagte Figen.

Olga seufzte und lächelte, als erinnere sie sich an etwas Schönes, ließ das Kinn auf die Brust sinken und sagte nichts mehr. Eines der Kinder warf einen Ball und traf die Sitzende an der Schulter, der Ball glitt auf ihren Schoß und blieb dort liegen.

»Wirf zurück!« rief das Kind.

Olga rührte sich nicht, und so kam es mit verdrossener Miene heran, nahm sich den Ball und gab Olga einen boshaften kleinen Stoß, der sie ganz langsam zur Seite gleiten ließ, so daß sie halb über dem Koffer hing, den Arm seltsam gespreizt. Figen warf einen flüchtigen Blick zu ihr hinüber, setzte dann ihren Kleinen auf den Boden und erhob sich.

»Olga«, rief sie, und dann, als sie sie genauer betrachtet und an der Wange berührt hatte: »Anita! Anita, komm mal schnell her!«

Anita, die sich wieder in den Hintergrund ihres Kabuffs zurückgezogen hatte, erreichte das Rufen, als sie an der Stelle in ihrem Buch war, wo der sympathische junge Arzt endlich merkte, daß die rassige schwarzhaarige Krankenschwester ihn hintergangen, die sanfte Blonde aber schon immer geliebt hatte, sie hob nur widerwillig den Kopf, aber als das Rufen immer dringlicher wurde, legte sie das Buch weg und ging hinaus.

Sämtliche Kinder hatten sich um die tote Olga versammelt und starrten sie mit mehr oder weniger offenen Mündern an. Anita, eine Autorität auf dem Spielplatz, verscheuchte sie mit einer Handbewegung, kniete vor Olga nieder und hielt ihr den Taschenspiegel, den sie immer bei sich hatte, vor den Mund.

»Atmet nicht mehr... wir werden trotzdem einen Notarzt rufen. Gehst du schnell zu Leo, damit er telefoniert?«

Figen nickte, befahl einem ihrer älteren Kinder, auf den Jüngsten aufzupassen, und flatterte davon. Die Kinder hatten sich wieder herangeschlängelt, Anita winkte einem der größeren Jungen und befahl ihm, ihr zu helfen, Olgas Beine hochzuheben, während sie den Oberkörper auf die Sitzfläche der Bank sinken ließ. »So ist es besser«, sagte sie.

Das Köfferchen hatte sie auf den Boden gestellt, jetzt ergriff sie es wieder, drehte es hin und her und trug es schließlich in ihren Kiosk, wo sie es unter ein Regal schob und gleich wieder vergaß, nachlässig ihren Roman aufnahm und dann wieder weglegte, tief in Gedanken versunken, was sie zu Olgas Beerdigung anziehen sollte, denn das würde ohne Frage eine der eindrucksvollsten Vorstellungen geben, die mitzumachen ihr seit langem vergönnt gewesen waren.

Und so kam es auch. Die Bewohner des alten Kapitänshauses hatten gesammelt und einen riesigen Kranz mit roten Rosen erstanden. Auch Ewald, von Charlotte verständigt, hatte sich daran beteiligt und für den Nachmittag freigenommen, stand jetzt mit den anderen vor der Leichenhalle, weil innen schon alles besetzt war, und lauschte mit ihnen der durch den Lautsprecher knarzenden Stimme des Priesters, der, so routiniert er sonst auch war, sich anscheinend doch schwertat, eine der bekanntesten Damen der Lupinenstraße mit Würde unter die Erde zu bringen.

Er brachte Olga in Verbindung mit der büßenden Magdalena, die Jesus mit ihren Haaren die Füße trocknen durfte, irrte dann noch ein bißchen im Alten Testament umher und näherte sich schließlich offensichtlich erleichtert dem Ende seines Vortrags, wandte sich an die Leidtragenden, von denen es zu viele oder eben keinen gab.

Die Orgelmusik setzte ein, die Tür der Leichenhalle öffnete sich, es erschienen die vier Männer, die den Sarg auf seinem rollenden Podest schoben, hinter ihnen kam der Priester, und dann eine Schar von Menschen, die seine Verstörung erklärten.

Da waren sie, die Gewächse der Nacht, Frauen und Männer, blasse oder schrill geschminkte Gesichter, ganz Junge und ganz Alte, da humpelte auch Herr Stein an seinem Stock, und da zeigte sich, hochaufgerichtet, im schwarzen Kostüm, mit der dunklen Sonnenbrille auf der kräftig geschwungenen Nase, die Callas, stöckelte zwischen zwei jeweils einen Kopf kleineren Männern, war so eindrucksvoll, daß Wang, der neben Ewald stand, nicht den Blick von ihr wenden konnte und sich sofort in die Reihe hinter sie zwängte. Sie alle schlossen sich nun an, Leo und Rosa und Anita und Willi, Frau Winterkorn, Saskia und die heulenden Zwillinge, auch wenn sie nicht wußten, warum sie heulten, Holl in seinem Rollstuhl, den die Zivis schoben, sie hatten sich einen Bus vom Altersheim ausgeliehen, und auch Bruno stellte sich dem Tageslicht, trug einen schwarzen Anzug und trotz der Wärme einen Hut, der sein Gesicht beschattete. Figen war zu Hause bei den Kindern geblieben, aber Erkan war da, aufgebügelt und abgebürstet, einen Strauß mit drei rosa Nelken in der Hand, Papierblumen, die, wie Charlotte flüsternd feststellte, bei Ertruguls in der Wohnung an allen nur möglichen oder unmöglichen Stellen blühten.

Der Priester, dem Schweißperlen auf der Stirn standen, schloß, nachdem der Sarg hinabgelassen war, nun möglichst schnell ab, trat zurück, wartete, ob jemand noch ein Wort sprechen wollte und wandte sich schon zum Gehen, nachdem er in der Phalanx der das Grab schweigend Umstehenden niemanden hatte entdecken können, dem er die Hand drücken mußte, aber da ergriff der soviel kleinere Wang den Arm der vor ihm stehenden Callas, flüsterte ihr etwas zu und begann zu singen, mit seiner wunderbaren betörenden Stimme sang er das leidenschaftliche Lied auf die Liebe – *libiamo ne'lieti calici* – das Alfredo der von ihm schon lang bewunderten Violetta in ihrem Salon zu Gehör bringt, und nach einem kurzen, kaum wahrnehmbaren Zögern setzte die Callas ein, und wahrhaftig, dieser Riesenkerl hatte einen Sopran, der jedem Chorknaben zur Ehre gereicht hätte, ließ sich voll und ganz von Wang führen und steigerte sich mit ihm im Duett, pries das Leben und den Genuß des Lebens, bis seine Stimme in einem Schluchzer brach.

Es war so still, nachdem sie aufgehört hatten, daß man

eines der grauen Eichhörnchen, die den Hauptfriedhof bevölkern, auf seinem Ast wippen hörte. Erst nach einer Pause traten die ersten ans Grab, warfen Blumen, Stofftiere, bestickte herzförmige Kissen hinein und machten sich in Grüppchen auf den Rückweg.

Wang hatte sich vor der Callas verbeugt und war gleich in den Hintergrund getreten, sein sonst so gelbliches Gesicht glich einer vollerblühten Pfingstrose, was er sich immer gewünscht hatte, war in Erfüllung gegangen, er hatte mit der Callas gesungen, auch wenn diese seine Mannheimer Callas ein Transvestit mit dem Namen Rüdiger war.

Die Hausbewohner blieben, abgesehen von Holl, beisammen, schlenderten eine der Alleen entlang, und Ewald fragte, warum man nicht den Pfarrer der Hafenkirche die Beerdigung habe vornehmen lassen.

»Das wollten ja alle«, sagte Charlotte. »Aber er hat uns am Telefon erzählt, daß er mit seinen Inlineskatern voll gegen einen Laternenmast geprallt ist, als er einem Betrunkenen ausweichen wollte, und daß sein Gesicht im Moment so aussieht, daß ihn jeder Clown darum beneiden würde, und daß er mit diesem Gesicht nicht einmal einen Kanarienvogel unter den Boden bringen könne, ohne daß sich die Trauergemeinde vor Lachen krümmt. Und das wollte er Olga nicht antun.«

»Es war trotzdem eine schöne Beerdigung«, meinte Ewald.

An einer Wegbiegung standen sie plötzlich vor Herrn Stein, der, blau und gichtig, den Stock gegen sie erhob, um sich Gehör zu verschaffen.

»Ihr seid bald alle dran«, sagte er, deutete als erstes auf

Erkan, dann nacheinander auf die übrigen Hausbewohner und am Schluß auf Ewald, der ihm am nächsten stand. »Wußt' ich's doch, daß Sie gemeinsame Sache mit denen machen. Mack hat mir schon so was angedeutet. Aber ich setze einen nach dem anderen raus. Sie hat jetzt einen Hund...«, sein zitternder Finger wies auf Frau Winterkorn, »und der...«, der Finger wanderte weiter zu Willi, »betreibt immer noch sein unerlaubtes Gewerbe, ich werde ihm demnächst jemanden vom Gesundheitsamt vorbeischicken. Und die...«, jetzt war Saskia dran, »kassiert Sozialhilfe und arbeitet nebenher... und der da...«, aber bevor er weitermachen konnte, war Bruno, der die ganze Zeit wie unsichtbar gewesen war, vorgetreten, und hatte des Bruders gekrümmten Finger festgehalten.

»Solange ich in dem Haus bin«, sagte Bruno in seiner weichen kindlichen Art, »wirst du keinem was tun.«

Da zog über Steins Gesicht ein schiefes merkwürdiges Lächeln.

»Meinst du«, krächzte er.

»Das weiß ich«, sagte Bruno, trat wieder zurück und wurde von der Gruppe aufgesogen, verschwand im Nachmittagsblau, als hätte es ihn nie gegeben. Stein stapfte murrend davon.

»Warum war er überhaupt dabei?« fragte Saskia. »Und auch noch ohne seine Frau.«

»Vielleicht hat er auch einmal mit Olga...« meinte Charlotte.

»Und seine Frau geht heimlich ins Café Olé«, erzählte Ewald.

»Ich habe sie dort schon getroffen und mit ihr getanzt.

Sie würde keinen vor die Tür setzen, wenn der mal nicht mehr ist.«

»Was machst du im Café Olé?« fragte Charlotte.

»Ich gehe ab und zu mit Holls Stiefmutter hin. Es tut ihr gut.«

»Das glaub ich gern. Gehst du dann auch mit mir nächste Woche auf die Demo am Paradeplatz, Ewald?«

»Wofür? Wogegen?«

»Gegen eine Erhöhung der Studiengebühren bei Langzeitstudenten.«

»Aber du bist doch fertig mit deinem Studium.«

»Ja und?«

»Ich geh mit«, erklärte er friedfertig.

»Und mit mir ins Kino?« fragte Saskia an seiner anderen Seite.

»Sicher«, sagte Ewald. »Ich mag euch doch beide.«

»Ja, ja«, meinten sie fast gleichzeitig.

Kurz vor dem Ausgang passierten sie einen Grabstein, auf dem oben quer ein aus Granit gehauener Hund lag.

»Werden hier denn auch Hunde begraben?« fragte Frau Winterkorn.

»Aber nein«, sagte Charlotte. »Da hat doch nur einer das ihm Liebste auf seinen Grabstein setzen lassen.«

»Und was bedeutet der Spruch?«

»Cogimus eundem«, las Charlotte, *»carpe diem.«*

»Was heißt das?«

»Daß wir jetzt alle zu Leo gehen und uns vollaufen lassen.«

»Aber wer zahlt das?« fragte Paul. »Was mich angeht, ich bin im Moment ziemlich abgebrannt.«

»Olga zahlt«, rief Cedric. »Denkt doch nur an ihren Koffer. Der ist bestimmt randvoll mit Geld.«

»Und wo ist der Koffer?«

»Meine Güte«, sagte Anita. »Den hab ich wirklich ganz vergessen. Er steht in meinem Kiosk.«

»Dann holst du ihn eben.«

»Mach ich.«

»Vielleicht hat sie sogar ein Testament gemacht.«

»Meint ihr?« fragte Ewald hinterhältig, aber keiner hörte mehr auf ihn.

Leo hatte Tische zusammengerückt und zur Feier des Tages mit Decken bestückt, Rosa fing an, in der Küche belegte Brötchen herzurichten, und Cedric hatte unterwegs bei einem Bäcker eine Tüte mit Gebäck mitgenommen.

»Erst mal Kaffee«, rief er, aber Holl, mit den Zivis wieder zu ihnen gestoßen, lehnte, als er deren eher erschrokkene Gesichter sah, dankend ab, Ertrugul zog sich in seinen Laden zurück, Wang, immer noch im siebten Himmel, ging auch, er mußte sich auf die Abendvorstellung vorbereiten, Bruno verkroch sich in seiner Höhle, und Frau Winterkorn erklärte, daß sie nach Beppo sehen müsse.

So waren nicht mehr allzu viele da, als Anita mit dem Köfferchen erschien und es triumphierend auf den Tisch stellte. Alt war es, abgegriffen und, wie sie gleich feststellten, verschlossen.

»Aufbrechen«, schlug einer vor.

»Erst werden wir auf Olga trinken und an sie denken«, sagte Ewald, der das Ereignis noch hinauszuzögern suchte. »Ich übernehme die erste Runde.«

»Und ich die zweite«, verkündete Willi.

Sie tranken und aßen von Rosas Brötchen, winkten der Callas zu, die durch den Seiteneingang von Onkel Ottos Bar in ihre Wohnung stöckelte, applaudierten Wang, der von seinem Balkon herunter noch einmal schnell ein paar Töne in die Luft warf, und bedeuteten den Zwillingen, einen bärtigen Alten, der nicht weit von ihnen in einem Hauseingang seinen Rausch ausschlief, in Ruhe zu lassen.

Erst als Leo ein Glas brachte, in dem eine dicke Kerze brannte, und den kleinen Koffer als Untersatz nehmen wollte, fiel er ihnen wieder ein.

»He, stell das woanders hin«, sagte Charlotte. »Hast du einen Schraubenzieher oder so was?«

Leo brachte einen dicken Schaschlikspieß, und nach einigem Herumprobieren sprang das Schloß auf. Sie öffneten den Deckel und beugten sich über den Tisch, aber statt der Geldscheine, die sie im Grund sowieso nicht erwartet hatten, lagen in dem Koffer eine versiegelte Blechbüchse, Zeitungsausschnitte, ein Bündel Briefe, ein nicht sehr umfangreiches Manuskript und ein Stapel längst vergilbter Eintrittskarten zu Pferderennen, Musikgalas, Theateraufführungen, alles Freikarten oder mit dem Aufdruck Presse gekennzeichnet. Sie stellten die Blechbüchse achtlos zur Seite, verteilten die verschiedenen Dokumente auf dem Tisch und sahen sie durch.

»Liebesbriefe«, gab Charlotte bekannt. »Von einem Journalisten. Er hat, scheint es, für ein paar Zeitungen gearbeitet. Jammert viel rum.«

»Das machen die doch alle«, sagte Paul. »Schaut mal her, da ist ein Foto.«

Es zeigte eine wirklich atemberaubende Olga neben einem fröhlich grinsenden jungen Mann in Knickerbockern, er hatte einen Arm um ihre Schultern gelegt und lehnte nachlässig am Kotflügel eines offenen Sportwagens.

»Eine Borgward Isabella.« In Pauls Stimme lag Achtung.

Als habe dieses Wort ihn herbeigelockt, war der aus seinem Rausch erwachte Alte an sie herangetreten, strich seinen langen Nikolausbart und sagte: »Ich werde verrückt, wo habt ihr das her? Das kann nur einer gewesen sein, der wilde Ede.«

Sie gaben ihm das Foto in die schmutzverkrusteten Hände, und er hielt es ganz nah vor seine Augen und blinzelte gerührt. »Ja, das ist er. War der wildeste Hund, den man sich denken kann. Und das ist das Auto, das ihm seine Frau gekauft hat. Aber mit ihm dringesessen ist nur Olga.«

»Und die hat sich das gefallen lassen?«

»Wer?«

»Seine Frau.«

»Das war sowieso eine seltsame Geschichte. Eines Tages war sie weg. Einfach so. Kein Abschiedsbrief, keine mitgenommenen Wertsachen, nichts. Sie war unauffindbar, und Ede zog weiter mit Olga rum und verpraßte ihr Geld, also das Geld von seiner Alten, und war quietschvergnügt.«

»Hat er sie auf die Seite gebracht?«

»Das sagten alle. Aber es war ihm nichts nachzuweisen. Nicht das geringste.«

»Frau Winterkorns Mann ist auch verschwunden, und keiner unterstellt ihr einen Mord.«

»Wer ist Frau Winterkorn?«

»Die alte Dame mit dem Lederarm und dem komischen Hund.«

Der Alte dachte mühsam nach und griente dann kläglich. »Verschwinden und verschwinden ist zweierlei. Manchmal, wenn Ede zuviel getrunken hatte, hat er sogar damit angegeben.«

»Womit?«

»Daß er jemanden kennt, der eine todsichere Methode hat, einen Menschen bis aufs letzte Krümelchen zu entsorgen.«

»Mit Kleidern und Schuhen und allem?«

»Das Zeug kannst du verbrennen. Das ist nicht das Problem. Aber von Haaren, Haut und Knochen bleibt doch immer was übrig. Hab ich recht?«

Ewald nahm die Büchse, entfernte das Siegel, hob den Deckel ab und streute die Asche von Olgas Liebhaber über den Gehsteig.

»Wo sind Haare, Haut und Knochen?« fragte er.

»Was soll das?« sagte Leo. »Nicht, daß ein bißchen mehr Dreck hier groß auffällt, aber es muß doch nicht sein, oder?«

»Das war alles, was von Ede übriggeblieben ist«, erklärte Ewald großspurig und wischte sich die Hände am Tischtuch sauber. »Olga selbst hat mir erzählt, daß sie ihn immer mit sich herumgetragen hat.«

»Und warum hast du das jetzt getan?« fragte Saskia. »Wir hätten ihn zu ihr ins Grab legen können.«

»Um ihm zu zeigen«, er wies auf den Nikolausbart, »daß man sehr wohl alles verbrennen kann.«

Der Alte maß ihn mit einem nachsichtigen Lächeln. »Wenn du über ein eigenes Krematorium verfügst, sicher.

Aber wenn ich einem Kumpel eine überziehe und er bleibt auf der Strecke, kann ich ihn dann in einer Schubkarre dort hinbringen und sagen, in einer Stunde hol ich wieder ab, was übrig ist?«

»Nein«, erklärten sie einstimmig.

»Na also.« Er legte das Foto zurück auf den Tisch und schielte begehrlich nach ihren Getränken. »Kann ich was haben?«

»Sicher«, meinte Paul großzügig. »Willst du auch einen Happen essen?«

»Überflüssig«, murmelte der Alte, nahm das gefüllte Glas, das Paul ihm reichte, und trollte sich.

»Wenn du es leergetrunken hast, bring es wieder zurück«, rief Leo.

Der so Angerufene drehte sich um und überreichte dem Wirt das Glas, in dem die Flüssigkeit schwappte und überzufließen drohte.

»Tausch es gegen eine Flasche, und das Problem ist gelöst.«

»Trink erst mal aus«, sagte Leo gutmütig. »Stimmt es, daß sie am Waschsalon jetzt Eisenspitzen auf eurer Fensterbank anbringen wollen?«

»Ja.«

»Und daß sie vorhaben, euch jeden Tag einzusammeln, aus der Stadt herauszufahren und irgendwo im Wald auszusetzen wie Hänsel und Gretel, damit ihr erst gegen Abend wieder zurückgefunden habt?«

»Ja.«

»Dann bekommst du jetzt deine Flasche, und die kannst du, wenn sie leer ist, wegwerfen.«

Er brachte ihm einen entkorkten Weißwein und sah der sich in der allmählich herabsinkenden Dämmerung entfernenden Gestalt kopfschüttelnd nach, zog einen freien Stuhl heran, setzte sich zu den anderen und fragte: »Steht was in den Briefen?«

»Nur das Übliche. Liebesgefasel und Gejammere über seinen Job. Aber das«, Charlotte hob das Manuskript hoch und wedelte es bedeutungsvoll hin und her, »das da, *Nésmensch* überschrieben, könnte es sein.«

»Was sein?«

»Die Anleitung zum perfekten Mord.«

18

Nésmensch

Robert sah das Auto der Gemeindeschwester vor dem Haus stehen und atmete erleichtert auf. Seine Mutter nahm sich sehr viel mehr zusammen, wenn sie nicht mit ihm allein war. Sie spielte dann die Heldenhafte, das geduldige Opferlamm, sanft und hingebungsvoll lag sie bei einer solchen Gelegenheit in den Kissen und umsäuselte ihn mit Komplimenten.

Er öffnete das Gartentürchen und hatte seit Tagen das erste Mal die Gelegenheit, nach den Beeten zu sehen. Hielt sie ihm sonst jede Minute vor, die er zu spät kam, würde sie ihm unter diesen Umständen keine Vorhaltungen machen. Er lächelte und bückte sich, um ein kleines Büschel Schneeglöckchen zu pflücken, er würde es ihr aufs Bett legen… ganz der liebe Sohn.

Als er die Haustür aufschloß, hörte er ihre Stimmen. Die energisch beruhigende der Schwester und die zirpend nörglige seiner Mutter. In einem leichten Frösteln zog er die Schultern hoch. »Ich bin da«, rief er.

Das Gezirpe brach ab. »Mein Junge«, kam es die Treppe herunter, so überrascht und innig, als wäre er gerade aus Amerika gekommen und nicht vom Amt, das nur eine Fahrstunde entfernt in der Kreisstadt war. Er stellte seine Aktentasche auf den Garderobentisch, zog den Mantel aus, hängte ihn auf und begab sich mit seinen Schneeglöckchen ins Schlafzimmer.

Die Schwester umwickelte gerade die dürren Beine mit frischen Bandagen. In der Luft hing der Geruch von Franzbranntwein, mit dem sie die alte Frau abgerieben hatte, und noch ein weitaus angenehmerer Duft, der ihn an den Frühling denken ließ.

»Sie riechen heute aber gut, Schwester Hildegard«, sagte er.

Sie kicherte und wandte sich ihm zu, wobei ihre gestärkte Schürze raschelte. »Ein Geschenk von einer dankbaren Patientin. Riecht sagenhaft frisch, finden Sie nicht auch? Ich denke, das tut den Kranken gut, bei diesen ewigen Desinfektionsmitteln und dem ganzen Zeug, das ich auf sie schmieren muß.«

»Man hat genau das Richtige für Sie getroffen«, sagte er feierlich, trat ans Bett und küßte seine Mutter auf die Wange. In ihren Augen bemerkte er das Glimmen, das von fern an Kohlefeuer erinnerte, ein Glimmen, das blitzschnell zur Flamme werden konnte, wenn man nicht aufpaßte. Er legte ihr die Schneeglöckchen auf das Nachthemd über der mageren Brust und trat einen Schritt zurück.

»Wie reizend«, rief die Schwester. »Aber ist sie nicht selbst wie eine dieser Blumen. So bescheiden und lieb.«

»Aber ja«, bestätigte er und kreuzte zwei Finger hinter seinem Rücken. Die Mutter senkte kurz die Lider, und als sie sie wieder erhob, war das Glimmen erloschen. Schwester Hildegard brachte ihre Arbeit zu Ende, klatschte das Deckbett über die frisch gewickelten Beine, strich es glatt, sammelte ihre Utensilien ein und sah auf die Uhr.

»Schade«, sagte sie. »Normalerweise würde ich mich jetzt in mein Abendkleid zwängen.«

»Die Theaterfahrt«, sagte die Mutter, »natürlich. Heute ist der erste Dienstag im Monat. Was wird gegeben?«

»Die Kameliendame.«

»Wundervoll.«

»Ja… aber bei mir geht es heute nicht. Ich hab erst vorhin erfahren, daß ich für jemanden einspringen muß.«

Sie drehte sich zu Robert um. »Wie wäre es mit Ihnen? Sie gehen doch wirklich so gut wie nie aus. Und das wäre jetzt eine gute Gelegenheit.«

»Meinen Sie?«

»Und ob ich das meine. Ich habe meine Abokarte unten im Wagen. Ich hole sie Ihnen sofort, und dann stehen Sie in einer Stunde an der Bushaltestelle und fahren mit den nettesten Frauen aus diesem Ort nach Mannheim ins Theater.«

»Frauen…« vibrierte es vom Bett her.

»Frauen, ja«, erklärte sie und ließ ihre große Tasche, in der sie Medikamente und Verbandszeug aufbewahrte, zuschnappen. »Sie scheinen, jedenfalls bei uns hier am Ort, mehr Wert auf Kultur zu legen als Männer. Sehr bedauerlich. Sie werden sich riesig freuen, endlich mal einen Hahn in ihrem Korb zu haben.«

Robert sah geflissentlich zur Decke, um den geheimen Befehlen aus den Augen seiner Mutter auszuweichen. »Ich nehme Ihr Angebot gerne an«, sagte er. »Bleibt immer noch Zeit genug, Mama ein Häppchen zu richten. Für alle Fälle hat sie ja das Telefon und kann Sie erreichen.«

»Natürlich«, sagte die Schwester, weit weniger begeistert. »Aber es wird absolut nicht nötig sein. Sie ist ja nicht sterbenskrank, wissen Sie. Es geht ihr meiner Ansicht nach sogar ziemlich gut. Bringen Sie sie ins Wohnzimmer hinunter, wickeln Sie sie in eine Decke und stellen Sie ihr den Fernseher an. Gegen Mitternacht ist der Bus zurück.«

Vom Bett kam eine letzte schwache Attacke. »Dein dunkler Anzug wird dir nicht mehr passen.«

»Ich nehme Vaters Frack«, erwiderte er. Sie schwieg. Ihr Schweigen stieg wie ein eisiger Nebel hoch und verteilte sich im Zimmer. Robert nahm Hildegard beim Arm, zog sie hinaus und half ihr unten in den Mantel.

»Es wird Ihnen gefallen«, flüsterte sie ihm ins Ohr. »Und es wird Ihnen guttun. Zwei der Damen sind ungebunden. Ich übrigens auch.« Sie kicherte wieder, und er spürte ihren kräftigen Busen, als sie in die Ärmel ihres Mantels schlüpfte.

»Ich danke Ihnen sehr«, sagte er. »Und ich werde Ihnen den ausgefallenen Abend natürlich ersetzen.«

»Mein Platz wäre so oder so verfallen«, meinte sie großmütig. »Aber ich akzeptiere gerne einmal eine Einladung zu einem Glas Wein.«

»Abgemacht.«

Ihr Kichern war in ein sanftes Lächeln übergegangen. Im milden Licht der Flurlampe sah sie jünger und durchaus attraktiv aus. »Sie springen jetzt in die Küche«, sagte sie, »und machen ihr ein paar belegte Brote und einen Tee. Ich hole nur schnell die Karte.« Er nickte, und sie lief mit hurtigen Schritten außen die Steinplatten zur Gartentür hinunter, während er in die Küche ging, um den Wasserkessel aufzusetzen.

Der Frack seines Vaters stand ihm ausgezeichnet. Er wirkte in ihm einfach imponierend, ja, das traf es, imponierend. Er war nicht mehr das trottelige Hundchen, das auf jedes Pfeifen seiner Herrin reagierte, er war... nun, was auch immer, er war diesmal nur er selbst, Robert, abgenabelt, und sei es auch nur für ein paar Stunden. Sie erschrak fast, als er unter die Schlafzimmertür trat.

»Wie dein Vater«, keuchte sie.

Er straffte die Schultern. Die Nähte krachten leise, aber nicht bedrohlich, er mußte nicht einmal den Bauch einziehen. Fast demütig ließ sie sich von ihm aus dem Bett helfen, weigerte sich aber, als er ihr den Bademantel halten wollte.

»Das schaffe ich ohne dich«, sagte sie, nun wieder trotzig. »Wenn es der Herr für richtig hält, mich die ganze Nacht allein zu lassen, muß ich wohl schon mal üben, mich zurechtzufinden.«

»Es wird dich keiner wegtragen«, meinte er und führte sie, in seinen Arm eingehängt, die Treppe hinunter. Sie war wirklich nur ein Spatz. Unten bettete er sie in den Sessel, stellte das Telefon in Reichweite, schob den Servierwagen mit einem kleinen Imbiß und Tee neben sie, stellte den Fernsehapparat an, drückte ihr die Fernbedienung in die Hand und warf sich noch einen weißen Seidenschal über die Schulter.

»Heesters ist ein Dreck gegen dich«, sagte sie bitter.

Er grinste, tänzelte einen Schritt vor und wieder zurück und spitzte die Lippen. »Ich brech die Herzen der stolzesten Fraun...«, intonierte er.

»Nur eines«, murmelte sie, während sie ihr Gebiß in ein Brötchen grub. »Und das ist das Herz deiner Mutter.«

Zur Bushaltestelle war es nicht weit. Noch verhüllte der Mantel seine ganze Pracht, trotzdem begrüßte ihn das halbe Dutzend Frauen, das schon dort stand, mit Begeisterung.

»Robert, das ist eine Überraschung. Hat Ihnen Schwester Hildegard die Karte spendiert? Wie geht es Ihrer Mutter?«

»Absolut glänzend«, sagte er. »Könnte nicht besser sein.«

Sie waren allerbester Laune. In ihren Abendkleidern, die unter den Mänteln hervorsahen, wirkten sie im Licht der Straßenlaterne, die direkt neben dem Bushäuschen stand, wie Rheingolds Töchter, glitzernd und gewaltig, es waren gestandene Frauen, keine jünger als er, und die Damen, die die Gemeindeschwester als ungebunden deklariert hatte, waren wohl die Witwe des Tierarztes und die geschiedene Gattin des Ziegelfabrikanten.

Er küßte allen nacheinander in einer übertriebenen Geste die Hand. Sie seufzten, taten verschämt oder kreischten los, Schulmädchen hätten nicht kindischer sein können. Während sie durch die verschneiten Dörfer nach Mannheim fuhren, unterwegs noch ein paar Theaterabonnenten einsammelten, einigen Pikkolos den Garaus machten, fühlte er sich immer wohler. Sie rochen so gut, sie waren so warm und lebendig, kein einziger Hänfling unter ihnen, der auf seiner wunden Seele herumgepickt hätte.

Er trat mit ihnen in das Foyer des Nationaltheaters wie ein regierender Fürst mit seinen Damen. Sie fielen regelrecht auf, und an ihrer nicht mehr zu überbietenden Heiterkeit merkte er, daß das nicht allein sein Abend, sondern auch ihr Abend war. Diese allmonatliche Theaterfahrt nach Mannheim, an sich schon ein Glanzlicht, hatte allein durch seine Anwesenheit die Freude daran für sie erhöht, und nicht einmal das traurige Schicksal der Kameliendame konnte ihre Stimmung trüben.

Auf der Rückfahrt im Bus spürte er plötzlich die Hand der lustigen Witwe auf seinem Knie. Er legte die seine wie zufällig darüber, und als der Bus in einem düsteren Wäldchen von der Straße abkam und mit dem rechten Vorderrad in einen Graben rutschte, fiel Robert ganz auf seine Nachbarin und nahm einen tiefen Eindruck von weiblich bewegten Formen mit, bevor er sich, langsamer als nötig, wieder aufrichtete. Der Busfahrer war ausgestiegen und besah sich fluchend den Schaden. Robert gesellte sich zu ihm.

»Da komm ich ohne Hilfe nicht raus«, meinte der Fahrer. Er bemerkte die Scheinwerfer eines entgegenkommenden Wagens, und stellte sich, die Arme weit ausgebreitet, mitten auf die Straße, wechselte mit dem jungen Mann, der angehalten und die Scheibe heruntergedreht hatte, ein paar Worte und wandte sich dann Robert zu.

»Ich bin bald wieder da«, sagte er. »Es wird leider kalt werden im Bus, aber ich beeil mich. Und wenn Ihnen allen die Kälte zu sehr zusetzt, suchen Sie bei dem Verrückten Unterschlupf. So vielen auf einmal wird er nichts tun.«

Er wies in den düsteren Wald und stieg lachend in das Auto, das schnell mit ihm davonfuhr.

Plötzlich schien es beängstigend still auf der Straße. Aus dem Wald kam ein leises Knacken und der Ruf eines Käuzchens. Eine nach der anderen waren die Frauen ausgestiegen und scharten sich nun um Robert. Er schilderte ihnen kurz die Sachlage und erwähnte auch ›den Verrückten‹.

»Ich weiß nicht, von wem er da gesprochen hat«, sagte er.

»Aber ich«, die Witwe des Tierarztes zog die Kapuze ihres Abendmantels tiefer ins Gesicht und versuchte sich, beide Arme fest an den Körper gedrückt, warm zu halten. »Er meint den Chemiker, der ganz allein hier lebt. Es ist nicht weit, und wenn mich nicht alles täuscht, brennt bei ihm sogar noch Licht.«

Tatsächlich hatten ihre Augen sich allmählich an die Dunkelheit gewöhnt, sie erkannten einen verschneiten Trampelpfad, der in den Wald führte, und in der Ferne einen durch die Bäume zitternden hellen Schein. Mutig stöckelten sie auf ihren zierlichen Pumps durch das Unterholz und wurden durch das Bild, das sich ihnen bot, als sie durch das einzig beleuchtete Fenster in das Innere des geheimnisvollen Hauses spähten, reichlich belohnt. Vor einem Kaminfeuer saß, mit dem Rücken zu ihnen, in einem Sessel ein Mann, dessen weißer Haarschopf gerade noch über die Lehne ragte. Neben ihm auf dem Tisch standen Flaschen, die mit verheißungsvollen Getränken gefüllt zu sein schienen. Sie stießen sich mit den Ellbogen an und wisperten.

»Er soll ein ganz berühmter Erfinder gewesen sein, bis er durchgedreht ist. Er war ein Verdampfungsgenie«, sagte eine der Frauen.

»Ein was?« flüsterte Robert.

»Na ja, alles, was Extrakte anging. Pulversuppen, Pulverkaffees, Tees... aber dann fing er an, alles mögliche zu pulverisieren. Er schnappte über und behauptete, eine Formel gefunden zu haben, die die Objekte in ihre ursprüngliche Form zurückversetzt. Also«, sie prustete leise los, »man gießt eine extrahierte Spinne mit heißem Wasser auf, und hopp, krabbelt sie über den Tisch.«

Leise schaudernd hielten sie sich aneinander fest.

»Sollen wir wirklich da reingehen«, flüsterte eine der Ängstlicheren.

»Inzwischen ist er doch völlig harmlos«, erklärte die Sprecherin. »Er hat eine hohe Abfindung bekommen und wurde verpflichtet, nie mehr für jemand anderen zu arbeiten. Wollt ihr hier erfrieren?«

Das war leicht übertrieben, aber als das Käuzchen, nicht weit von ihnen, wieder klagend zu rufen begann, waren sie nicht mehr zu halten. Ein paar klopften gegen die Fensterscheibe, die Mutigeren an die Tür, und ohne lange zu warten, drückte Robert den Griff hinunter, fand die Tür offen und trat ein. Seine Begleitung folgte ihm auf den Fuß, und der alte Mann, der sich aus seinem Sessel erhoben und ihnen zugewandt hatte, sah sich einem Schwarm glitzernder Paradiesvögel gegenüber. So plötzlich aufgetaucht, mußten sie ihm wie eine Erscheinung vorkommen, und Robert befürchtete, daß sein altes Herz den Schrecken nicht verkraften würde. Aber genau das Gegenteil schien der Fall zu sein, er breitete freudig die Arme aus und neigte den Kopf.

»Willkommen!« rief er mit einer dünnen Greisenstimme. »Willkommen, mein Fürst, in dieser erbärmlichen Hütte.«

Robert sah sich um, begegnete dem Blick einer der

Frauen, die sich bedeutungsvoll einen Finger an die Stirn legte, erblickte keinen weiteren, dem die Ansprache gelten konnte, trat deshalb noch einen Schritt vor und nahm nun die Huldigung mit einer leichten Verbeugung entgegen.

»Sie sind gekommen«, sagte der alte Mann, »weil Sie denken, daß ich Gold herstellen kann, dem ist aber nicht so, mein lieber Freund. Seien Sie mir trotzdem willkommen, vielleicht kann ich Ihnen auf anderem Wege behilflich sein.«

»Aber sicher«, sagte Robert. »Wärme und ein belebender Schluck, damit wäre uns wirklich geholfen.«

»Ich dachte da eher an etwas anderes«, sagte der Alte prophetisch. »Aber nehmen Sie erst einmal Platz.« Er machte eine einladende Geste, und die Gruppe verteilte sich.

Dicke Teppiche bedeckten den Boden und saugten die Nässe von ihren Schuhen. Sie streiften ihre Mäntel ab, und zwei der Frauen halfen dem Alten, der einen verschossenen roten Schlafrock über seinem gestreiften Pyjama trug, Gläser herbeizuschaffen, die er mit Rotwein füllte. Nachdem alle versorgt waren, legte er ein paar Holzscheite nach, drehte seinen Kaminsessel so, daß er sie im Blick hatte, lehnte sich entspannt zurück und hob ihnen das Glas entgegen. Er war ein schöner alter Mann. Über die schmalen Wangen zogen sich zwei tiefe Linien zum Kinn hinunter, das energisch vorsprang. Die hellen Augen unter den buschigen Augenbrauen waren ungetrübt, und jetzt blitzten sie geradezu. Robert spürte, wie ein Teil der Damen von ihm abfiel und ins andere Lager überwechselte.

»Wir wußten schon lange, daß sie hier leben«, sagte eine

der Abtrünnigen. »Aber man bekommt sie ja nie zu Gesicht.«

»Ich habe viel zu tun, meine Schöne«, erwiderte er.

Der Widerschein des Feuers hinter ihm umgab ihn wie mit einer Gloriole, aber es war die Huldigung in seinem Blick, die sie betörte. Er sah eine nach der anderen mit einem beinahe verzehrenden Hunger an, und jede einzelne fühlte sich angesprochen und geschmeichelt. Es war, als würde sich ein Zauber über sie legen.

Die Gespräche verstummten, und unter dem behaglichen Knistern der Scheite im Kamin spürten sie Wärme in sich aufsteigen, ausgelöst durch das Feuer, den schweren Wein und das ungeheure Verlangen, das von diesem alten Mann ausging und sie alle einbezog.

»Ich muß mit Ihrem Herrn und Meister reden«, sagte der Alte schließlich, erhob sich und winkte Robert, mit ihm zu kommen.

Er öffnete die Tür zu einem Nebenraum und schaltete das Licht ein.

Sie befanden sich in einem riesigen Labor. Es mußte halb in den Berg hineingebaut worden sein, und Robert erinnerte sich, daß es in dieser Gegend unzählige Stollen gab, die noch aus der Zeit stammten, als man hier Kalkstein abgebaut hatte. Er ließ sich durch die für ihn nicht durchschaubare Anordnung von Gläsern, Kolben und Apparaturen führen, bis sie vor einem Aufbau standen, der alle anderen übertraf.

»Das«, flüsterte der Alte, »das ist sie.«

»Was ist sie?« flüsterte Robert ebenso dramatisch zurück.

»Die Maschine zur Herstellung von Nésmensch.«

»Aha.«

»Man setzt ihn bei Bedarf ein. Natürlich benötige ich einen Menschen, um einen Menschen herzustellen, verstehen Sie? Aber dann tragen Sie ihn bei sich, und erst, wenn Sie ihn brauchen, erwecken Sie ihn wieder zum Leben. Angenommen, Sie führen Krieg, könnte ich Ihnen ein ganzes Schock guter Männer in handlichem Format mitgeben, und wenn zu viele ausgefallen sind, gießen Sie sich schnell ein paar neue auf. Sie brauchen nur heißes Wasser.«

»O ja, natürlich«, sagte Robert. Er spürte, wie seine Nackenhaare sich zu sträuben begannen. »Eine wundervolle Idee.«

»Das ist sie«, sagte der alte Mann schlicht. »Ich habe da nur ein Problem… ich hatte fast alles zur Verfügung, Mäuse, Katzen, Hunde…«

Er griff in einen Schrank und holte ein Döschen heraus. »Das ist Bodo«, sagte er zärtlich.

»Bodo?«

»Mein Bernhardiner.«

Robert nahm die kleine Dose mit dem pulverisierten Hund und drehte sie nachdenklich in der Hand. »Und…« fragte er vorsichtig. »Haben Sie ihn denn schon ein paarmal löffelweise zu sich gerufen?«

»Noch nicht«, sagte er. »Noch nicht. Ich muß an die Zukunft denken. Ich werde alle so nach und nach zu mir holen, wenn die Palette meiner Möglichkeiten vollendet ist. Und das wird bald der Fall sein.«

In seine Augen trat wieder dieses irisierende Leuchten, mit dem er schon die Frauen fasziniert hatte.

»Geben Sie mir eine Ihrer Damen«, sagte er und krallte seine langen Fingernägel in den Stoff von Roberts Jacke. »Es bleiben Ihnen noch genug. Und für mich würde es die Krönung meiner Arbeit bedeuten.«

Robert schloß die Augen und zog tief Luft ein. »Bereitet der Vorgang Schmerzen?« fragte er.

»Aber nein, überhaupt nicht.« Er ließ ihn los und trat einen Schritt zurück. »Sie bekommt ein Getränk, das sie sanft einschlafen läßt. Das ist kein Problem. Bis ich sie allerdings verarbeitet… umgesetzt habe, brauche ich ein paar Tage.«

»Und es bleibt nichts übrig?«

»Es darf nichts übrigbleiben. Kein Fäserchen.«

Robert öffnete die Augen wieder. »Hören Sie, die da draußen, so reizend sie sind, sind der Prozedur nicht würdig.«

Er beugte sich vor und legte beide Hände zusammen, um seine Aussage zu bekräftigen. »Ich bringe Ihnen jemanden, der Ihrer würdig ist. Die regierende Fürstin persönlich… meine Mutter.«

Der Greis brach vor Dankbarkeit fast zusammen. »Wann?«

»In fünf Tagen. Sonntagabend. Und zu niemandem ein Wort. Es bleibt unser Geheimnis.«

Arm in Arm kehrten sie in den Wohnraum zurück, wo sie den einigermaßen fassungslosen Busfahrer antrafen, der, nach einem kurzen Blick auf den verrückten Erfinder, schleunigst mit ihnen allen den Rückzug antrat.

Die Gemeindeschwester kam erst Samstagnachmittag wieder und fand eine äußerst mürrische Patientin und dafür einen um so ausgeglichener wirkenden Robert vor.

»Bis nächsten Dienstag also«, sagte sie unten im Flur. »Was hat sie heute nur?«

Robert verschwieg, daß seine Mutter seit seiner nächtlichen beschwingten Heimkehr verdrossen vor sich hin gemuffelt hatte. Er lächelte sanft.

»Es wird keine Krankenbesuche mehr geben«, sagte er. »Ich habe mich entschlossen, sie bei ihrer Schwester im Sauerland unterzubringen.«

Er ergriff Schwester Hildegards feste weiße Hand und drückte sie. »Ich muß endlich einmal auch an mich denken.«

»Sie hat mir nichts davon erzählt.«

»Nein, sie will ja auch nicht. Sie tut einfach so, als stünde es nicht im Raum.« Er blickte tief in die blauen Augen der Schwester und sah, wie sie errötete. »Aber wenn Sie nächste Woche Lust haben, hier ein Glas Wein mit mir zu trinken, sind Sie herzlich willkommen.«

Das Rot vertiefte sich, und er ließ ihre Hand los und öffnete die Tür.

»Robert«, rief es von oben, eifersüchtig, drängend.

»Ich komme«, antwortete er. Einen Augenblick lauschte er noch auf die sich draußen entfernenden Schritte, dann stieg er langsam die Treppe hoch, um seiner Mutter die erfreuliche Nachricht zu überbringen, daß sie beide morgen einen wunderschönen Ausflug machen würden, dessen Abschluß der Besuch bei einem reizenden alten Herrn bildete, bei Tee und Geplauder... als Ausgleich, meine Liebe, für mein unverzeihlich spätes Heimkommen neulich, obwohl es ein unvorhersehbarer Umstand war, der uns aufgehalten hat, ein durchaus unvorhersehbarer… wenn auch glücklicher. Aber das letzte würde er ihr natürlich nicht sagen. Und während er die Treppe immer weiter hinaufstieg, begann er leise zu pfeifen.

19

Die Magierin

Es rundeten sich der August, der September, der Oktober. Am ersten November, Allerheiligen, war Paul allein zum Hauptfriedhof hinausspaziert, um in Ruhe über sein Vorhaben, ein Buch mit dem Titel *Mord in Mannheim,* nachzudenken, und dabei auch gleich ein paar Blumen auf Olgas Grab zu legen. Sie hatten das Haus und das Labor des verrückten Chemikers ohne viel Mühe ausfindig machen können, wo sich dieses Verbrechen, das ihm die erste Anregung gegeben hatte, wenn es nicht erfunden war, und daran glaubte keiner von ihnen, abgespielt haben mußte, und wenn auch nicht Mannheim der Tatort gewesen war, so war die Sache doch von dort ausgegangen, aber alles war zerfallen und schon von wildwachsenden Pflanzen in Beschlag genommen worden, und im Stollen selbst waren sie mit ihren Taschenlampen, die das von Salpeter überzogene Gestein feucht hatten glänzen lassen, nur auf zerstörte Geräte und zersplittertes Glas gestoßen, hatten einen Wandschrank mit herausgerissenen Türen gefunden und davor auch Dosen mit längst vergilbten Etiketten, die aber keiner mehr entziffern konnte. So war Olgas Geheimnis ihr Geheimnis geblieben, und er konnte nicht einmal eine Geschichte für sein Buch daraus machen, denn Edes Erzählung, so wie sie war, zu übernehmen, wäre ihm doch zu schamlos erschienen, und dann hätte er auch sein Buch *Morde in und um Mannheim* betiteln müssen, obwohl das weitere Einzugsgebiet ihm natürlich mehr Anregungen geboten hätte.

Er hatte bis jetzt drei Fälle, die er recherchiert und dokumentiert hatte. Einmal war ein Pfandleiher erstochen worden, aber, wie sich später herausstellte, nicht von einem Kunden, sondern vom Pächter der an seinen Laden angrenzenden Imbißbude, der eigentlich nur den danebenliegenden Raum dazubekommen wollte. Der zweite Fall war dieses Nacht für Nacht weinende Kind in K4 gewesen, eines dieser an den Jungbusch grenzenden Quadrate, dessen Polizeiwache wegen ihres zu laxen und dann wieder zu schlagkräftigen Einsatzes für kurze Zeit in die Schlagzeilen gekommen war. Nacht für Nacht war das dünne Plärren des Kindes in einen feuchten und trostlosen Innenhof gesickert, bis endlich eine Studentin, die dort ein Zimmer hatte, und die mit Paul befreundet war, den Mut gehabt hatte, das Jugendamt zu verständigen, wo man ihr sagte, daß sie persönlich in dem Haus mit von Tür zu Tür gehen müsse, eine anonyme Anzeige reiche nicht aus.

»Damit ich dann dran bin«, hatte die junge Frau gerufen, war aber trotzdem mitgegangen. Niemand wußte etwas, niemand hatte etwas gehört, aber nur ein paar Tage später fand man eine Kinderleiche im Gestrüpp am Neckarufer, an einer fast unzugänglichen Stelle, wo ein stöbernder Hund sie gefunden hatte. Das Kind weinte nachts nicht mehr, die Polizei ging dem Hinweis noch einmal nach, durchsuchte die Wohnungen und fand in einem Wandschrank einen zerbissenen Teddybären, Brotreste und Kot. Die Bewohner selbst waren und blieben verschollen, die Studentin zog aus, mehr genervt durch die nun beinahe tonlose Stille in der Nacht als durch die Affäre an sich.

Der dritte Fall... Paul schüttelte ihn für den Moment von sich ab und trat durch einen Seiteneingang in den Friedhof, tauchte ein in das goldene Licht dieses Herbstnachmittages, der, obwohl es nun doch bereits November war, das milde Leuchten des Oktobers in sich trug. Viele Menschen gingen umher, machten sich an den Gräbern zu schaffen, zupften zurecht und glätteten, was noch nicht vollkommen war, und zündeten die kleinen roten Kerzen an, die später, wenn es Nacht war, den Gräbern etwas von ihrer Dunkelheit und Kälte nehmen sollten. Paul erinnerte sich, wie er einmal mit einem Freund nach einer langen Fahrt in ein Städtchen in Italien eingefahren war. Sie waren am Friedhof vorbeigekommen, wo in all den Tempelchen und Grabhäuschen elektrisches Licht brannte, was den Freund zu dem begeisterten Ausruf veranlaßt hatte: »Schau mal, die sind alle daheim.«

Natürlich waren sie daheim, wo sonst hätten sie auch sein sollen. Er betrachtete die Sammelstellen für Abfälle, die von verwelkten Blumen geradezu überquollen, als hätten die Gärtner genug damit zu tun gehabt, die Wege zu rechen und vom Laub zu befreien, auf die aber doch immer wieder Blätter herabschaukelten, um sich, wenn ein Windstoß kam, seufzend und raschelnd in bestimmten Ecken zusammenzufinden, wo sie ihre anmutig kreisenden Totentänze aufführten, bevor sie sich endgültig zur Ruhe legten.

Paul fand Olgas Grab, legte einen Strauß aus lila Astern quer über den flachen Stein, auf dem ihr Name stand. Danach hielt er sich noch lange auf dem Friedhof auf, las alte Grabinschriften, bewunderte die trauernden Engel und schlafenden Kinder, die, in Stein gehauen, auf dem inzwischen aufgelassenen Teil des Geländes immer mehr unter Moosschichten verschwanden, und freute sich über die Eichhörnchen, die denen, die daran gedacht hatten, eine Tüte voll Erdnüsse mitzunehmen, teilweise sogar aus der Hand fraßen.

Das Licht begann sich aufzulösen, als er sich endlich auf den Rückweg machte. Er wanderte durch eine in einem nun weit stumpferen Gold, als es noch vor zwei Stunden gewesen war, vor sich hin dämmernde Allee, als er vor sich eine seltsam auffallende Gestalt bemerkte, eine sehr alte Frau, die allein und ganz in sich versunken, ohne Mantel und Tasche, trippelnd Schritt für Schritt setzte. Sie hatte einen wie zu einem Ring geformten Trauerschleier im Haar, und ihre Füße steckten in altmodischen Stiefeletten, die hinten über der Ferse mit einer Ripsschleife verziert waren.

Ein paar Meter vor dieser Alten aber liefen eine etwas dickliche Frau, ein Mann und ein ungefähr zwölfjähriges Mädchen, und ohne sie auch nur einmal direkt anzusehen oder anzusprechen, drehte der Mann sich immer wieder nach der seltsamen Erscheinung um, blieb etwas zurück, tat, als betrachte er die Grabsteine, wies mit aufgeregten Gesten das Mädchen auf die Eichhörnchen hin, schien dabei aber immer wieder wie mit einem unsichtbaren Band mit der alten Frau verbunden zu sein, während seine Begleitung eher ruhig blieb, die Dickliche fast stoisch, das Kind nachsichtig und gelangweilt.

Und Paul, der sich fasziniert hinter ihnen gehalten hatte, konnte beobachten, wie die Gruppe sich urplötzlich am Eingang des Friedhofs auflöste. Die dickliche Frau in mittlerem Alter ging ohne ein Wort des Abschieds die Straße in Richtung Stadt hinunter, vorbei an Gärtnereien und Steinmetzbetrieben, die Alte war von jetzt auf nachher nicht mehr vorhanden, während das Mädchen dem Mann nachlief, der mit eiligen Schritten das Friedhofscafé anstrebte, das nur ein paar Meter entfernt lag, ein Etablissement, das Paul bei sich nur das Witwencafé nannte, denn wann auch immer er zum Aufwärmen und um einen Tee zu trinken dort hineinging, fand er diese schwarzen Vögel vor, die mit kummervoller Miene die Pension ihrer Männer verzehrten.

Er folgte den beiden, ließ sich nicht weit von ihnen an einem Tisch nieder und registrierte, während er Kaffee trank und ein Stück Mokkatorte dazu aß, daß der Mann sich langsam, aber unerbittlich mit Bier zuschüttete, wobei das Mädchen neben ihm zierlich und verdrossen an einem Eis löffelte.

Paul bestellte sich nun auch ein großes Bier, trank genüßlich den Schaum ab und näherte sich dann, das Glas zwischen den beiden Händen, dem Tisch des Fremden, fragte, ob er ihm einen Augenblick Gesellschaft leisten dürfe, wartete die Antwort aber gar nicht erst ab, sondern setzte sich ohne weitere Umstände auf einen freien Stuhl. Er beugte sich vor, übersah das Mädchen, das ihn vorwurfsvoll anstarrte, und erkundigte sich mit teilnehmend gedämpfter Stimme: »Haben Sie Kummer?«

Ein erstaunter Blick aus rot umränderten Augen traf ihn, schweifte wieder ab und blieb an der Wand haften. »Kummer? Nein«, sagte der Mann. »Ich müßte sogar froh sein … irgendwie … aber es ist zu unglaublich.«

»Was?«

»Sie halten mich für abnormal, wenn ich es Ihnen sage.«

»Was sage?«

»Nun, die ganze Sache. Sie war da, sie war wirklich da. Ich konnte sie sehen und Miriam auch. Du hast sie doch auch gesehen?« wandte er sich an das Mädchen, das mürrisch nickte.

»Miriam ist es natürlich nicht so nahegegangen wie mir«, fuhr er fort. »Miriam kennt sie ja auch nur von alten Fotografien.«

»Eine Verwandte?«

Der Mann nahm einen großen Schluck. »Viel mehr als das. Sie war der Mittelpunkt der Familie, die Stammutter, der Quell, aus dem alles entsprungen ist.«

»War?« fragte Paul vorsichtig.

Zwei Tränen rollten über die Wangen des Mannes. »War«, sagte er.

»Sie lebt nicht mehr.«

»Nein, schon lange nicht mehr.«

»Ach«, sagte Paul.

»Papa«, das Mädchen zerrte seinen Vater am Arm. »Laß uns jetzt heimgehen, Papa, ich bin müde.«

Er schüttelte sie ab, nicht unfreundlich, aber entschieden.

»Kann ich die nächste Runde übernehmen?« fragte Paul. »Dazu vielleicht ein, zwei Schnäpse zum Aufwärmen?«

»Ja.«

»Nein, Papa«, rief das Mädchen.

»Aber ja doch. Du willst doch nicht, daß dieser nette junge Mann dich für ein schlecht erzogenes Mädchen hält.« Er kramte ein Geldstück aus seiner Hosentasche und hielt es ihr hin. »Verschwinde mal für eine Weile. Schau, ob du einen Automaten zum Spielen findest.«

»Hier doch nicht.«

»Dann such dir an der Theke was aus und laß uns in Ruhe. Da drüben liegen Illustrierte, die holst du dir und verziehst dich damit dort auf die Bank. Das wird jetzt ein Gespräch unter Männern.« Er gab ihr einen kleinen Schubs, und sie nahm das Geld und zog beleidigt ab.

Paul hatte inzwischen die Bestellung aufgegeben, wartete, bis die Bedienung das Gewünschte gebracht hatte, und prostete dann dem Mann zu.

»Damit Sie mich richtig verstehen«, erklärte er. »Sie sind mir auf dem Friedhof aufgefallen, und ich wußte, dahinter steckt eine Geschichte. Ich schreibe, wissen Sie.«

»Aber doch nicht für eine Zeitung?«

»Nein, nur für mich. Im Moment jedenfalls. Ich bin einfach nur neugierig.«

Und da legte der Mann los. Auf dem Weihnachtsmarkt am Wasserturm letztes Jahr war ihm ein buntes Zelt aufgefallen, in dem eine Wahrsagerin ihre Dienste anbot, und er hatte nicht widerstehen können und war eingetreten. Er wollte nichts von seiner Zukunft hören, er wollte nur wissen, ob sie ihm in ihrer Kristallkugel eine längst Verstorbene zeigen könne.

»Konnte sie?«

»Nein. Sie sagte, in der Kugel liegt nur das, was kommt. Aber, so meinte sie, es gäbe eine andere Möglichkeit.«

»Ja?«

»In der Nacht von Allerheiligen auf Allerseelen kehren die Toten noch einmal zurück. Sie hat mir damals angeboten, meine liebe alte Dame leibhaftig auf dem Friedhof wandeln zu lassen… unter gewissen Bedingungen.«

»Und die waren?«

»Es muß schon dämmrig sein. Ich darf sie auf keinen Fall ansprechen. Ich darf sie nicht genau anschauen, ihr nicht zu nahe kommen.«

Paul war im Bilde. »Kostenpunkt?« fragte er.

»Na ja«, der Mann wand sich verlegen. »Tausend Mark. Viel Geld für mich. Aber sie war da.«

Er erhob sich plötzlich mit leuchtenden Augen und schwenkte sein Glas, bevor er dessen Inhalt auf einmal hinunterstürzte. »Sie war da. Und ich hatte Miriam mitgenommen, damit sie ihre Urgroßmutter auch... ich bin völlig erledigt«, schloß er, setzte sich wieder und schlaffte genauso schnell ab, wie er in Fahrt gekommen war.

Paul lehnte sich zurück, verschränkte die Hände über dem Bauch und dachte nach. Tausend Mark. Ein Foto, eine genaue Beschreibung, die Dämmerung, die Aufregung, der ausdrückliche Befehl, nicht genau hinzusehen, und das mit der Stimme hatte sich sowieso erledigt. Perücken, Kleider, Schminke und eine ungefähre Person, die von dem Geld was abkriegte. Er sah sich vorsichtig um, legte dann dem Mann vertraulich seine Hand auf den Arm und flüsterte: »Das ist absolut fantastisch. Und sie war mit dabei?«

»Wer?«

»Die Magierin. Die Wahrsagerin aus dem Zelt.«

»Ja... sie war neben mir.«

»Und Sie haben bezahlt?«

»Ja.«

»Könnte Sie das eventuell auch an anderen Tagen?«

Sein Gegenüber wirkte auf einmal sehr müde. »Woher soll ich das wissen.«

»Haben Sie schon auf dem Weihnachtsmarkt alles mit ihr geregelt?«

»Ich war in ihrer Wohnung.«

»Und wo ist die?«

»In Neuostheim. Lerchenstraße 7. Im dritten Stock. Die Straßenbahn hält fast vor dem Haus.« Nun schlief er beinahe, fast krank vor Angst und Erschöpfung.

»Ich danke Ihnen«, sagte Paul, griff nach seinem Mantel, zahlte an der Theke, streifte das Mädchen auf der Bank mit einem gleichgültigen Blick und verließ das Café.

Er fand seine Freunde im Hinterhof, wo sie im Schein einer Lampe Cedrics Fahrrad zu reparieren versuchten, baute sich dramatisch vor ihnen auf und verkündete, daß er sein Buch wegwerfen könne, weil er an diesem Nachmittag auf dem Friedhof auf die heißeste Story seines Lebens gestoßen sei.

»Wie schön für dich«, meinte Charlotte ohne großes Interesse, einen Schraubenschlüssel in ihren ölverschmierten Fingern, mit dem sie sich jetzt an der Nase zu kratzen versuchte. »Der Mord aller Morde? Der Supergau sozusagen?«

»Nein«, er hüpfte von einem Bein aufs andere und rang fast die Hände. »Kein Mord. Etwas ganz anderes. Ein

Witz. Eine Satire, die wir aber erst in Szene setzen müssen.«

Er ging in die Hocke und schilderte sein Erlebnis, und da er nun schon einmal dabei war und auch nicht mehr ganz nüchtern war, wurde er lyrisch, verfing sich im Duft und Glanz der Chrysanthemen, die er auf den Gräbern gesehen hatte, ging auf die einsamen roten Lichtlein und die unter ihrem Efeugeschlinge in sich verfallenden Grabkapellen ein und führte sie schließlich geschickt zu der Magierin und der kleinen gespenstischen Alten, deren Aussehen er noch übertrieb, er machte sie beinahe durchsichtig in seiner Darstellung, zerbrechlich und mürbe, so daß der Tanz des Mannes um sie herum bei seinen Zuhörern den Gedanken weckte, daß diese alte Frau, hätte er sie auch nur mit einem Atemhauch berührt, auf der Stelle zu Staub verfallen wäre.

»Und trotzdem war das alles Betrug«, schloß Paul.

»Kein echter Geist?«

»Leider... leider nicht. Oder eher zum Glück nicht, denn jetzt sind wir dran.«

»Wie meinst du das?«

»Ich werde mir bei dieser Magierin auch einen Toten bestellen.«

Er erhob sich wieder, blickte bedeutungsvoll in die Runde und ließ seinen Zeigefinger schließlich gegen Brunos Verschlag schnellen.

»Nämlich ihn«, sagte er.

»Er lebt aber noch«, erklärte Charlotte, »und warum ausgerechnet er?«

»Weil er das Alter hat. Nicht ganz so alt natürlich, aber

weit älter als jeder von uns. Obwohl auch einer von uns jung hätte sterben können.« Er sah Charlotte an.

»Nein, nicht mit mir«, sagte sie.

»Dann eben Bruno. Er ist auch gut nachzumachen. Wißt ihr, die Sache läuft doch so, sie richtet jemanden her, nach einer Beschreibung oder einer Fotografie oder was weiß ich. Und ich dachte...« Er fing an zu lachen und kriegte sich überhaupt nicht mehr ein.

»Was dachtest du«, drängte Cedric.

»Ich dachte, wenn alles so mittendrin am Laufen ist, wenn sie mir Bruno entgegentreibt und ich ihn andächtig umkreise, tritt der richtige, der lebendige und echte Bruno hinter einem Strauch hervor und stellt sich seinem Doppelgänger.«

»Gute Idee«, sagte Charlotte, »aber vielleicht will Bruno nicht.«

Trotzdem hatten sie Feuer gefangen. Und Cedric, der zu einer Künstlergruppe gehörte, die im ehemaligen Straßenbahndepot in Ludwigshafen Happenings, Events und die eine oder andere Performance durchführte, sagte, er wolle das Ganze heimlich filmen.

»Das wird eine Frage der Atmosphäre«, sagte er, »erinnert ihr euch an den tschechischen Film *Der Garten*?«

Ja, sie erinnerten sich. Sie mochten diesen Film sehr.

»Da ist zuerst alles ganz real«, sagte Cedric, »der Bursche in dem Film hat ja diesen wunderschönen Sommer mit dem Mädchen in seinem verwunschenen Garten, und als alles vorbei ist, und er muß weg, den Garten verlassen und sie verlassen, blickt er noch einmal über die Schulter, und da schwebt sie über dem alten Holztisch unter den

Bäumen, und dieser Einbruch ins Irreale sagt so viel. Was sagt er, Charlotte?«

»Vielleicht, daß er den ganzen Sommer nur geträumt hat?«

»So in etwa.«

»Ja«, meinte Paul. »Es muß etwas Rätselhaftes, Vages in der Luft bleiben. Bei uns soll der Anfang gespenstisch werden und der Schluß real. Die Magierin wird reagieren, und der Doppelgänger wird reagieren. Sie werden beide zetern, und wir verlangen das Geld zurück.«

»Das Geld?«

Er wand sich verlegen. »Hab ich es nicht erwähnt? Sie macht es natürlich nicht umsonst. Sie verlangt einen Tausender?«

Tausend Mark. Betroffen sahen sie einander an. Woher sollten sie das nehmen?

»Onkel Arthur wird es mir leihen«, sagte Paul. »Ich erzähl ihm, daß ich es vorübergehend für mein Buch brauche. Irgendwie stimmt das ja auch. Er ist mir sowieso immer noch ganz dankbar, weil ihm die Hessefahrt so gut gefallen hat.«

»Die Hessefahrt?« Sie lachten.

»Für ihn war es Hesse.«

»Und für dich?«

»Für mich war es schön.«

20

Die Toten sind tot

Sie hatten Bruno mit dem Versprechen gewonnen, ihn bis zum Abwinken eine Zeitlang mit Bier zu versorgen. Onkel Arthur war großzügig gewesen und hatte weitere Zuwendungen versprochen, falls das Buch, an dem Paul arbeitete, ihm zugeeignet werden würde, ein Versprechen, das Paul gerne gab, es war noch so weit bis dahin. Dann hatten sie Bruno in den Hinterhof geschleppt und ihn in seinem schwarzen Anzug und mit dem Hut, den er auch bei Olgas Beerdigung getragen hatte, fotografiert, und das beste Bild vergrößern lassen, so daß sein sanftes rundes Gesicht gut herauskam, ein verwechselbares Gesicht, ohne besondere Kennzeichen, leichtes Spiel für die Magierin, dachten sie.

An einem Freitagnachmittag fuhr Paul mit der Straßenbahn nach Neuostheim, stieg an der Haltestelle Lerchenstraße aus und stand tatsächlich kurze Zeit später vor dem Haus Nummer sieben, das sich als alleinstehendes Gebäude aus den fünfziger Jahren erwies. Es war schmucklos und sachlich gebaut, und obwohl der Hinweis auf einen dritten Stock ihn hätte vorbereiten müssen, war er doch enttäuscht, hatte zumindest mit ein paar düsteren ausgefransten Tannen in einem Vorgarten gerechnet, aber außer einer leeren Teppichstange, unter der Kinder ein Hüpfspiel mit Kreide auf das Pflaster gemalt hatten, war nichts zu sehen. Er fand die Haustür unten offen, weil irgend jemand, der gerade im Keller zu sein schien, am Putzen war, so säuberte er seine Schuhsohlen an einem dafür bereitgelegten feuchten Lappen und begab sich nach oben. Er fand zwei Türen mit den jeweiligen Namensschildern, einen Werner Soundso und eine Elvira Bachmann, und mit dem inständigen Wunsch, sie möge da sein, drückte er auf die Klingel.

Es wurde ihm fast sofort geöffnet, und er erkannte die Frau vom Friedhof, die ihn ohne Fragen einließ, in eine winzige Küche führte, wo sie ihm einen Platz auf einer Eckbank anwies, um sich dann gleich dem Herd zuzuwenden und in einem Topf zu rühren, aus dem es würzig nach Knoblauch und Kräutern roch. Paul setzte sich und betrachtete ihren Rücken, auf dem sich Schürzenbänder kreuzten, das dunkle, zu einem Knoten zusammengenommene Haar und die stämmigen Hüften.

»Wird das ein Zaubertrank?« fragte er, in dem Versuch witzig zu sein.

Sie drehte sich zu ihm um und hielt den noch tropfenden Löffel in seine Richtung, als wollte sie ihn damit festnageln. »Um was geht's?« fragte sie. »Karten, Kaffeesatz, die Kugel? Eine Liebesgeschichte, eine Prüfung? Achtzig Mark.«

»Mit Garantie?«

»Ohne.«

Sie schien ihm kleiner, als er sie in Erinnerung hatte, und gar nicht so auffallend. Aber das lag wohl auch an der Umgebung, an der ausgewaschenen Schürze, an deren Bändern sie nun zu nesteln begann.

»Ich möchte nichts von all dem«, sagte Paul. »Man hat mir erzählt, daß sie imstande sind...«, nun fing er zu seinem Ärger an zu stottern. »Imstande«, fuhr er fort, »eine Begegnung herbeizuführen, die, sagen wir es mal so, keineswegs alltäglich ist.«

Sie fixierte ihn aus schmalen harten Augen. »Waren Sie nicht an Allerheiligen auf dem Friedhof? Ganz in unserer Nähe?«

Er hob die Schultern. »Es ergab sich so, ja.«

»Und er hat Ihnen was erzählt?«

»Ja.«

Sie wandte sich wieder dem Herd zu, drehte die Gasflamme zurück und murrte dabei vor sich hin.

»Er war ziemlich hinüber«, berichtete Paul. »In jeder Hinsicht. Und jetzt habe ich eine ganz große Bitte. Könnten Sie das auch für mich tun?«

»An wen dachten Sie?« fragte sie über die Schulter.

»An einen Onkel, den ich sehr geliebt habe.«

Er holte das Foto und legte es auf den Tisch zwischen die Überreste geschälter Auberginen und Zucchinis. »Er war damals sechzig Jahre alt. Als er starb, meine ich. Mittelgroß, ein bißchen auseinandergegangen. Ich gäbe alles darum, ihn noch einmal, ein einziges Mal zu sehen.«

»Warum?«

Paul dachte nach, gab aber schließlich auf. »Ohne jeden Grund eigentlich. Ich mochte ihn. Es würde mir guttun.«

Sie setzte sich ihm gegenüber, griff nach dem Bild und betrachtete es lange. Wie nebenbei schob er das Kuvert mit den tausend Mark in ihre Richtung, und sie nahm es und legte es zur Seite.

»Sie haben wohl nicht vor, Allerheiligen abzuwarten«, sagte sie, während ein kleiner Muskel an ihrem Mund zuckte, als müßte sie sich das Lachen oder das Weinen verbeißen.

»Oh... nicht so lange, bitte«, sagte er.

»Es gibt noch einen Zeitraum, in dem die Toten für uns erreichbar sind. Wollen Sie das?«

»Ja«, sagte er schnell.

»Wirklich?«

»Ja.«

Wieder traf ihn dieser harte Blick, der nichts verriet. »Am Sonntag«, sagte sie.

»Übermorgen?«

»So ist es.«

»Am Seiteneingang? Bei Anbruch der Dämmerung? Wie es bei ihm war?«

»Genau so.«

»Ich werde mich an alles halten«, versprach er aufgeregt. »Nicht mit ihm sprechen, ihn nicht berühren, nicht in seine Augen sehen.«

Darauf gab sie keine Antwort. Mit ihren vom Gemüseputzen noch schmutzigen Händen fuhr sie über den Tisch, scharrte die vom Schälen übriggebliebenen Reste, das Foto und das Geld zusammen und erhob sich. Auch Paul stand auf. »Bis dann also«, sagte er.

Sie brachte ihn nicht zur Tür, schien ganz in sich versunken, als er noch einmal einen Blick zurückwarf, und er nahm an, daß sie in Gedanken bereits das ihr zur Verfügung stehende Personal durchging.

Er zog leise die Tür zu und hüpfte zufrieden die Treppe

hinunter, wo inzwischen fertig geputzt war und eine noch immer unsichtbare Person die Lappen zum Schmutzabstreifen in zwei weiteren Stockwerken ausgelegt hatte.

Sie entwarfen einen regelrechten Schlachtplan. Cedric hatte sich von einem seiner Kumpane aus dem Straßenbahndepot eine hochempfindliche Kamera ausgeliehen, Ewald stellte ihnen sein Auto zur Verfügung und Bruno selbst würde mit dem inzwischen reparierten Fahrrad zum Friedhof kommen.

Sie verbrachten den Sonntagnachmittag in Brunos Zimmer, um ihn, was das Trinken anging, ein bißchen unter Kontrolle zu halten. Er lag, noch in seiner Trainingshose und dem durchlöcherten Pullover, auf dem Bett und strahlte sie kindlich und zufrieden an, sie hatten ihm ein gutes Mittagessen gebracht, Hähnchenbrust in süß-saurem Gemüse mit Reis, und während sie, Cedric neben dem Bett in einen Sessel hingestreckt, Paul, daran gelehnt, auf dem Boden sitzend, und Charlotte mit angezogenen Beinen in der Fensternische kauernd, sich unterhielten, spielten draußen in dem Durchgang die Kinder mit Beppo, hatten ihn in einen ausrangierten Kinderwagen vom Sperrmüll gesetzt und fuhren ihn singend hin und her.

Allmählich dämpften sie ihre Stimmen, einmal, weil Bruno eingeschlafen war, und weil sie sich nun ganz der Muße dieses Nachmittages hingeben konnten, dessen Ende ihnen mehr Aufregung versprach, als sie die letzten Wochen gehabt hatten.

»Sonnenuntergang ist sechzehn Uhr siebenundzwanzig«, sagte Cedric.

»Also schicken wir ihn mit dem Fahrrad so etwa eine halbe Stunde vorher los. Er soll über die Kurpfalzbrücke fahren und wir machen den kleinen Umweg über die Friedrich-Ebert-Brücke, dann sind wir gleich auf der richtigen Seite. Ich lasse euch oben an der Straße, wo die Gärtnereien und Grabmalgeschäfte anfangen, raus, und ihr schlendert einfach so umher.«

»Wir sind ein Liebespaar«, sagte Charlotte. »Wenn Cedric mich in den Arm nimmt, kann er die Kamera auf meiner Schulter abstützen und heimlich filmen.«

»Bleibt nur ja weit genug weg.«

»Mit diesem Objektiv, das ich mitbekommen habe, kein Problem. Ich kann euch ganz nah heranholen.«

»Gut.«

Es hatte leicht zu regnen begonnen. Die Kinder hatten sich ins Hinterhaus zurückgezogen, von fern hörte man die Tropfen auf ein Blechdach trommeln, aber so leise, als klopfe jemand mit den Fingerspitzen auf einen Holztisch. Charlotte fragte die beiden anderen, weil Bruno so selig schlief, was sie machten, wenn sie sich nachts herumwälzten und nicht einschlafen konnten.

»Da hab ich keine Probleme«, meinte Cedric, aber Paul erzählte, daß er sich dann einen Besuch ausdenke.

»Ich stelle mir irgendeinen Freund oder eine Freundin vor und überlege mir, was ich anziehen soll und was ich mitbringen könnte. Ich spaziere in Gedanken in meinem Zimmer herum, wühle in meinem Kleiderschrank und schau auf meinem Regal nach einem kleinen Geschenk. Danach geh ich ins Bad, mach mich fertig und auf den Weg. Und wenn ich dann, nur in meiner Einbildung natürlich, vor der Tür stehe und den Arm hebe, um zu klingeln, bin ich meistens schon hinüber.«

»Ich«, sagte Charlotte, als dunkle Silhouette vom Fenster her, »hab da eine absolut sichere Methode. Ich muß vor Jahren irgendein Abenteuerbuch gelesen haben, von dem ich bis auf eine Sache alles vergessen habe. Stellt euch vor, oder besser, jeder von euch stellt sich vor, er ist ein Schiffsjunge auf einem großen Segelschiff, so etwa in der Zeit, in der Stevensons *Schatzinsel* spielt, ja? Also, das Schiff hat keinen Wind und befindet sich seit Tagen in einer Flaute, und es ist Nacht, und der Schiffsjunge denkt an zu Hause und ist noch wach und liegt in seiner Koje ganz hinten in dem Raum, in dem noch ein oder zwei oder drei Dutzend anderer Männer ihren Schlafplatz haben. Ist bis dahin alles klar?«

»Ja«, sagten Cedric und Paul.

»Also, er hört das leichte Klatschen des Wassers an den Schiffsrumpf und vom Oberdeck her die kaum hörbaren Schritte des Wachhabenden. Die anderen um ihn herum schlafen alle, sie stöhnen in einem Traum, sie grunzen, sie schnarchen... und da bekommt er mit, daß oben über seinem Kopf auf dem Deck zwei Leute halblaut miteinander streiten, der Mann, der Wache hat, und ein zweiter. Seit Wochen ist da schon was im Gang, das Stilliegen, die Langeweile, die Verdrossenheit, all das hat nun irgend etwas eskalieren lassen.«

»Eskalieren«, gähnte Paul. »Das kommt davon, wenn man Germanistik studiert.«

»Hat.«

»Was hat?«

»Germanistik studiert hat«, sagte Charlotte. »Ich bin fertig, falls du dich gnädigerweise daran erinnerst. Soll ich weitererzählen?«

»Ja.«

»Gut. Der Junge spitzt die Ohren, bekommt die kurzen heftigen Geräusche eines Kampfes mit, einen unterdrückten Schrei, das Aufklatschen eines schweren Körpers im Wasser. Dann ist es wieder still, stiller als es vorher jemals war. Mit angstgeweiteten Augen starrt der Junge zu der schmalen Treppe, die in den Schlafraum herunterführt... und da kommt er. Er hält das noch blutige Messer in der hocherhobenen Rechten und in der Linken eine Blendlaterne, die bis auf einen winzigen Lichtstrahl geschlossen ist, und so geht er, unsagbar leise und behutsam, von Schläfer zu Schläfer, leuchtet ihm vorsichtig ins Gesicht und wird, wenn auch nur eine Wimper zuckt, sofort zustechen, um den Mitwisser zu beseitigen.«

»Charlotte«, sagten beide wie aus einem Mund.

»Jetzt kommt ja erst das Rezept«, sagte Charlotte. »Du Cedric, du Paul, bist jetzt dieser Junge, der alles mitbekommen hat, und der weiß, daß er verloren ist, wenn er nicht schläft, sobald der Mörder bei ihm ist. Auf die Seite drehen ist nicht mehr möglich, also bleibt nur eines... ganz langsam, ganz ruhig und gleichmäßig atmen, die Brust wie von selbst sich heben und senken lassen, die Lider schwer und immer schwerer über den Augen fühlen und an nichts denken als an das beruhigende Schmatzen der trägen Wellen an das Holz... und... und.«

Sie blinzelte zu Cedric hinüber, der mit weit gespreizten Beinen im Sessel lag, sein Kopf war nach hinten gesunken, der Mund stand offen und er schnarchte. Paul war noch wach, hatte aber, soweit sie es erkennen konnte, etwas Gläsernes im Blick, als würde er gleich wegsinken, und so war es dann auch, er rutschte zur Seite und fand Halt an Brunos Matratze.

Charlotte bettete das Kinn auf ihre angezogenen Knie und glitt ebenfalls in einen Schlaf, der aber eher einem Dämmerzustand glich, Schatten zogen an dem Fenster vorbei, und Stimmen erhoben sich über Stimmen, wurden wieder schwächer und verstummten.

Aber eine Stimme war zurückgekehrt und rief ihren Namen.

»Niemand da«, flüsterte Charlotte. »Niemand da.« Es war Frau Winterkorn, die draußen stand, sie hob warnend einen Finger, und dann war es Figen, die verzweifelt die Hände rang, und dann Wang, er öffnete und schloß den Mund, ohne daß ein Ton herauskam. Willi und Anita tanzten Arm in Arm vorüber und verbeugten sich spöttisch, als wäre sie eine Portiersfrau, die man grüßen müsse, und als letzter kam Holl in seinem Rollstuhl, hielt ihr mit einer dringlichen Geste ein Papier entgegen und klopfte mit seinem Stock an die Scheibe. Klopfte, klopfte. Erschrocken fuhr Charlotte hoch, bemerkte aber nur eine Taube, die draußen herumtrippelte und nach Futter suchte und dabei auch gegen die Scheibe pickte, als wolle sie ihrem Wunsch Nachdruck verleihen.

»Danke fürs Wecken«, sagte Charlotte, blickte auf ihre Armbanduhr und sprang vom Fensterbrett. Zeit, Bruno fertig zu machen, Zeit, die Sache durchzuziehen, aber irgendwie hatte sie auf einmal keine Lust mehr, obwohl der

Regen aufgehört hatte und die Luft auf dem Friedhof bestimmt frisch und herbstlich war und sie hinterher alle schrecklich lachen würden und bei Leo feiern und Bruno freihalten, der immer noch nicht ganz kapiert zu haben schien, worum es überhaupt ging. Das einzige, worauf er bestanden hatte, war, daß er das Fahrrad nehmen durfte, das zu benützen sie ihm seit einiger Zeit verwehrt hatten, weil er es in der Nacht, wenn er unterwegs gewesen war, an allen nur möglichen oder auch unmöglichen Stellen einfach hatte stehen lassen, und sie es am nächsten Tag stundenlang gesucht hatten.

Sie lief zur Tür, machte das Licht an, das dem Zimmer aber kaum mehr Helligkeit gab, als es vorher schon gehabt hatte, und klatschte heftig in die Hände.

»Auf geht's«, rief sie.

Mehr oder weniger schnell kamen die anderen zu sich, rappelten sich hoch, halfen Bruno aus dem Pullover und dem Trainingsanzug und zwängten seinen rundlichen Körper in die schwarze Hose und Jacke, die Charlotte schon bereitgelegt und ausgebürstet hatte. Cedric setzte ihm den Hut auf und betrachtete ihn seufzend, wie er da, linkisch und unbeholfen, vor ihnen stand.

»Noch einmal, Bruno«, sagte er. »Du fährst jetzt den Luisenring entlang über die Kurpfalzbrücke zum Friedhof, fährst aber so, daß man dich vom Seiteneingang aus nicht sehen kann, vermeidest überhaupt die Straße, die direkt dort hinführt. Komm vom Café her, das kennst du doch?«

Bruno nickte. »Könnte ich nicht jetzt schon… ein kleines Bier?«

»Nein. Du stellst das Fahrrad beim Café ab. Schau dich sorgfältig um, bemerkst du eine Frau mit einem Mann, der dir ähnlich ist, bleib außerhalb ihres Gesichtsfeldes.«

»Außerhalb von was?«

Cedric hob ergeben die Arme mit den Handflächen nach oben, als bäte er den Himmel um Beistand. »Sie dürfen dich auf keinen Fall bemerken, sonst ist der ganze Spuk umsonst.«

»Gut.«

»Ist die Luft rein, schleichst du in den Friedhof und hältst dich gleich links vom Eingang hinter diesen immergrünen Hecken auf. Es werden nicht mehr viel Leute um diese Zeit dort umhergehen, wenn doch jemand in deine Nähe kommt, tust du so, als würdest du etwas an einem Grab richten.«

»Ich denke, ich werde zuerst dort sein«, sagte Paul. »Also schon nach dir, Bruno, aber vor dieser Magierin mit ihrem Anhängsel, und du mußt dann nichts weiter tun, als uns in sicherem Abstand zu folgen und zu warten, bis wir dich rufen. Und falls du über Charlotte und Cedric stolperst, dann kennst du sie nicht.«

»Könnte ich nicht doch...?« sagte Bruno verwirrt. »Nur ein Gläschen?«

»Nein. Später, Bruno. Später kriegst du, soviel du willst.«

»Versprochen?«

»Ja.«

»Dann fahr ich mal.«

»Einen Augenblick«, rief Charlotte, rannte ins Treppenhaus, hoch in ihre Wohnung und kehrte mit einem langen, in allen Farben schillernden gestrickten Schal zurück, den sie Bruno zweimal um den Hals wickelte, über seiner Brust kreuzte und auf dem Rücken locker verknotete.

»Das wird dich warmhalten«, sagte sie. »Aber dort legst du ihn natürlich in den Fahrradkorb. Ist das klar?«

»Ja.«

Sie folgten ihm hinaus in den Gang, hielten ihm das schwere Portal zur Straße hin offen und blickten ihm nach, wie er unverdrossen strampelnd in Richtung Luisenring davonfuhr.

»Und jetzt wir«, sagte Paul. Cedric zog seinen langen schwarzen Mantel an, Charlotte ihr Felljäckchen, das natürlich aus Webpelz war, und Paul gab sich ganz seriös in einem grauen Anzug, den er sich für die Prüfungen gekauft hatte.

Am Friedhof angekommen, mußte er nicht lange warten. In der nun schnell hereinbrechenden Dämmerung sah er die Magierin am Beginn der Gärtnereien- und Grabmalstraße auftauchen, sie trug dasselbe dunkle Kostüm, das sie auch an Allerheiligen getragen hatte, gab ihm, als sie ihn erreicht hatte, nicht die Hand, nickte nur und bedeutete ihm, ihr zu folgen. Sie liefen eine der Alleen entlang und dann ein paar Seitenwege, und Paul blickte sich immer wieder um, erspähte aus den Augenwinkeln manchmal Cedric und Charlotte, von Bruno keine Spur, und so sollte es ja auch sein.

Sie erreichten den weitläufigen Platz mit dem Kriegerdenkmal, in den viele Wege mündeten, aber der breiteste führte in direkter Linie zu dem ehemaligen Hauptgebäude des Friedhofs, das mit seinen gewaltigen Säulen und dem

Fries darüber von weitem einem griechischen Tempel glich. Vor dem Denkmal, auf dessen Sockel viele kleine zuckende Lichter brannten, blieb die Frau stehen und wandte ihr Gesicht in Richtung dieser imposanten Halle, die schon lange nicht mehr benutzt wurde, in der es Urnengräber gab, eingerostete Türen, die nirgendwo mehr hinführten, Nischen und Winkel, in Dunkelheit versunken.

Sehr gut, dachte Paul, da hat sie ihn also versteckt. Von dort wird er kommen und hier am Denkmal werden wir zusammentreffen. Er lauschte auf das Rauschen des Verkehrs, das von der vielbefahrenen Straße zwischen Krankenhaus und Friedhof bis zu ihnen drang, hörte die Sirene eines Krankenwagens, der in Richtung Kurpfalzbrücke fuhr, und hoffte, daß Bruno nicht durch einen Stau aufgehalten worden war, tröstete sich dann aber mit dem Gedanken, daß man mit dem Fahrrad überall durchkam.

Da endlich hob die Magierin den Arm und wies nach vorn, wo sich jetzt aus dem Schatten hinter den Säulen eine Gestalt löste und langsam auf sie zukam.

An einem Rascheln ganz in seiner Nähe spürte Paul, daß Cedric und Charlotte nicht weit sein konnten, aber erst, als er Charlottes leisen entsetzten Schrei hörte, merkte auch er, was nicht stimmte, es war dieser Schal, dieser lange, grelle und bunte Schal, der sich gelockert hatte und bei dem unerbittlichen Näherkommen der Gestalt sachte hin- und herschwang.

21

Finale

Ewald war auf dem Weg zu seinen Eltern. Sein letzter Schmetterling, den er sich hatte machen lassen, auf das Brustbein, direkt unter die Halskuhle, schmerzte mehr als die anderen, als habe Willi sich zum Abschluß noch einmal besondere Mühe gegeben und die Stiche tiefer als sonst gesetzt. Ewald hatte die Stelle schon dreimal mit der Salbe eingestrichen, die Willi ihm immer wieder mitgegeben hatte, aber es nützte nicht viel, es brannte, als habe ihn jemand mit Brennesseln abgerieben, ein unangenehmes Gefühl, aber vielleicht lag es auch nur daran, daß die Zeit für Schmetterlinge nun endgültig vorbei war.

Als er über die Rheinbrücke fuhr, setzte leichtes Schneetreiben ein, er schaltete die Scheibenwischer an und überlegte müßig, während aus dem Radio schmachtende Tangomusik kam, was seit Brunos Tod, über den keiner so richtig sprechen wollte, nur daß er eben mit dem Fahrrad auf der Kurpfalzbrücke unter eine Straßenbahn gekommen war, mit dem Haus und seinen Bewohnern geschehen war.

Alles löste sich auf, zersplitterte, und Herr Stein mußte gar nicht viel dazu tun, daß ein Teil seiner Mieter fortging, so wie auch Herrn Steins Frau fortgegangen war. Das hatte Mack ihm erzählt. Sie war einfach auf und davon mit einem ihrer Tänzer aus dem Café Olé.

Es waren nicht die Schikanen des Sitzengelassenen, die die Mieter vertrieben, es war, als hätte das Haus, nachdem dieses einfältige Herz in der Wohnung neben dem Treppenhaus zu schlagen aufgehört hatte, seine Anziehungskraft verloren, was von morbidem Reiz gewesen war, war jetzt nur noch verwahrlost und verwohnt, und was die Bewohner anging... Ewald bog nach der Brücke ab, fuhr ein Stück durch die Innenstadt von Ludwigshafen, kam ganz in der Nähe der Kanzlei vorbei und hielt sich dann an die Bruchwiesenstraße, bis er die Maudacherstraße erreichte. Das war die Gegend, in der er aufgewachsen war, ihm fiel ein, daß er Charlotte oder Saskia und die Zwillinge einmal in den Bruch hatte mitnehmen wollen, er hätte die Zwillinge dort auf den Ponys, die man mieten konnte, reiten lassen und sich mit Charlotte auf das sandige Ufer an einen der beiden Seen gesetzt, die so verschilft und von den Enten und anderem Wassergeflügel in Besitz genommen worden waren, daß man kaum noch darin hätte baden können, aber das war ja sowieso nicht gern gesehen.

Dazu war es jetzt zu spät. Charlotte war fortgezogen, zu einer Freundin, die in der Neckarstadt lebte, und besuchte er sie bei Zweitausendundeins am Wasserturm, gab sie sich geschäftig und so sachlich, als habe sie Angst, von ihm gefragt zu werden, warum sie und Cedric und Paul erst aneinander- und dann auseinandergeraten waren, denn auch Paul hatte die Wohnung gewechselt und Cedric würde sie allein nicht halten können.

Ewald fuhr durch Maudach, kam an einer Bäckerei, einem Fahrradgeschäft, einem Blumenladen vorbei, in dem er immer für den Muttertag einen Strauß erstanden hatte, statt ihn, wie einige seiner Mitschüler aus der damaligen Zeit, in den städtischen Anlagen zusammenzusuchen. Das brachte ihn auf Saskia, deren Zwillinge im Kaufhof beim Stehlen erwischt worden waren, was eine regelmäßige Überwachung nach sich gezogen hatte, so daß es mit dem großzügigen Verteilen der Kinder im Haus vorbei war, und wo hätte sie auch noch groß verteilen sollen? Holls Zustand hatte sich verschlimmert, er würde wohl bald in ein Pflegeheim umziehen müssen. Wang war lustlos und mürrisch geworden, es reizte ihn nicht, auf dem Balkon zu singen, seit Rüdiger sich entschlossen hatte, nicht mehr als Callas, sondern als Nana Mouskouri aufzutreten. Ertruguls Anfälle kamen häufiger, und Figen schien das erste Mal in ihrem Leben überfordert, sie trug ihr Kopftuch nicht mehr piratenmäßig, sondern band es wie die anderen vorn unterm Kinn und sah damit gleich um Jahre älter aus. Selbst Anita und Willi und Frau Winterkorn hatte dieser über dem Haus liegende Schatten gestreift, der etwas in ihre Sichtweite gerückt hatte, was vorher weit weg gewesen war.

Ewald parkte in der dafür vorgesehenen Bucht vor dem Bungalow seiner Eltern und roch, schon bevor er aufgeschlossen hatte, den Duft einer gebratenen Gans, und tatsächlich hatte Frau Kowalovsky sie in der Küche gerade aus der Bratröhre gezogen, um sie noch einmal zu übergießen.

Ewald grüßte, erfuhr, daß es zum Nachtisch den von ihm so geliebten selbstgemachten Karamelpudding geben würde, verließ die Küche und lief im Flur seiner Mutter in die Arme, die gerade vom Keller hochgekommen war und jetzt, als sie seiner gewahr wurde, die Tür leise hinter sich zuzog und beschwörend einen Finger auf ihre Lippen legte.

»Was ist los?«

»Gut, daß ich dich noch allein erwische«, sagte sie. »Ich habe was mit dir zu bereden.«

»Und das wäre?« fragte er mißtrauisch.

»Ach Ewald, jetzt hör mir doch mal zu. Ich habe auch Inge und ihre Eltern eingeladen. Inge ist gerade ein paar Tage hier und da dachte ich… Frau Kowalovsky, würden Sie bitte den Korb mit Ewalds Schmutzwäsche ins Gästezimmer stellen, das sieht ja furchtbar aus… da dachte ich, also, das wollte ich dich fragen, möchtest du dich nicht mit Inge verloben? Es ist der erste Advent, und Papa hat letzte Woche Benedum getroffen, bei den Rotariern, du weißt ja, und Benedum will dich tatsächlich in die Sozietät aufnehmen… trotz alledem, sagte er, was heißt das denn, Ewald, trotz alledem… na ja, das ist jetzt eigentlich egal. Eine Bessere als Inge wirst du nicht finden, sie ist von Oxford ganz begeistert und die dort sind anscheinend von ihr ganz begeistert…«

»Wo sind sie jetzt?« unterbrach Ewald ihren Redeschwall.

»Unten im Keller. Papa zeigt ihnen das Gewürm. Ich hoffe, sie kriegen danach noch einen Bissen hinunter. Frau Kowalovsky, wo sind Sie denn nur wieder… Frau Kowalovsky, können wir in einer Viertelstunde anfangen? Ja? Gut, dann hol ich sie jetzt hoch.«

Sie blickte Ewald prüfend an. »Kämm dich noch mal schnell im Bad. Aber sonst… du siehst gut aus. Stimmt's, Frau Kowalovsky?«

Die so Gefragte, wieder auf dem Weg in die Küche, nickte. »Das tut er doch immer.«

»Mein Sohn«, sagte Frau Korwan. »Die kann froh sein, daß sie dich kriegt. Trotz alledem.« Und ohne sich im klaren darüber zu sein, daß sie gerade Benedums Worte gebraucht hatte, wenn auch in umgekehrtem Sinn, öffnete sie die Tür zu den Kellerräumen wieder und rief: »Ewald ist da. Würdet ihr bitte kommen.«

Sie kamen und begrüßten ihn. Inge mit einem neugierigen Funkeln hinter den Brillengläsern, Inges Mutter mit einer fast schon verwandtschaftlichen Umarmung und ihr Vater, den man wohl genauso in Unkenntnis der Situation gelassen hatte wie Ewalds Vater, mit einem Händedruck, der nichts besagte. So wandten sich die beiden, der ehemalige Leiter des Grünflächenamtes und der Apotheker – Inges Vater besaß zwei Apotheken, – eine in Oggersheim und eine in Ludwigshafen, auch gleich wieder ihrem Lieblingsthema zu, der Wirkung bestimmter Drogen auf Pflanzen, wobei sie im weitesten Sinne flüssigen Stalldünger mit einbezogen, ein Gespräch, das Frau Korwan fast noch mehr aufregte als die Diskussionen um den roten Tennesseewickler.

Der Tisch im Eßzimmer war schon beinahe weihnachtlich geschmückt, mit roten Kerzen und etwas Tannengrün, der Adventskranz stand auf dem Büfett neben einem bereits aufgeschnittenen Christstollen, aus der Stereoanlage kam verhalten, von irgendwelchen Sängerknaben dargebracht, ein gregorianischer Choral.

Frau Korwan öffnete die Klappe zu der innen beleuchteten Hausbar, holte eine Flasche trockenen Sherry heraus, füllte sechs bereitgestellte Gläser, verteilte sie und hob das ihre feierlich in die Höhe. »Auf unsere Kinder. Wie schön, daß wir mal alle wieder beieinander sind. Inge haben wir ja nur noch selten zu Gesicht bekommen, aber heute...«, sie zwinkerte, als sei ihr etwas ins Auge geraten, »heute, das wird ein ganz besonderer Tag, das spüre ich.«

Herr Korwan sah sie leicht irritiert an, trank dann aus und bat zu Tisch. Als Vorspeise hatte Frau Kowalovsky Spargel in Schinken gerollt und mit kleingehackten hartgekochten Eiern und Schnittlauch bestreut, dazu gab es Melonenscheiben und Weißbrot, ein Glas Riesling für jeden, der Bordeaux, der zur Gans gehörte, wartete, schon geöffnet, nicht weit vom Adventskranz.

»Damit er atmen kann«, erklärte Herr Korwan, und sie neigten alle stumm und zustimmend die Köpfe und aßen und tranken, nicht nur eine Flasche, sondern zwei, weil die Gans einfach zu gut war, um sie nicht mit dem entsprechenden Getränk zu würdigen – das war ein Beitrag von Inges Vater –, nahmen einen Likör zum Nachtisch, und da begann Inge, die neben Ewald saß, seinen linken Fuß mit dem spitzen Absatz ihrer Pumps zu bearbeiten. Er legte beschwichtigend eine Hand auf ihre Hand und wandte sich ihr zu.

»Sie sind handgenäht«, sagte er.

»Was?« fragte Inge. Ihr Mund stand ein bißchen offen, der Wein war ihr zu Kopf gestiegen und hatte ihrem sonst eher blassen Gesicht Farbe gegeben.

»Die Schuhe«, erklärte Ewald liebenswürdig. »Meine Schuhe. Sie sind handgenäht, nichts zum darauf Herumtrampeln.«

»Oh«, sagte sie. »Tut mir leid.«

»Keine Ursache. Wenn ihr erlaubt, werde ich auf der Terrasse eine Zigarette rauchen.«

»Warte doch auf deine Tasse Kaffee«, sagte sein Vater. »Ich denke, das gehört zusammen. Ich selbst rauche ja nur noch Zigarren«, wandte er sich an den Apotheker. »Und die sind mit keinem Ritual verbunden, oder doch?«

»Aber ich bitte Sie… Zigarren und Kognak.«

Sie vertieften sich in das neue Thema, während Ewald schon aufgestanden war, die Schiebetür zur Terrasse aufzog, hinausschlüpfte und sie schnell wieder hinter sich schloß.

»Fünf«, sagte er mechanisch, als er die Zigarette anzündete. Ein Bonbon war aus seiner Tasche gefallen, aber er ließ es liegen und sah sich um. Alles war schon winterfertig, der Goldfischteich abgedeckt, die Rosen zurückgeschnitten und angehäufelt, der Rasen das letzte Mal gerecht, die Blumenbeete mit Rindenmulch vor Frost geschützt. Die Tür wurde nochmals aufgeschoben, Inge kam heraus, ein Jäckchen über den Schultern, das sie über der Brust fest zusammenhielt, als wäre ihr kalt.

»Es ist nicht kalt«, sagte Ewald, »nicht richtig. So um den Gefrierpunkt. Siehst du diese Flocken? Sie schmelzen sofort, wenn sie den Boden berühren, weil er noch wärmer ist.«

Sie ging nicht darauf ein. »Trägst du noch mein Kettchen?« fragte sie. Ohne eine Antwort abzuwarten, lockerte sie seine Krawatte, zog den Knoten etwas herunter und griff nach seinem Hals.

»Paß doch auf«, sagte er, »es schmerzt noch.«

»Was?«

»Na, das.« Er öffnete die zwei obersten Knöpfe an seinem Hemd und zeigte ihr den Schmetterling.

»Ewald, du bist verrückt«, sagte sie, »der auf dem Rükken ginge ja gerade noch, aber der...«

»Und der und der und der«, rief er fröhlich. Er riß sich die Krawatte ab und warf sie ihr zu. Er öffnete sein Hemd ganz, zog es aus und ließ es fallen. Mit nacktem Oberkörper stand er vor ihr, über und über bedeckt mit Schmetterlingen, auf den Schultern, auf Brust und Rücken, auf den Oberarmen bis zur Ellbogenbeuge.

Sie ließ die Krawatte fallen, legte eine Hand vor den Mund und begann zu schreien. Aber Ewald lächelte nur, sprang auf die Bank, die sein Vater um das Rhododendronhochbeet hatte anlegen lassen, breitete die Arme aus und flog in dem leichten Schneegestöber über den Maudacher Bruch davon.

Fanny Morweiser im Diogenes Verlag

»Eine Nachfahrin des Edgar Allan Poe? Nein – viel mehr. Diese Autorin hat mehr Farben auf der Palette als Blut und Grauen, nämlich Satire, Ironie und tiefere Bedeutung.« *Welt am Sonntag, Hamburg*

»Spannende Erzählungen sind dies ganz sicher. Sie sind, bei allem Schrecken dahinter, unterhaltend und spielen sich in aller Stille, in schönen Landschaften, in alten Häusern, gelegentlich bei lieben älteren Damen ab – und dies soviel gefährlicher als bei Agatha Christie!« *Hannoversche Allgemeine Zeitung*

Lalu lalula, arme kleine Ophelia
Eine unheimliche Liebesgeschichte

La vie en rose
Ein romantischer Roman

Indianer-Leo
und andere Geschichten aus dem Wilden Westdeutschland

Ein Sommer in Davids Haus
Roman

Die Kürbisdame
Eine Kleinstadt-Trilogie. Erzählungen

O Rosa
Ein melancholischer Roman

Ein Winter ohne Schnee
Roman

Voodoo-Emmi
Erzählungen

Das Medium
Roman

Der Taxitänzer
Erzählungen

Schwarze Tulpe
Roman